IHR VAMPIR VERDÄCHTIGER

BRENDA TRIM

Übersetzt von
FRANZISKA HUMPHREY
Lektorat
YANINA HEUER

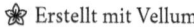 Erstellt mit Vellum

HOLEN SIE SICH IHR KOSTENLOSES BUCH!

Tragen Sie sich in meine E-Mail Liste ein, um als erstes von Neuerscheinungen, kostenlosen Büchern, Sonderpreisen und anderen Zugaben zu erfahren.

https://geni.us/jungfrauunddervampir

Vertrauen ist der Kleber, der das Leben zusammenhält. Es ist die wichtigste Zutat für effektive Kommunikation. Es ist das Grundprinzip, auf dem alle Beziehungen beruhen.

– Stephen R. Covey

KAPITEL EINS

Ava

Mein SAC klatscht sich mit einer Akte auf die Handfläche. „DeLeon, Tinnea. In mein Büro, sofort."

Ich werfe Bria Tinnea einen Blick zu, der sagt: ‚Halte den Mund und überlass das Reden mir.' Sie ist meine Auszubildende, eine NAT (New Agent Trainee), und wenn Willows ihr Aufmerksamkeit schenkt, fängt die Frau an, ihre Sünden zu beichten. Es wäre fast komisch – wenn ich mich nicht so für sie fremdschämen würde.

Als Willows, unser SAC (Special Agent in Charge), Bria das letzte Mal angesprochen hat, erzählte sie ihm, dass sie keinen Sex mehr hatte, seit sie vor Monaten in Quantico anfing. Um zu verhindern, dass Bria dem SAC erzählt, dass sie beim letzten Mal, als wir zusammen ausgegangen sind, fast einen Kerl mit nach Hause genommen hätte, trete ich vor und nicke mit dem Kopf. „Wir kommen sofort, Sir."

Das Gekicher, das einsetzt, sobald Willows außer Hörweite ist, bringt mein Blut in Wallungen. Diggs und

Gleason gehören in einen Kindergarten. Ich werfe ihnen einen bösen Blick zu, schnappe mir meinen Ordner vom Schreibtisch und rücke meinen Blazer zurecht.

Bria steht auf und hält mit mir Schritt, als wir den Flur entlanggehen. „Danke. Ich weiß nicht, warum er mich so verdammt nervös macht. Es ist ja nicht so, als hätte er jemals etwas gesagt oder mir etwas getan."

Ich werfe ihr ein Lächeln zu und zucke mit den Schultern. „Er ist dein Chef und du bist neu. Ich habe mehr als ein Jahr gebraucht, bis ich aufgehört habe, jedes Mal zu schwitzen, wenn ich in sein Büro gehen musste."

Brias Kinnlade klappt auf und sie reißt die Augen weit auf. Sie schließt den Mund wieder und deutet mit den Händen auf mich. „Ich kann mir gar nicht vorstellen, dass du jemals nervös wärst. Ich meine, schau dich doch mal an."

Ich folge ihrer Geste und blicke auf meinen dunkelblauen Hosenanzug und die bequemen schwarzen Schuhe hinunter. Es hat mir fast körperlich wehgetan, solche Halbschuhe mit niedrigen Absätzen zu kaufen. Zehn Zentimeter Stilettos mit hohen Knöchelriemchen sind eher mein Ding. Und wie bei allen anderen Schuhen auch, habe ich mich darauf versteift, die Besten zu kaufen. Auch wenn sie schlicht sind, Schuhe wecken sofort mein Interesse.

Als wir das Büro betreten, sitzt Willows hinter seinem Schreibtisch und überfliegt eine Akte, die vor ihm liegt. Der Drang, die verschiedenen Stapel zu sortieren und das Chaos unter den Manilaordnern zu beseitigen, lenkt mich für ein paar Sekunden ab. Ich habe keine Ahnung, wie der Typ bei diesem Chaos überhaupt etwas zustande bringt.

„Ich habe einen neuen Fall für Sie beide. Bis jetzt gibt es acht Opfer in vier Bundesstaaten. Es sieht so aus, als wäre der Mörder vor etwa sechs Monaten nach Arizona gezogen. Ein örtlicher Polizeichef beschloss, die Vorgehensweise im Zusammenhang mit einem neuen Fall zu prüfen. Als er vier weitere Opfer in Arizona entdeckte, suchte er weiter. Sowie er bemerkte, dass der Fall die Staatsgrenzen überschreitet, hat er sich an uns gewandt." Willows schiebt den Ordner zur anderen Seite des Schreibtischs hinüber. Bria hat bereits Platz genommen. Ich beeile mich, mich neben sie zu setzen, und greife nach der Akte, bevor Willows damit einen Tacker vom Schreibtisch stößt.

Die Stellungnahme des Polizeichefs Hays befindet sich auf der ersten Seite. Es gibt kurze Angaben zu den Opfern in Arizona, gefolgt von einem Überblick über die Entdeckungen außerhalb Arizonas. Offenbar wurden ein paar Monate zuvor drei Opfer in Houston, Texas, nah beieinander entdeckt und zwei in der Nähe von New Orleans, einen Monat vor den Fällen in Texas.

Zunächst fällt mir auf, dass der Täter sich offensichtlich quer durch die Vereinigten Staaten bewegt. Dann die Tatsache, dass die Opfer alle junge attraktive Frauen sind, die Kleidung tragen, die für Nachtklubs typisch ist. Kurze Röcke, enge Oberteile und Stöckelschuhe.

Ich hebe meinen Kopf und schaue Willows in die grauen Augen. „Wie steht es mit der Untersuchung von Fällen in weiteren Staaten?"

Er schüttelt den Kopf. „Wir arbeiten noch daran, aber es gibt kein Anzeichen dafür, dass der Täter die Gegend verlassen hat."

Ich wende mich wieder der Akte zu und nicke mit dem Kopf. „Ich sehe, dass das letzte Opfer vor zwei Tagen gefunden wurde. Er ist immer noch in unserer Stadt."

„Und es sieht nicht so aus, als würde er seine Opfer lange festhalten, bevor er sie tötet. Er lässt sie an einem unbekannten Ort ausbluten und wirft sie dann irgendwo ab, wo sie gefunden werden." Bria hat die Angewohnheit, relevante Fakten zum Fall laut auszusprechen, während sie die Informationen durchliest. Ich weiß, dass sie dies tut, also kann ich ihren Prozess nachvollziehen, aber ich finde es manchmal auch ermüdend.

Du bildest sie aus. Was du ihr beibringst, wird den Ton für ihre Karriere angeben. Und in unserem Beruf ist Geduld der Schlüssel. Ohne sie kann man scheinbar harmlosen Hinweisen nicht weiter nachgehen, bis man den Verdächtigen gefunden hat.

„Ich muss Ihnen wohl nicht sagen, wie wichtig es ist, diesen Kerl zu finden, und zwar schnell. Die Medien werden sich das Maul darüber zerreißen und Frauen überall Angst einjagen." Willows fährt sich mit der Hand durch die Haare und lehnt sich auf seinem Stuhl zurück.

Ich springe auf und zögere, bevor ich das Büro verlasse. „Sind die Beweise im Konferenzraum?"

Willows nickt bejahend. „Sagen Sie mir sofort Bescheid, wenn Sie etwas in der Hand haben. Der Gouverneur und der Bürgermeister wollen beide über die Situation auf dem Laufenden gehalten werden. Keiner der beiden möchte eine Massenpanik sehen."

„Wird gemacht." Ich drehe mich auf dem Absatz um und verlasse das Büro. Bria folgt direkt hinter mir.

Sie hält die Tür zum Konferenzraum auf und tritt vor mir ein. „Soll ich an der Tafel anfangen, während du die Beweise durchgehst?"

„Ja. Fang mit diesen hier an. Das ist im Moment der beste Ansatzpunkt für diesen Kerl." Ich reiche ihr die Informationen, die wir über frühere Fälle in anderen Staaten haben.

Ich setze mich und beginne mit der mühsamen Durchsicht der Informationen. Ich gehe die Notizen durch, bevor ich die Autopsie Berichte vergleiche. Hays hatte nicht unrecht, als er den Modus Operandi unseres Mörders bestimmte.

Die demografischen Daten sind jedoch alle sehr unterschiedlich. „Unser erstes Opfer in Tucson ist eine weiße Frau im Alter von dreiundzwanzig Jahren, die in der Nähe des Stadtzentrums lebte. Sie wurde am zwanzigsten Mai entdeckt. Das nächste Opfer ist eine farbige Frau, fünfunddreißig Jahre alt. Sie war eine Anwältin aus dem Nordosten der Stadt und wurde am achtundzwanzigsten Mai entdeckt. Am sechsten Juni wurde eine Frau spanischer Herkunft gefunden. Sie war vierzig Jahre alt, geschieden und lebte mit ihren beiden Kindern in Green Valley. Die Letzte war eine zwanzigjährige Universitätsstudentin, die am dreizehnten Juni gefunden wurde." Bria schreibt alles an die Tafel, während ich die Details auflisten.

Beim Lesen bestätige ich, dass sie alle auf die gleiche Weise getötet wurden. Ihre Kehlen waren aufgeschlitzt worden und sie alle hatten massiven Blutverlust erlitten. Was Willows nicht erwähnt hat, ist die Tatsache, dass sie alle Anzeichen von sexueller und körperlicher Gewalt aufwiesen.

Ich schaue auf und warte, bis Bria aufhört, frühere Opfer an der Tafel zu notieren. „Es gibt keine eindeutige Verbindung zwischen den Orten der Leichenfunde. Die Erste befand sich in der Nähe eines Lagerhauses, die Zweite hinter einem Hotel. Die Dritte befand sich in der Nähe der Autobahn und die Vierte war im Parkhaus eines Hochhauses. Keine Anzeichen eines Kampfes am Tatort und keine Blutspuren."

Brias Hand fliegt über die weiße Tafel, während sie schreibt. „Gibt es irgendwas, das sie miteinander verbindet? Ich kann nichts Offensichtliches erkennen."

Ich wühle mich weiter durch die Beweise und fange an, versiegelte Tüten aus den Kisten zu nehmen. In der Akte des hispanischen Opfers fällt mir etwas auf, das mein Herz höherschlagen und mein Blut gefrieren lässt. Es ist eine Quittung aus dem Club Toxic in einer der Beweismitteltüten.

„Es gibt nur eine Sache, die unsere Opfer gemeinsam haben." Ich nehme die Tüte in die eine Hand und mehrere

5

Seiten aus den Akten in die andere. Es sind die Kreditkarten-
abrechnungen der einzelnen Frauen. „Club Toxic." Ich kenne
diesen Ort. Ich glaube sogar, eine der Frauen vom letzten
Mal wiederzuerkennen, als ich dort war.

Ich umklammere die Beweise und gehe zur Tür. „Wir
müssen SAC Willows Bescheid geben. Ich glaube, wir
werden heute Abend einen kleinen Ausflug machen."

Bria holt mich ein und hält neben mir Schritt. „Gehen wir
heute Abend wirklich in einen Club? Ich kann versuchen,
einen Durchsuchungsbefehl für ihr Überwachungsmaterial
zu bekommen."

„Arbeite du daran, während ich Willows auf den neuesten
Stand bringe."

Bria nickt und wendet sich wieder ihrem Schreibtisch zu,
während ich an den Türrahmen zu Willows Büro klopfe.
Seine Glatze schimmert im Neonlicht, bevor er den Kopf
hebt und eine Augenbraue in meine Richtung hochzieht.

„Ich habe eine Verbindung zwischen den Opfern gefunden. Sie haben alle den Club Toxic besucht, einen beliebten
Nachtklub in der Gegend."

Er neigt den Kopf zur Seite und zieht die Stirn in Falten.
Ich überlege, ob ich ihm sagen soll, dass ich den Club kenne.
Wenn ich etwas sage, wird er mich von dem Fall abziehen.
Aber es gibt keinen Grund, zu solchen Extremen zu greifen.
Es ist ja nicht so, dass ich die Frauen kannte. Ich bin mir
nicht einmal sicher, ob ich sie überhaupt je dort gesehen
habe. Der Club ist immer voll von Partygängern. Dass ich
einen solchen Ort häufig besuche, bedeutet nicht, dass ich
meinen verdammten Job nicht machen kann.

Willows presst die Lippen zu einer dünnen Linie zusammen. „Fangen Sie mit diesem Ansatz an. Wir haben im
Moment keine anderen Anhaltspunkte."

„Wir werden ihn finden. Tinnea arbeitet daran, einen
Durchsuchungsbefehl für das Überwachungsmaterial des

Clubs zu bekommen. Wir werden heute Abend dorthin gehen und ihn zustellen, wenn wir einen bekommen."

„Halten Sie mich auf dem Laufenden."

„Immer doch." Mein Magen zieht sich zusammen, als ich zurück zu meiner Partnerin gehe.

Weitere Frauen werden sterben, und zwar bald, wenn wir diesen Kerl nicht finden. Man braucht kein Genie zu sein, um das zu erkennen. Sein Verhaltensmuster macht es deutlich. Dieser Fall wühlt inneren Scheiß in mir auf, den ich verdrängen muss, um meinen Job zu machen.

Mein Vater und mein Großvater würden mich dafür schelten, dass ich so unkonzentriert bin. Ich kann es nicht ändern. Als Kat in der Highschool ermordet wurde, habe ich geschworen, Mörder zu stoppen. Dieser Vorfall hat mich dazu gebracht, noch härter zu arbeiten und dranzubleiben, bis ich die Beste wurde. Niemand sollte so leiden, wie Kats Familie leiden musste.

Bria klopft mit den Fingerknöcheln auf ihren Schreibtisch, sobald ich eintrete. „Ich konnte keinen Durchsuchungsbefehl bekommen. Es reicht nicht für einen hinreichenden Verdacht. Wir müssen beweisen, dass es der letzte Ort war, an dem die Opfer vor ihrem Verschwinden gewesen sind."

Ich atme stockend aus, als ich mich setze und meinen Kopf mit den Händen abstütze. „Wir werden Freunde und Familien befragen müssen. Aber heute Abend möchte ich in den Club gehen und mich dort selbst umsehen. Wenn wir Glück haben, werden wir etwas Zwielichtiges entdecken."

Bria nickt energisch. „Wie stehen die Chancen, den Täter in einem überfüllten Club zu finden?"

Ich konzentriere meinen Blick starr auf sie und nicht auf die anderen Agenten im Büro. „Nicht sehr hoch, aber das heißt nicht, dass wir nichts sehen werden. Wir können den Angestellten an der Bar Fotos von den Opfern zeigen." Ich ziehe mein verschlüsseltes Handy heraus und fotografiere mehrere Bilder aus den Akten ab.

Diggs und Gleason stehen neben einem Aktenschrank direkt vor dem Pausenraum. Diggs Lippen sind zu einem hämischen Grinsen verzogen, während Gleason ihm wie ein Liebhaber hinter der Hand etwas zuflüstert. Da sie mich und Bria ansehen, mache ich mich auf ihre bevorstehende Scheiße gefasst.

Als wir näher kommen, stehen die Hardy Boys Schulter an Schulter und versperren mir den Weg.

„Hey, DeLeon. Ich weiß nicht, ob du heute Abend in diesen Club gehen solltest."

Oh Mann. Jetzt geht es los. „Und warum ist das so, oh weiser Special Agent des FBI?" Ich verschränke meine Arme.

Gleason verteidigt mich spöttisch. „Jetzt warte mal, Diggs. Ich glaube, du bist ein wenig zu hart zu ihr. Die Falten in ihrer Hose sind verdammt sexy."

„Weißt du, ich nehme alles zurück." Diggs tritt zurück und begutachtet meine Standard FBI Hose, die praktischen, bequemen Schuhe und die hochgeschlossene Bluse. Männer sind Arschlöcher. „Diese Schuhe haben ein gewisses … Gott, wie heißt das Wort, nach dem ich suche?"

Okay, ich habe genug. „Haltet die Klappe, ihr Arschlöcher." Ich drängle mich an ihnen vorbei und Bria huscht hinter mir her. „Ihr denkt, ihr könnt es besser als ich? Dann kommt heute Abend in den Club und beweist es." Ich tippe mir mit den Fingern an die Stirn, als würde ich ihnen salutieren wollen. Mal sehen, wie sie mit meinem durchtrainierten Einen-Kilometer-in-fünf-Minuten-Arsch in einem kurzen schwarzen Minirock und Stöckelschuhen zurechtkommen werden.

* * *

Corbyn

„WIE ICH SEHE, bist du auf den Geschmack gekommen, was unser Angebot angeht." Liam mustert mich mit kritischem Blick, als ich den Club Toxic betrete. Er scheint mich zu verspotten oder zu necken, aber sein Gesichtsausdruck sagt etwas ganz anderes aus. Er kneift die Augen zusammen und spitzt die Lippen, als wäre ich eine zwielichtige Gestalt, die man im Auge behalten muss. Ich nehme es nicht persönlich, entspanne meine Haltung und zucke träge mit den Schultern. „Was soll ich sagen? Bei Lucius gibt es die besten Getränke in der Stadt."

„Du musst sie wirklich mögen, denn du hast schon seit zwei Wochen keine Partnerin mehr mit nach unten genommen, obwohl du jeden Abend hier bist."

„Ein gutes Tröpfchen zu finden, ist schwieriger, als man denkt." Ich zwinge mich zu einem Lächeln, während ich darum kämpfe, meinen Gesichtsausdruck neutral zu halten. So ist das eben, wenn man in einem Gebiet lebt, das von einem mächtigen Vampir beherrscht wird. Technisch gesehen gehöre ich zwar zu Lucius' Brut, weil ich in Tucson wohne, aber normalerweise habe ich keinen Kontakt zu anderen. Es gibt weniger Fragen und Probleme, wenn man für sich bleibt. Außerdem nimmt meine Forschung den größten Teil meiner Zeit in Anspruch. Der Umzug in diese Gegend machte meine Besuche im Club jedoch notwendig. Entweder das, oder ich müsste hungern und würde zu einer Gefahr werden. Müsste ich für meine Arbeit nicht in der Nähe von Großstädten sein, würde ich auf einer einsamen Insel leben. Leider kann ich keine Heilmittel für menschliche Krankheiten entwickeln, wenn ich niemanden zum Studieren habe.

Liam schüttelt den Kopf und schnaubt. „Nicht, wenn man weiß, wo man sie findet."

Ich gehe an ihm vorbei und betrete den Club, wo ich innehalte und meine Umgebung mustere. Ist sie hier? Mein Herz stockt. Dies passiert jeden Abend, wenn ich den Club betrete, und das alles dank einer FBI Agentin mit unvergesslichen Augen. Sie war schon öfter hier und ich habe sie tanzen sehen. Die Tatsache, dass sie nie Alkohol trinkt, hat meine Aufmerksamkeit erregt.

Vampire müssen verborgen bleiben. Eine so aufmerksame Frau wie Ava stellt eine Gefahr für uns alle dar, deshalb habe ich sie auch jedes Mal weggeschickt, wenn ich sie sah.

Ich überlege, ob ich auf ein Glas Blut ins Verlies hinuntergehen soll, entscheide mich jedoch, an der Garderobe mit dem versteckten Eingang vorbeizugehen. Ich betrete den Hauptbereich des Clubs. Es ist schon eine Woche her, seit ich das letzte Mal getrunken habe, und der Durst fängt an, sich in meine ständigen Gedanken an Special Agent Ava DeLeon einzuschleichen. Ich werde in den sauren Apfel beißen und heute Abend etwas trinken müssen. Aber zuerst muss ich herausfinden, ob Ava zurückgekehrt ist, obwohl ich sie dazu bezirzt habe, es nicht zu tun.

Ich bin einfach nur ein guter Vampir. Ich beschütze mein Nest. Schließlich habe ich diesen Schwur geleistet, als ich Lucius bat, in seine Stadt ziehen zu dürfen. Im Gegensatz zu einigen anderen meiner Art habe ich mich nicht gewehrt, als man von mir verlangte, zu helfen, unsere Existenz geheim zu halten. Ich bin immerzu in meinem Labor, also mache ich mir keine Sorgen darüber, dass ich etwas tun könnte, das unerwünschte Aufmerksamkeit auf uns lenkt. Ich habe meine Blutlust schon vor langer Zeit in den Griff bekommen. Es besteht also keine Gefahr, dass ich eine Spur von Leichen hinterlasse, die zu meiner Türschwelle führt. Das

Einzige, was ich noch nicht überwunden habe, ist mein unstillbares Verlangen zu verstehen.

Es fällt mir jede Nacht schwerer, meinen Blick auf Roxy gerichtet zu halten, während ich auf die Bar zusteuere. Ich will stehen bleiben und Ava finden, bevor ich irgendetwas anderes tue, obwohl sie schon seit ein paar Wochen nicht mehr hier war.

Roxy lächelt mich an, während sie ein Glas poliert. „Das Übliche?"

Ich erwidere die Geste. Ich mache mir nicht die Mühe, mich nach vorn zu beugen oder meine Stimme zu erheben, wenn ich spreche. Die Musik mag laut sein, aber als Vampir kann Roxy mich gut hören. „Du kennst mich zu gut."

Ich drehe mich um und gestatte mir endlich, den Raum nach Ava abzusuchen. Als ich das erste Mal in den Club kam, konnte ich nicht durch das Gedränge der sich auf der Tanzfläche windenden Körper hindurch sehen. Heute Abend ist genug Platz, um bis zum Gang auf der anderen Seite des Lokals hinüberzuschauen.

Der Geruch von Alkohol, Jasmin und Erregung steigt mir in die Nase, bevor eine Frau neben mir Platz nimmt. „Können Sie mir einen White Russian machen?"

„Sicher doch." Roxy hält ihren Mixbecher bereits in der Hand, bevor die Frau die ganze Bitte ausgesprochen hat. Ich beobachte die Geschicklichkeit, mit der sie nach verschiedenen Flaschen greift und den Becher füllt, den sie mit Eis bestückt hat.

„Sie haben sie gefunden." Die Frau neben mir spricht, aber ich kenne sie nicht, also ignoriere ich es.

Ein Kichern zwei Tische weiter erregt meine Aufmerksamkeit. Zwei Augenpaare sind auf mich gerichtet, als ich einen Blick in diese Richtung werfe. Ich kann hören, wie die eine zu der anderen sagt, dass sie nicht glauben kann, dass Belinda mich tatsächlich angesprochen hat.

Ein kurzer Blick auf die Frau neben mir verrät mir, dass es sich bei ihr um Belinda handelt, und den Kommentaren ihrer Freundinnen entnehme ich, dass sie mit mir spricht. Belindas Körperhaltung ist unbeholfen, während sie versucht, ihre Brüste herauszustrecken und ihren Körper in meine Richtung zu drehen. Sie hat keine Ahnung, wie attraktiv sie ist, ohne noch mehr Aufmerksamkeit auf ihre körperlichen Attribute lenken zu müssen. Nicht, dass ich etwas mit ihr zu tun haben möchte.

„Sie irren sich. Sie sind nicht an mir interessiert. Sie sind hergekommen, um mit ihren Freundinnen zu trinken." Ich bezirze sie ganz leicht mit meinen Worten. In dem Moment, in dem Roxy ihr das Getränk reicht, steht Belinda auf und geht zu ihren Freundinnen zurück, ohne noch etwas Weiteres zu mir zu sagen. Unmittelbarer Gehorsam. Genau die Reaktion, die ich von Menschen erwarte.

Roxy beugt sich leicht vor, während sie ihren Mixbecher ausspült. „Du kannst das gut. Ich hätte fast nicht gemerkt, dass du deine Kräfte benutzt hast."

„So sollte das nach sechshundert Jahren auch sein." Dieser Besuch wird wohl genauso erfolglos enden wie die letzten dreizehn. Ich muss bei Ava beim ersten Mal zu wenig meiner Kraft eingesetzt haben. Das ist die einzige plausible Erklärung dafür, warum sie zurückkam, obwohl ich ihr befohlen hatte, sich fernzuhalten.

Mein Herz rast, als ich mich an das erste Mal erinnere, das ich sie sah. Sie fiel auf wie ein bunter Hund, obwohl sie sich bemühte, sich einzufügen. Ich verstehe immer noch nicht genau, was mich dazu gebracht hat, ihre Gedanken zu durchsuchen und einzugreifen.

Das war so ganz und gar nicht typisch für mich. Ich lasse mich selten mit jemandem ein. Jeden Abend sind Hunderte von schönen Frauen in diesem Club, das war es also nicht. In den meisten Nächten bin ich in meinem Labor zu finden und zuerst dachte ich, meine Reaktion auf sie sei dadurch ausgelöst worden, dass Ava den Club mit zu viel Aufmerksamkeit beobachtete. Bei jemandem, der so aufmerksam ist wie sie, schien es nur eine Frage der Zeit zu sein, bis sie etwas sehen würde, was sie nicht sehen sollte.

Das Problem mit dieser Erklärung ist jedoch, dass ich kein neuer Vampir bin. Ich lasse mich nicht in diese oder eine andere Welt hineinziehen. Aber an jenem Abend, als ich Ava mit ihrer Freundin in den Club Toxic kommen sah, ist sie mir aufgefallen. Und das allein war mir so fremd, dass ich sofort ihren Geist durchstöbern musste. Ich fand heraus, dass sie eine FBI Agentin ist, Tequila liebt und nach irgendetwas sucht, dass sie selbst nicht versteht.

Ihre Existenz hätte mir nie auffallen dürfen. Menschen treten schon seit Jahrhunderten in mein Leben und verschwinden wieder. Die meisten, die mir in irgendeiner Weise im Gedächtnis geblieben sind, hatten mit meinem Studium zu tun.

Die Tatsache, dass mich etwas an Ava aufhorchen ließ, reichte aus, um mich zu veranlassen, genauer hinzusehen. Und das führte dann dazu, dass ich mit ihr reden wollte. Unser Gespräch war viel zu kurz, bevor ich sie wegschickte. Ich dachte, es sei nur zu ihrem Besten. Sie war viel zu aufmerksam und hätte irgendwann etwas bemerkt, dass die Existenz von Vampiren verraten könnte.

Deshalb bin ich zu ihrem heimlichen Stalker geworden. Ich muss sicherstellen, dass sie uns nicht enttarnt. Es hat nichts mit der Tatsache zu tun, dass mich ihr komplexer, schöner Verstand fasziniert. Blut strömt durch meinen Körper und setzt dabei alle Nervenenden in Flammen. Zum millionsten Mal, seit ich Ava kennengelernt habe, wird mein Schwanz hart und meine Reißzähne schmerzen mit Blutlust.

Ein Meer von tanzenden, flirteten und küssenden Menschen zieht vor meinen Augen vorbei, während ich immer noch versuche, die Bilder dieser sexy Brünette aus meinem Kopf zu verdrängen. Ich trinke meinen Single Malt Whisky aus und lasse die Schultern hängen. Ava kommt nicht zurück.

Plötzlich wird mir klar, dass es keinen Grund gibt, jede Nacht hierherzukommen, nur um festzustellen, ob sie wirklich irgendwie immun gegen meine Gedankenmanipulation ist. Mein Magen zieht sich zusammen. Ich bin erleichtert, dass ich eine grundlegende Vampirfähigkeit nicht infrage stellen muss. Oder bin ich es nicht? Ich kann nicht leugnen, dass ich die sexy Agentin wiedersehen möchte.

KAPITEL ZWEI

Ava

Die Schlange vor dem Club ist heute Abend kürzer als sonst und ich kann die Schmetterlinge in meinem Bauch irgendwie nicht unterdrücken. Ich war schon unzählige Male hier und habe mich noch nie so gefühlt. Ich habe auch schon Dutzende von Ermittlungen durchgeführt, also habe ich keine Ahnung, warum ich so nervös bin.

„Scheiße. Diggs und Gleason sind tatsächlich aufgetaucht und starren uns an, als ob sie noch nie eine Frau gesehen hätten." Ich grinse, während Bria so tut, als würde sie sich Lippenstift auftragen. Aber in Wirklichkeit schaut sie über ihre Schulter durch ihren Handspiegel auf unsere Kollegen, die einige Meter hinter uns in der Schlange stehen. „Oh. Mein. Gott. Ich glaube, Diggs hat einen Ständer."

Ich beiße mir auf die Lippe, um nicht zu lachen. „Ja, das habe ich mir schon gedacht. Arschlöcher."

Bria schließt ihr Puderdöschen mit einem Schnauben. „Die werden nach dieser Sache unmöglich zu uns sein. Weißt du das?"

„Lass sie leiden." *Geschieht den Wichsern recht.* Die Musik wird lauter und ich schwinge die Hüfte im Rhythmus. Ein Lächeln breitet sich auf meinem Gesicht aus, weil ich weiß, dass Diggs mich dabei beobachtet. Jetzt wird er stundenlang einen Steifen haben.

Bald darauf erreichen wir den Eingang. Die Türsteher kontrollieren unsere Ausweise, während wir den Eintritt bezahlen. Als wir den Club betreten, lehnt sich Bria dicht an mein Ohr. „Ich hole uns ein paar Getränke." Sie macht Gänsefüßchen in der Luft, als sie *Getränke* sagt. Wir sind im Dienst, also müssen wir nur den *Anschein* erwecken, als würden wir etwas trinken.

Um so gut auszuteilen, wie ich einstecken kann, bleibe ich an der Tür stehen und warte darauf, dass Diggs und Gleason hereinkommen. Diggs schaut sich um und grinst, als er mich entdeckt. Der Trottel *schlendert* tatsächlich zu mir rüber, als wäre er das Sahnehäubchen mit einer Kirsche obendrauf.

Ich ziehe eine Augenbraue hoch.

Er beugt sich vor. „Nettes Outfit, DeLeon. Du steckst voller Überraschungen."

Ich packe ihn bei den Eiern und er grunzt. Ja. Er ist hart. „Lass mich in Ruhe, Arschgesicht. Ich bin aus einem bestimmten Grund hier und der hat nichts mit dir zu tun. Schon vergessen?" Um es zu betonen, tippe ich auf sein Ohr, wo ein kleines Abhörgerät versteckt ist. Dann blinzle ich ihn mit großen Augen an und kneife seinen Sack zur Sicherheit noch einmal. Er quietscht.

Bria grinst, als sie mit unseren beiden Scheingetränken zurückkehrt, und wir suchen uns einen Tisch. „Ich bedaure irgendwie, dass sie uns so gesehen haben. Jetzt werden sie uns nie wieder in Ruhe lassen", sagt sie.

Ich nicke zustimmend, aber meine Gedanken sind schon ganz woanders.

Jetzt lache ich laut, als wir an einer Gruppe von Männern vorbeikommen, die mich erschaudern lassen. Sie sind alle attraktiv und gut gekleidet, aber ihre Energie hat etwas an sich, das in mir eine Kampf oder Fluchtreaktion auslöst. Warum zum Teufel würde ich so reagieren? Ich nehme mir vor, sie im Auge zu behalten.

Wir gehen am Rand der überfüllten Tanzfläche weiter. Der gefliese Boden sieht aus, als würde er pulsieren, da verschiedenfarbige Lichter im Einklang mit der Musik darin blinken. Überall um uns herum stoßen und reiben sich Körper aneinander. Wir sind umgeben von Männern, die sich an Frauen heranmachen und kitschige Sprüche benutzen wie: „Abgesehen davon, dass du sexy bist, womit verdienst du dir deinen Lebensunterhalt?" und „Ich scheine meine Telefonnummer verloren zu haben. Kann ich deine haben?"

Ich schaue Bria an und rolle mit den Augen. Ich kann nicht glauben, dass diese Sprüche bei manchen Frauen tatsächlich funktionieren. Genauso überraschend ist es aber auch, dass Männer so faul sind, sich nicht die Mühe zu machen, sich etwas Neues einfallen zu lassen. Meine Hüfte bewegt sich wie von selbst. Die Musik ist ansteckend und macht Lust zum Tanzen. Es ist noch früh, aber irgendwann werde ich es tun müssen, um in der Menge nicht aufzufallen.

Eine Kellnerin hält inne, als ich meine Handtasche auf einen Stuhl lege, und ich hebe mein Getränk in die Luft. Bria stößt mich mit dem Ellbogen an. Ich beginne sofort, den Raum abzusuchen, um zu sehen, was ihre Aufmerksamkeit erregt hat. Mir fällt nichts ins Auge. Erst als ich mich in ihre Richtung drehe, sehe ich, wohin sie schaut. Ich bin schon oft hierher gekommen, also schockiert mich das Halsband der Kellnerin nicht. Aber ihre Oberschenkel sind bedeckt, was hier nicht üblich ist.

Ich zucke mit den Schultern. „Das ist ein Spielhalsband,

das ihr Dom sie tragen lässt." Ich stoße ein Kichern aus. „Du solltest lieber aufpassen, sonst hast du gleich einen Mund voller Fliegen."

Brias Wangen färben sich rosa und sie klappt ihren Mund schließlich zu. „Ich werde nicht fragen."

Ich drehe mich um und betrachte den Raum. „Ich war in meinem Leben schon in dem einen oder anderen Verlies." Dafür schäme ich mich nicht, aber es ist schon ein paar Jahre her, seit ich einen Club besucht habe, in dem ich meine wilde Seite ausleben konnte. Mein zweiter Freund war ein dominanter Mann und führte mich in diesen Lebensstil ein. Diese Erfahrung hat Vorlieben in mir geweckt, von denen ich vorher nicht gewusst hatte, dass ich sie besitze.

Es ist nicht das erste Mal, dass mir der ungewöhnliche Stil des Schmuckes im Club auffällt. Jedes Mal, wenn ich hier war, haben einige der Kellnerinnen entweder Tages-, Trainings- oder Dauerhalsbänder getragen. Das wirft die Frage auf, ob es in diesem Club irgendwo einen Spielbereich gibt. Das Problem ist, dass ich nie auch nur einen Hinweis auf einen weiteren Teil des Clubs gefunden habe.

Es ist ungewöhnlich, außerhalb eines BDSM-Clubs so viele Menschen zu sehen, die diese Art Accessoires tragen. Mein Instinkt sagt mir, dass es einen versteckten Bereich gibt, der wahrscheinlich nur mit Einladung zugänglich ist. Es ist zwar nicht das erste Mal, dass ich mich frage, ob dieser Ort mehr ist, als man auf den ersten Blick erkennen kann, aber mein neuer Fall verstärkt mein Interesse an dieser Frage. Ich behalte den Gedanken jedoch für mich.

Viele Menschen sind voreingenommen, wenn es um diejenigen geht, die einen solchen Lebensstil führen. Ich kann nicht davon ausgehen, dass es mit Bria anders sein würde. Der Gebrauch von Peitschen, Rohrstöcken und Paddeln führt oft dazu, dass andere ein vorgefasstes Bild von denjenigen haben, die diesen Lebensstil lieben. Der einzige

Grund, warum mein Fall mich diesbezüglich neugieriger macht, ist der Gedanke, dass es innerhalb des Clubs versteckte Orte geben könnte – Orte, in die sich jeder einschleichen und an denen eine ahnungslose Frau getötet werden könnte.

Mein Bauchgefühl verwirft diese Idee sofort. Ein Serienmörder würde sich kein Opfer suchen und es an einem so öffentlichen Ort töten. Es wäre viel wahrscheinlicher, dass er Beweise oder Zeugen zurücklassen würde, wenn er die Tat irgendwo hier beginge. Damit bleibt der Club nur als mögliches Jagdrevier.

Von meinem Blickwinkel aus gibt es am Ende der Flure nichts außer Toiletten, einem möglichen Büro und einem Vorratsschrank. Ich verschlucke mich an meinem Mineralwasser, als ich bemerke, wie mehrere Männer mit dem Kopf nicken, während sie ihre Unterlippen zwischen die Zähne saugen und lüstern mehrere Frauen anhimmeln.

Ihre Blicke fallen auf Bria und mich. Einer hebt eine Hand, als er mir in die Augen sieht. Ich schüttle den Kopf. Mehrere Paare knutschen, andere tanzen und pressen sich aneinander. Meine Muschi pulsiert und mein Körper schmerzt vor Sehnsucht. Es ist schon verdammt lange her, dass ich mit einem Mann zusammen war.

Manchmal ist die Arbeit als Gesetzeshüterin ein echter Fluch. Ich komme gern in den Club, aber ich küsse noch nicht einmal jemanden. Es ist unmöglich, abzuschalten, wenn man sich fragt, ob der Typ ein Mörder oder Vergewaltiger sein könnte. Vielleicht bin ich wirklich prüde. Nein, Adam hat sich diesbezüglich geirrt. Mein Bauchgefühl leitet mich und es hat mich noch nie in die Irre geführt. Immerhin hat es mir gesagt, dass Adam ein Idiot ist. Und das hat mir eine Menge Liebeskummer erspart.

Bria hebt die Arme und bewegt den Kopf, während sie im Rhythmus der Musik wippt, die im Boden und um uns herum dröhnt. Sie tanzt nicht, sondern sie nutzt ihre Bewegungen, um sich umzusehen, ohne aufzufallen. „Fünf Uhr. Sieh dir den Typ an, der die Frau praktisch hinter sich her schleppt."

Ich bewege meinen Kopf langsam in die Richtung, in die sie zeigt. Ein blonder Mann hält die Hand einer Frau, während er mit ihr spricht. Er gestikuliert in die Richtung des Eingangs und nickt mit dem Kopf.

„Behalte ihn im Auge. Ich gehe näher ran." Ich tanze mir meinen Weg durch den Raum. Heute Abend sind nicht annähernd so viele Leute da. Als ich nur noch wenige Meter entfernt bin, höre ich trotz der lauten Musik, wie er zu ihr sagt, dass es eine private Ecke gibt, die er ihr gern zeigen würde.

Bei dieser Aussage frage ich mich wieder, ob es noch einen komplett anderen Bereich im Club gibt. Das würde zu dem passen, was ich bis jetzt gesehen habe. Mein Spionageradar ist bei diesem Kerl auf höchster Alarmstufe. Ich lasse meinen Blick herumschweifen, richte meine Aufmerksamkeit aber weiter auf ihn. Schließlich geht die Frau weg und lässt ihn einfach stehen.

Ich weiche ein paar Händen aus, die mir an den Hintern grapschen wollen, während ich mich auf den Weg zurück zu Bria mache. Ich halte mein Glas in der Hand und gebe vor, einen Schluck des eiskalten Getränks zu nehmen. „Er will mit ihr an einen privaten Ort gehen. Es scheint, als ob er auf Sex aus war. Das ist hier nicht unüblich, aber wir sollten ihn im Auge behalten."

Zwei Typen kommen zu uns hinüber und unterbrechen unser Gespräch. „Hallo Schönheit. Kann ich dir ein Getränk ausgeben?" Ein Mann in schwarzer Hose und dunkelblauem Oberhemd bleibt neben unserem Tisch stehen und versperrt mir die Sicht.

„Ich habe schon ein Getränk." Ich halte mein Mineralwasser hoch. *Gute Arbeit, Schlaumeier.*

„Das ist aber schade." Er wackelt mit den Augenbrauen, woraufhin ich nur mit den Augen rolle.

Sein Freund greift nach Brias Hand, aber sie entzieht sich seinem Griff. „Ich kann dein Getränk sehen, also werde ich diesen Spruch nicht an dir probieren. Aber ich habe gehofft, du würdest mit mir tanzen."

Bria kichert und hebt ihre Hand an ihre Brust, bevor sie mich ansieht. Ich schenke ihr ein Lächeln und nicke, um sie wissen zu lassen, dass ich ihr den Rücken freihalte. Ich habe ihr eingebläut, dass sie immer auf der Hut sein muss, also weiß ich, dass sie den Raum von der Tanzfläche aus weiter beobachten wird.

„Sicher. Sehr gerne." Bria rutscht von ihrem Stuhl und folgt dem Kerl.

Meine Haut kribbelt und ich versteife die Schultern, als ich erneut das Gefühl habe, beobachtet zu werden. Ich ignoriere den Schlaumeier, drehe meinen Kopf und überfliege die Menge mit meinen Augen. Es gibt keine Anzeichen dafür, dass mich jemand ansieht. Es mindert jedoch das Gefühl nicht, beobachtet zu werden. Die Macht der Gewohnheit überkommt mich und ich lasse meine Augen noch einmal wie automatisch über alle Gesichter gleiten.

Ich atme tief aus, greife nach meinem Getränk und trinke einen Schluck. Ich wünschte, es wäre ein Mojito anstelle eines Mineralwassers. Ich muss meine Nerven beruhigen. Ich war noch nie so nervös.

Mein Blick streift mehrere Männer und ich wende meine Aufmerksamkeit wieder meiner Aufgabe zu. Mein Puls rast, als wäre ich einen Marathon gelaufen. *Heilige Götter Griechenlands.* Der Typ, der jetzt meine Aufmerksamkeit erregt hat, ist groß. Mindestens einen Meter neunzig. Sein kurzes, braunes Haar erinnert mich an Dr. McDreamy aus Grey's

Anatomy, eine der wenigen Fernsehserien, die ich mir bei jeder Gelegenheit anschaue.

Seine Haltung ist selbstbewusst und unbekümmert, wie die Art und Weise beweist, mit der er sich mit übereinander gekreuzten Beinen an einen Tisch lehnt. Und diese Muskeln, die sich unter seinem zugeknöpften Hemd abzeichnen, *müssen* doch unecht sein. Außerhalb der Seiten eines Magazins hat niemand solche Muskeln.

Sein Schlafzimmerblick mustert mich träge, bevor er wegschaut. Die kurze Begegnung unserer Blicke macht mich ganz atemlos und mein Herz rast wie ein Motorboot durch meine Brust. Mein Körper sehnt sich nach Berührung.

Bria tanzt zurück an unseren Tisch. „Puh. Ich habe Durst." Wir tauschen einen Blick aus, der mir versichert, dass sie weder einen Verdächtigen noch etwas anderes Auffälliges entdeckt hat.

Ich verfluche mich dafür, so verrückt auf einen Kerl zu reagieren. *Aber was soll's? Mein Höschen ist ganz allein davon nass, dass ich ihn nur ansehe. Ich habe einen Job zu erledigen ... und ich brauche offensichtlich ganz dringend wieder einmal männliche Gesellschaft.* Ich kann es mir nicht erlauben, mich derart ablenken zu lassen.

Brias Tanzpartner ist ihr zum Tisch gefolgt und sie lächelt ihn an, bevor sie ihm mit der Hand abwinkt. „Danke dafür, aber ich muss jetzt bei meiner besten Freundin bleiben. Ich wäre keine besonders gute Freundin, wenn ich sie nach fünf Minuten allein hier sitzenlassen würde."

„Ach komm schon. Ich bin mir sicher, dass es ihr nichts ausmacht. Oder?" Er wirft mir einen Dackelblick zu.

Als sich unsere Blicke begegnen, kippt der Tisch unter meinen Händen. *Was zur Hölle?* Ich habe den Drang, zustimmend zu nicken – obwohl ich es gar nicht meine. Mühsam wende ich meinen Blick von ihm ab, einen quälenden Zentimeter nach dem anderen. Es ergibt gar keinen Sinn und mein Herz setzt mehrere Schläge aus. Schweißperlen bilden sich auf meiner Stirn.

Als ich Bria endlich ansehen kann, zwinge ich ein Lächeln auf meine Lippen und hebe mein fast volles Glas. „Ich wusste doch, warum ich dich liebe. Lass uns trinken!"

Bria stößt ihr Glas mit meinem an und ich richte meinen Blick weiter auf ihr Gesicht. Der Drang, meinen Kopf wieder zu dem Kerl umzudrehen, macht sich in mir breit. *Okay, Ava. Reiß dich zusammen!* Ich schaue auf mein Getränk. *Oh Scheiße.* Für den unwahrscheinlichen Fall, dass mir jemand etwas ins Glas getan haben könnte, schiebe ich es weg. Das kann die einzige Erklärung für das sein, was gerade passiert ist. Ich werfe Bria einen vielsagenden Blick zu und deute auf ihr Getränk, bevor ich den Kopf leicht schüttle.

Ich richte mich auf und wende mich wieder ihm zu. Gott sei Dank hat er sich von unserem Tisch entfernt. Ich stoße einen Atemzug aus, von dem ich gar nicht gewusst hatte, dass ich ihn anhielt, und lehne mich zu Bria vor. „Hier gibt es nichts außer verzweifelten Männern, die unbedingt Sex haben wollen. Lass uns abhauen", sage ich mit leiser Stimme, damit niemand in der Nähe etwas hören kann.

Bria schüttelt den Kopf. „Ich weiß nicht so recht. Es ist noch früh. Ich bin dafür, dass wir noch ein wenig länger bleiben. Vielleicht ist der Verdächtige nur noch nicht aufgetaucht."

Zweifel steigen in mir auf wie eine Kletterpflanze an einer südlichen Gebäudewand und nehmen alle meine Gedanken in Beschlag. Wie eine tödliche Kudzu Pflanze ersticken sie alles und bemächtigen sich meines gesamten Ökosystems. Mir bleibt nichts anderes übrig, als mir einzugestehen, dass es ein Fehler war, hierherzukommen, und dass ich meine Zeit vergeude, in dieser Bar zu sitzen.

Ich greife nach meinem Handy und blättere durch die Fotos der Opfer. Es genügt, um mich daran zu erinnern, dass nichts Zeitverschwendung ist. Selbst wenn wir hier nichts finden, untersuchen wir doch jeden möglichen Ansatzpunkt. Das wird uns schließlich zu dem Mörder führen. Wir werden nur dann scheitern, wenn wir mögliche Hinweise ignorieren. Es gibt keine Spur, die zu klein ist, und es ist keine Zeitverschwendung, wenn ich diesen Ort danach von der Liste möglicher Spuren streichen kann.

„Du hast recht …" Meine Stimme versagt, als meine Aufmerksamkeit von einem anderen Mann erregt wird. Einem, der auf uns zukommt. Er sieht gut aus, aber zum Glück nicht so attraktiv, dass ich mich selbst vergesse.

„Hallo, meine Schöne." Der neue Typ lächelt und gestikuliert mit seiner Bierflasche zu mir. „Ich habe dich noch nie hier gesehen." Noch so eine kitschige Anmache, die totaler Quatsch ist, weil ich schon oft hier war.

„Dann solltest du vielleicht zum Augenarzt gehen, denn ich komme oft hierher." Mein Lächeln ist schroff und abweisend.

Das schreckt ihn jedoch nicht ab. Er wirft den Kopf zurück und lacht. „Das mag sein, aber ich kann dir einen Bereich im Club zeigen, den du dir nicht entgehen lassen solltest." Er versteht es wirklich nicht.

„Das ist nicht nötig. Mein Mädchen und ich sind zusammen hier." Ich stelle absichtlich nicht klar, dass wir nur *Freundinnen* sind, weil ich will, dass er annimmt, Bria und ich hätten etwas Intimeres miteinander. *Das sollte ihn zum Schweigen bringen.*

„Sie kann sich uns gern anschließen", beharrt er.

Ich will ihm gerade eine Abfuhr erteilen, als der Sexgott in unsere Richtung kommt. Alle Spucke versiegt in meinem Mund und ich klammere mich am Tisch fest, um mich nicht zu blamieren, wenn ich möglicherweise vor ihm auf die Knie falle. Ich habe mich geweigert, vor meinem letzten Dom auf die Knie zu gehen, und ich werde es auch jetzt nicht tun.

Ich ignoriere den Möchtegerntouristenführer und beobachte lieber, wie sich der Sexgott auf köstliche Weise durch den Raum schlängelt. Die Muskeln in seinen Schenkeln spannen sich an, wenn er sich bewegt, und mir läuft das Wasser im Mund zusammen.

Der Sexgott setzt sich direkt neben den Platz, an dem ich stehe, sodass er in meine Privatsphäre eindringt. Ohne mich zu rühren, beschließe ich in diesem Moment, in Bezug auf ihn auf mein Bauchgefühl zu hören. Ich habe mit den besten Profilern, die es gibt, studiert und zusammengearbeitet. Ich bin ein guter Menschenkenner.

„Ich kam nicht umhin, zu bemerken, dass du mich vor einem Moment beobachtet hast." Seine Stimme löst ein schwindelerregendes Déjà-vu Gefühl in mir aus. Ich schaffe es nicht, meine Mundwinkel hochzuziehen, aber ich ertappe mich dabei, zu nicken.

„Du bist nicht übersehbar. Ich würde Sexgott sagen, wenn ich es nicht besser wüsste, was ich natürlich tue." *Großer Gott. Habe ich das gerade laut gesagt?*

Bria kichert nervös und klopft mir auf die Schulter. „Ignoriere sie. Sie hat sich gerade von ihrem Freund getrennt und ist nicht sonderlich gut auf Männer zu sprechen. Das ist der Grund, warum wir heute Abend hier sind."

Das ist die Geschichte, die sie ihm als Tarnung auftischen will? Wirklich? „Ich habe dir doch gesagt, dass ich hergekommen bin, um flachgelegt zu werden, B. Ich habe nur noch nichts gesehen, was meinen … nun, Standards entspricht." Ich weiß nicht, wie ich es schaffe, Worte hervorzubringen, die jeder Zelle in meinem Körper, die innerlich nach diesem Mann schreit, widersprechen. Aber er braucht nicht zu wissen, dass ich ihn zwischen meinen Beinen spüren wollte, damit er mir zeigt, was er zu bieten hat.

* * *

Corbyn

ICH SCHMUNZLE über die sexy FBI Agentin, die mit vor der Brust verschränkten Armen vor mir steht. Ich bezweifle, dass sie merkt, wie frech sie ist. Sie wendet den Blick von Desmond ab und als sie stattdessen mich ansieht, fühlt es sich wie eine Liebkosung an. Sie öffnet ihre geballten Fäuste und reißt die Augen weit auf, als sie mich ganz offen ansieht.

Ava hat mich seit ein paar Wochen gedanklich verfolgt, obwohl ich sie weggeschickt habe.

Ich stütze meinen Ellbogen auf den Tisch und hebe meine Hand, um kurz ihren Arm zu berühren. „Ich glaube, damit kann ich dir helfen."

Zum ersten Mal seit Jahrzehnten begehre ich eine Frau. Das Verlangen, Ava zu ficken, ist so stark wie mein Bedürfnis, ihr Blut zu schmecken. Ich kann nichts dagegen tun. Ich will sie verstehen. Warum hat sie meine Befehle ignoriert? Wie?

Ihr süßer Duft umhüllt mich in einer lustvollen Wolke, aber das ist nicht das Einzige, was mich anfangs zu ihr hingezogen hat. Als 623-jähriger Vampir habe ich gelernt, meine Augen und Ohren nach allem Verdächtigen offen-zuhalten.

Im Laufe des letzten Jahrhunderts hat sich diese Aufmerksamkeit von meiner Art auf die Menschen verlagert. Sie stellen das größere Risiko für unsere Entlarvung dar. Sie sind permanent vernetzt und zeichnen alles auf, was sie tun – als würde es irgendjemanden interessieren.

Viele Vampire wären zu Lucius gelaufen und hätten ihm von Ava erzählt, aber ich bin kein Durchschnittsvampir. Ich bin alt genug, um es besser zu wissen. Ich bin vielleicht zu Lucius gegangen, als ich neu in sein Territorium zog, aber aus Respekt und nicht, weil ich ihn fürchtete. Ich habe genug

Erfahrung, um meine eigenen Entscheidungen zu treffen, und war leicht in der Lage, das Risiko zu erkennen, das Ava darstellt.

Sie schüttelt den Kopf und zieht einen Mundwinkel hoch, während sich ihre Pupillen weiten. „Ich habe die Nummer eines guten Psychiaters. Er kann bei den Wahnvorstellungen helfen."

Es scheint, als müsste ich jetzt einen direkteren, offensiveren Ansatz wählen. Meine Libido meldet sich zu Wort und stimmt von ganzem Herzen zu, bereit, sie besinnungslos zu ficken. Ich muss meine Art beschützen. Deshalb muss ich mehr Zeit mit ihr verbringen. Es ist ihr gelungen, sich über den Zwang meines Bezirzens hinwegzusetzen. Sie hat sich vor ein paar Minuten auch Desmonds Versuchen widersetzt. Das ist etwas, das nicht passieren sollte.

Das Feuer in ihren Augen zieht mich ebenso in seinen Bann wie ihr Körper und ihr Geist. Sie ist ein Rätsel, das ich plötzlich auseinandernehmen und entschlüsseln muss. Die Herausforderung ist fast so verlockend, wie die Frau selbst.

Als Raubtier mag ich unterwürfige Frauen und komme nicht umhin, mich zu fragen, was nötig sein wird, um sie zu erobern. Die Vorstellung, wie sie an mein Bett gefesselt ist, ihren Arsch in die Luft streckt und ihre Pobacken von meiner Hand ganz rot werden, lässt meinen Schwanz hinter meinem Hosenschlitz zucken.

Desmond lacht über Avas schnelle Reaktion. „Sie hat nicht ganz unrecht, Corbyn. Ich bin übrigens Desmond und würde mich mehr als freuen, deine *Bedürfnisse* zu befriedigen."

Ich ärgere mich über die Art und Weise, wie er erneut versucht, sie dazu zu überreden, mit ihm ins Verlies zu gehen.

Ava macht eine Show daraus, Desmond von Kopf bis Fuß zu mustern, bevor sie nach einem Getränk greift, das, wie ich rieche, nichts anderes als ein Mineralwasser mit Limette ist. „Kannst du mich irgendwohin mitnehmen?"

Ein Knurren baut sich tief in meiner Kehle auf. Das habe ich nicht kommen sehen. Desmond lächelt und streicht ihr mit dem Handrücken über die Wange. „Es gibt viele private Nischen. Aber ich kann dich nirgendwo hin mitnehmen, ohne deinen Namen zu kennen."

Es besteht kein Zweifel daran, dass er das nur sagt, falls er aus Versehen ihren Namen erwähnt. Vampire können die Gedanken von Menschen lesen und jetzt, da sie ihm geantwortet hat, ist er zweifellos in ihren Kopf eingedrungen. Mein untotes Herz rast für eine Sekunde, als ich mich frage, was er tun wird, wenn er herausfindet, dass sie Polizistin ist.

„Mein Name ist Ava." Ihre Augen werden glasig und ihre Worte sind hölzern. Dann versteifen sich ihre Schultern und sie schüttelt den Kopf so heftig, dass ihr das Haar um ihr herzförmiges Gesicht fliegt. „Aber du irrst dich. Ich war nur neugierig, damit ich weiß, wo ich einen Kerl hin mitnehmen muss, wenn ich jemanden finde, der mein Interesse weckt."

Ich weiß, dass Desmond über den Bereich im Untergeschoss spricht, der für Vampire und ausgewählte Menschen reserviert ist. Es ist der Ort, an dem die meisten unserer Artgenossen von ihrem Abendessen trinken und es ficken. Wie in den meisten Vampirklubs gibt es auch hier ein BDSM Verlies, in dem wir unserer Verderbtheit frönen können, ohne zu töten. Club Toxic ist nicht anders, nur das Lucius etwas stilvoller ist.

Das Verlies bietet die perfekte Kulisse, wenn ich von jemandem trinke. Es ist Jahrzehnte her, dass ich das Verlangen hatte, beim Trinken Sex zu haben, aber ich ziehe es vor, dort unten zu speisen, wenn ich mich an einem lebenden Spender labe.

Der Anblick von Menschen, die an verschiedenen Gerätschaften im Raum gefesselt sind, und das Geräusch von Peitschen, Floggern und Händen, die auf nacktes Fleisch schlagen, löst bei den Spendern Angst und Erregung aus und versüßt ihr Blut. Es verändert den Geschmack von alltäglich zu köstlich.

Ich lege meine Hand auf Avas und drücke sie. „Der Raum ist voller Potenzial."

Sie lächelt über meine Unterstützung und Desmond weicht zurück und wendet sich ihrer Freundin zu.

„Du bist abenteuerlustiger als deine Freundin hier, nicht wahr?" Er streicht sich mit der Hand über den Mund, um seine Reißzähne zu verstecken, während er sie wieder einzieht. Ich bin froh, dass er meine Botschaft verstanden hat. Ava gehört *mir*.

Ich kenne Desmond schon seit einigen Jahrhunderten und habe in der Vergangenheit mit ihm zusammengearbeitet. Im Grunde ist er kein Wissenschaftler, aber er hat eine Leidenschaft für Biologie. Er hat jede Rasse auf dem Planeten studiert, auch Tiere. Während ich mit ihm zusammenarbeitete, untersuchten wir Vampirjäger und ihre Nachtschattengewächsmischungen. Die Nachtschattengewächse allein haben keine Wirkung auf Vampire, also analysierten wir die von ihnen hergestellte spezielle Mischung. Ihre Formel tötet uns nicht, aber sie lähmt uns vorübergehend.

Mir hat die Arbeit mit ihm Spaß gemacht, ich kehrte jedoch nach etwa einem Jahrzehnt zum Studium der Humanmedizin zurück. Der Wendepunkt für mich kam, als Desmond eine Grenze überschritt. Er verärgerte die Gestaltwandler, als er ein paar Werwölfe entführte, um sie zu studieren.

Avas Freundin grinst Desmond an, während sie sich zur Musik bewegt und so tut, als würde sie an ihrer Cherry-Cola nippen. „Dir fehlen bestimmte Körperteile, die meine Säfte zum Fließen bringen."

Ich muss über ihre Dreistigkeit lachen. Es ist offensichtlich, dass sie Ava nahe steht. Das ist eine Antwort, die ich von ihr erwarten würde. Wer genau ist sie? Ein kurzer Blick in ihre Gedanken verrät mir ihren Namen und die Tatsache, dass sie nichts mit meiner Ava gemeinsam hat. Sie ist auch FBI Agentin, aber ihr Gehirn ist linear und leicht zu verstehen.

Nur wenig passiert unter der Oberfläche dessen, was sie vor sich sieht. Sie beobachtet körperliche Merkmale und Handlungen und nur wenig mehr. Während Ava alles zur Kenntnis nimmt, von der Mimik und Körpersprache bis hin zu den kleinsten Bewegungen, überfliegt ihre Freundin das alles. Wenn es nicht zu einem bestimmten Erscheinungsbild passt, übersieht sie mehr, als sie sollte. Sie muss neu beim FBI sein. Mit der Zeit und mit Erfahrung in ihrem Gebiet wird sie lernen, genauer hinzuschauen und ihre Fähigkeit, Menschen einzuschätzen, verfeinern.

Die Musik verändert sich und der Takt wird langsamer. Die Lichter, die im Rhythmus der Musik pulsieren, passen sich an und schaffen eine sinnliche Atmosphäre. Die Veränderung weckt den Wunsch in mir, Ava näher zu sein. Ich stehe auf und greife nach ihr. „Tanz mit mir."

Sie blinzelt und schaut von der Hand, die ich ihr entgegenstrecke, zu meinem Gesicht auf. Ihr Mund öffnet und schließt sich wieder, während sich die Zahnräder in ihrem Kopf in Bewegung setzen. Ich widerstehe dem Drang, in ihre Gedanken einzudringen und zu sehen, was sie denkt.

Ich schaue lieber in ihr schönes Gesicht und decke ihre Geheimnisse selbst auf. Sie zieht die Stirn in Falten, zuckt mit den Augenbrauen und spitzt die Lippen – Lippen, die mich ablenken. Ich möchte meinen Mund auf den ihren pressen und mir meinen Weg hineinbahnen.

In einer Minute lächelt sie und beugt sich zu mir vor und in der nächsten runzelt sie die Stirn und ballt die Hände zu Fäusten. Ich brauche Ihre Gedanken nicht zu lesen, um zu wissen, dass sie mich zurückweisen und sich wieder der Suche nach ihrem Verdächtigen widmen will.

„Ich tanze nicht." Sie versteckt sich hinter ihrem Pseudo-Getränk. „Ich habe zwei linke Füße."

Ich lächle und fahre mit einem Finger über ihre Schulter. Sie trägt einen grauen Pullover mit V-Ausschnitt und einen kurzen, schwarzen Rock. Er ist nicht so kurz wie die der meisten Frauen, die den Club besuchen, aber er ist eng genug, um mir ein klares Bild von ihrer Figur zu verschaffen.

Leider beantwortet es die Frage nicht, ob sie einen Bikini Slip oder einen Tanga trägt. Oder vielleicht gar kein Höschen. Bei diesem Gedanken fahren sich fast meine Reißzähne aus. Es ist unmöglich, an etwas anderes zu denken, wenn sie so verführerisch dasteht.

Ihre schlanke Hüfte ist perfekt gerundet und ihre Brüste sind nicht so groß, dass sie aus ihrem engen Oberteil herauspurzeln. Das Grau ihres Pullovers entspricht fast der Farbe meiner Augen. Es ist belanglos und hat nichts zu bedeuten und doch kann ich mich des Gedankens nicht erwehren, dass es ein Zeichen dafür ist, dass sie und ich füreinander bestimmt sind – zumindest lange genug, sodass ich von ihr trinken und ihre Welt auf den Kopf stellen kann.

„Dann hast du Glück, denn ich führe gut." Ich greife nach ihrer Hand und weigere mich, ein Nein als Antwort zu akzeptieren, als ich sie auf die Tanzfläche ziehe.

Sie reißt ihre Hand zurück und verschränkt die Hände vor der Brust. „Ich kann Bria nicht allein lassen."

Ich schenke ihrer Freundin ein verführerisches Lächeln, das Frauen immer zu Wachs in meinen Händen werden lassen. „Es macht dir doch nichts aus, oder?"

„Ähm." Bria schwankt von einem Fuß auf den anderen, bevor sie den Kopf schüttelt. „Nein. Geht nur und habt Spaß. Auf der Tanzfläche gibt es eine ganz andere Welt zu sehen. Du verpasst sie jedes Mal."

Ich kann gut genug zwischen den Zeilen dieser Aussagen lesen. Bria hat Ava etwas mitgeteilt. Da ich ihren Beruf kenne, muss ich annehmen, dass es wahrscheinlich darum geht, dass Ava einen Blick auf die andere Seite der Bar werfen soll. Ich kann sehen, wie sie beim Tanzen nach verdächtigen Personen Ausschau hält. Ich muss zugeben, dass ihre Masche clever ist. Ohne mehr über die Frauen zu wissen, würden nur wenige mehr in das gesprochene Wort hineinlesen.

Avas Widerstand bröckelt. Ich drücke meine Handfläche auf ihr Kreuz und dränge sie in Richtung Tanzfläche. Wir werden das langsame Lied wahrscheinlich verpassen, aber das ist mir egal. Ich habe vor, sie im Handumdrehen in meinen Armen zu halten. „Gestatte dir zu fühlen. Du wirst meine Welt genießen", verspreche ich ihr mit einem Lächeln.

Sie kichert und zeigt mir damit, dass sie mehr verstanden hat als das, was ich tatsächlich gesagt habe. Sie schmiegt ihren Körper an meinen und ich spüre, wie ihre Brüste verlockend gegen meinen Oberkörper gedrückt werden. Ihr Duft wird süßer, als wir beginnen, uns zusammen zu bewegen.

„Du bist viel zu dominant für meinen Geschmack." Ava leckt sich über die Lippen und starrt mich eine Sekunde lang an. „Ich vertraue dir nicht genug, um mehr zu erlauben. Außerdem bin ich nicht der Typ, der sich wirklich unterwirft." Ihre Hüfte schwingt mit meiner, während ihre Hände auf meinen Schultern ruhen.

Ich lege meine Hand auf ihr Kreuz und signalisiere meinen Besitzanspruch an sie. Ich möchte sie umdrehen und meine Hände auf ihrem Unterleib ausbreiten, bevor ich sie streichelnd an ihrem Bauch hinaufbewege.

Mein Verstand verwirft diese Idee zugunsten des Gedankens, sie auf die Knie zu zwingen, wo ich sie dazu bringen würde, meinen Schwanz zu befreien und ihn in den Mund zu nehmen. Die Vorstellung, sie meiner Gnade ausgeliefert vor mir zu haben, erregt mich so sehr, dass ich kaum noch bei Verstand bleiben kann. Aber bevor ich sie packe und meinen Trieben nachgehe, blende ich die Fantasien aus.

Ich muss mir überlegen, wie ich ihren Verdacht vom Club Toxic ablenken kann. Das ist der einzige Grund, warum ich nicht gerade versuche, sie besinnungslos zu vögeln. Wenn ich dem, was ich will, nachgebe, bevor ich ihren Verdacht von irgendjemandem im Club ablenken kann, wird sie viel zu viel sehen. Sie hat einen starken Verstand. Ich bin mir nicht sicher, ob ihr Gedächtnis gelöscht werden kann. Wenn sie herausfindet, dass Vampire existieren, setze ich meine Existenz aufs Spiel. Sie ist eine brillante Frau, der ganz sicher auffallen wird, dass mit einigen der Gäste hier etwas nicht stimmt.

„Es gibt einen Unterschied zwischen liebevoller Akzeptanz und herablassender Kontrolle." Ich streiche mit meinen Fingerknöcheln über ihre Wange. „Es klingt, als hättest du Ersteres noch nie erlebt."

„Es ist sowieso egal. Wir tanzen nur", informiert sie mich.

Das Lied wechselt zu einem schnellen, sinnlichen Beat. Sie hebt eine Augenbraue und zieht sich zurück, bevor sie sich einen Moment Zeit nimmt, um mich mit zusammengekniffenen Augen zu mustern. Sie schafft ein paar Zentimeter Abstand zwischen uns und dreht sich, sodass sie mir nun den Rücken zuwendet. Ihre Hände hebt sie über ihren Kopf und sie wackelt mit ihrem Hintern vor mir hin und her. Ich würde ihn ihr am liebsten versohlen, um sie zurechtzuweisen.

Aber ich packe ihre Hüfte und presse die Finger zusammen, während ich mich mit ihr bewege. Mein Schwanz wird gegen ihr Kreuz gedrückt, was die Hitze ihres Körpers unter meiner Handfläche noch verstärkt. Ich kann nur daran denken, wie sehr ich diese Frau begehre. Sie ist warm, sinnlich und verleitet mich dazu, ihr den Hintern versohlen zu wollen, bevor ich in ihre feuchte Hitze stoße.

„Für den Moment." Ich lehne mich verheißungsvoll an sie heran und verlangsame unsere Bewegungen. Für einen kurzen Moment hört sie auf, ihren Blick durch den Raum huschen zu lassen, und ist ganz bei mir.

Ava lässt ihren Kopf gegen meine Schulter sinken und krümmt ihren Rücken. Ihr Hinterteil streift meine Leistengegend und sie hält einen Moment inne, bevor sie ihren üppigen Hintern an meiner Erektion reibt. Eine verfluchte Qual.

In diesem Moment führt Desmond Bria auf die Tanzfläche. Ihr Blick ist starr auf seine Augen gerichtet und sie schwankt in die Richtung des anderen Vampirs. Welch ein ungeschickter Tölpel. Er geht mit seinen vampirischen Fähigkeiten viel zu offenkundig um. Eine Frau, die so aufmerksam ist wie Ava, wird es bemerken. Und sie wäre vielleicht nicht die Einzige.

Ich schaffe ein paar Zentimeter Abstand zwischen Avas und meinem Körper. Ich sollte sie drängen, den Club zu verlassen. Ihre Ermittlungen gefährden meine Art und das kann ich nicht zulassen. Aber natürlich tue ich es nicht, weil ich dem Drang nicht widerstehen kann, ihr nahe zu sein.

Ava wirbelt herum und lächelt zu mir auf. „Ich brauche etwas zu trinken. Hast du Durst?"

„Ich bin völlig ausgedörrt." *Dein Blut wäre perfekt.*

Sie bewegt sich anmutig von der Tanzfläche zu ihrem Tisch. Obwohl sie denkt, dass ich sie nicht hören kann, flüstert sie in ihre Handtasche. „Jemand muss Tinnea von der Tanzfläche holen." Ich wusste, Ava würde bemerken, dass etwas nicht stimmt. Desmond war in seinem Vorgehen schlampig.

Avas Bitte um Intervention könnte nach hinten losgehen. Desmond könnte etwas Schlimmeres tun, als eine Frau ganz offen dazu zu bezirzen, mit ihm zu tanzen. Und wenn er dies täte, würde wahrscheinlich die Hölle ausbrechen.

Ich verkrampfe mich, als sich ein anderer Mann Desmond und Bria nähert. Es muss ein weiterer FBI Agent sein. Desmond beißt den Kiefer zusammen, als der Neue darum bittet, mit Bria zu tanzen. Es gibt zahllose Vampire hier, die verhindern werden, dass die Sache explodiert.

Ich stoße einen Atemzug aus, als Desmond sie ohne viel Aufheben gehen lässt. Natürlich hilft es, dass sich genau in diesem Moment eine andere Frau von ihrer Freundin abwendet und ihre Hände über Desmonds Brust gleiten lässt. Desmond küsst die neue Frau und Bria ist vergessen.

„Lass mich dir ein neues Getränk holen." Ich winke einer Kellnerin zu.

Ava schüttelt den Kopf, winkt ihrer Freundin zu und lächelt. „Nein, danke. Ich werde jetzt gehen. Es war nett, dich kennenzulernen, Corbyn."

„Die Freude ist ganz meinerseits." Ich hebe ihre Hand und küsse ihr den Handrücken. „Triffst du mich morgen zu einem weiteren Tanz?" Ich ziehe sie an mich.

Ava mustert mich und kaut auf ihrer Unterlippe.

Ich konzentriere mich auf ihre Zähne und ihre Zunge, während sie über meine Bitte nachdenkt. Bria kommt in unsere Richtung. Ich habe fast keine Zeit mehr.

Die Verzweiflung krallt an meinem Inneren und fast hätte ich mir Ava geschnappt, um sie aus dem Club zu tragen. Mein Herz zieht sich zusammen und mein Verstand rast. Was ist das? Ich kann mich nicht mehr konzentrieren und meine Vernunft nicht zurückbekommen. Der Gedanke, sie mitzunehmen, löst ein ungewohntes Kribbeln in meiner Magengrube aus. Darf ich es wagen, von Schmetterlingen zu sprechen?

Der Gedanke, sie mir über die Schulter zu werfen und sie ins Verlies zu tragen, mag verlockend sein, aber ihr würde es nicht gefallen. Schmerzende Sehnsucht schießt in meinen Schwanz, als ich mir vorstelle, wie Ava aus freien Stücken vor mir auf die Knie fällt.

Die Stille dehnt sich fast bis zur Unbehaglichkeit aus. „Wie wäre es um acht?", fragt sie schließlich langsam.

„Einverstanden. Bis morgen." Ich streiche mit meinen Lippen noch einmal über ihre Fingerknöchel.

Mein Herz trommelt wie eine angekettete Bestie in meinem Brustkorb und meine Reißzähne drängen gegen mein Zahnfleisch. Mein neues Forschungsprojekt hat keine Ahnung, was auf sie zukommt. Und keine Möglichkeit, sich gegen mich zu wehren. Ich freue mich darauf, sie in Besitz zu nehmen.

KAPITEL DREI

Ava

*D*enk mal an etwas anderes als an den Sexgott. Du bist eine erwachsene Frau, kein verliebter Teenager!

Ich ermutige mich selbst und schnappe mir die Flasche mit dem Bleichmittel und ein Handtuch. Arbeit hilft mir immer, mich zu konzentrieren. *Also gut. Was übersehe ich?* Wie auf Autopilot gehe ich jedes Detail in den Fallakten durch, während ich das Waschbecken einsprühe und mir einen Schwamm schnappe. Das kleinste Beweisstück könnte der Hinweis sein, der den Fall aufdeckt. Ein einziges Stückchen Stoff könnte zu unserem Mörder führen. Leider gibt es nicht viele Anhaltspunkte.

In diesem Fall ergibt nichts viel Sinn. Ich höre auf, Kreise zu schrubben und werfe den Schwamm quer durch den Raum. Einen Serienmörder zu haben, der bei der Auswahl seiner Opfer keinem Typus folgt, ist verdammt frustrierend. Es schließt viele Wege aus, die mich in der Vergangenheit zu Tätern geführt haben. Wäre da nicht die gleiche Vorgehensweise, könnte man die Verbindung zwischen den Todesfällen leicht übersehen.

Ich blättere durch die Bilder auf meinem Handy und halte inne, als mir etwas ins Auge fällt. Alle Opfer liegen auf dem Rücken und ihre Gesichter sind nach unten geneigt. Einige haben den Kopf nach rechts gedreht, eine andere schaut gen Himmel und bei der letzten Frau ist er nur ganz leicht nach links geneigt. Ein großer Stein liegt neben ihrer Schulter.

Ich schnappe mir eine Tasse und kann mich gerade noch zurückhalten, sie durch den Raum zu schleudern. Tief atmen. Ein und aus. Ich bin müde, nachdem ich mich hin und her gewälzt habe, bis ich schließlich meinen Hintern aus dem Bett schleppen musste. Selbst im Schlaf grübelte ich noch über den Fall nach und träumte dann von Corbyns umwerfenden grauen Augen. Nicht gerade eine Kombination, die gute REM-Zyklen fördert. Ich schaue auf die Uhr meiner Mikrowelle und mein Herz klopft so schnell, dass sich die Welt eine Sekunde lang schneller dreht.

Noch eine Stunde bis es losgeht. Scheiße! Corbyns Lächeln hat mich den ganzen Tag lang verfolgt und es unmöglich gemacht, produktiv zu sein. Und tschüss, samstägliche Putzroutine. Hallo Stress, mit Klamotten auf dem Schlafzimmerfußboden. Ich weiß nicht, was ich anziehen soll und ich treffe mich schon bald mit ihm.

Wird er mich heute Abend in diese geheimnisvolle, private Ecke entführen? Mein inneres Sexkätzchen schnurrt bei dieser Vorstellung. Dann setzt die Schlampe sich auf und fängt an zu keuchen. Die sollte ich besser unter Verschluss halten, sonst blamiere ich mich noch.

Mein Handy klingelt und ich springe auf, um es vom Beistelltisch zu holen. Ein Lächeln huscht über mein Gesicht, als ich sehe, dass es Bria ist. Sie ist genau die Person, mit der ich reden muss. Ich habe zugelassen, dass Corbyns gutes Aussehen meine ursprüngliche Absicht, abzulehnen, getrübt hat, sodass ich zugestimmt habe, heute Abend mit ihm auszugehen.

Ich leugne ja nicht, dass ich mich zu ihm hingezogen fühle, aber ich kann nicht zulassen, dass meine Zuneigung noch größer wird. Es wird für mich viel einfacher sein, ein Gefühl für die Clubbesucher zu bekommen, wenn ich nicht den ganzen Abend von Typen angesprochen werde. Es wird einfacher sein, die Nadel im Heuhaufen oder – in diesem Fall – den Verdächtigen zu erkennen. Unser Mörder wird nur oberflächliche Gefühle haben. Das wird sich in seinen Inter-aktionen zeigen, wenn man weiß, worauf man achten muss.

Ich nehme den Anruf an und halte das Telefon an mein Ohr. „Hey, B. Was gibt's?"

„Ich rufe an, um zu hören, wie es dir geht. Und um dich zu fragen, ob du willst, dass Diggs und ich als Verstärkung in den Club mitkommen", bietet Bria an. Ich höre ein dumpfes Poltern von ihrer Seite des Gesprächs und stelle mir vor, wie sie Schuhe anprobiert und wieder wegwirft, während wir reden. Bria mag Schuhe und hat nur selten die Gelegenheit, ihre Lieblingsschuhe zu tragen. Jimmy Choos sind im Büro nicht gerade angebracht.

Ich gehe in mein Schlafzimmer und zucke zusammen, als ich das Chaos dort sehe. „Nein. Corbyn ist keine Bedrohung und ich habe keinen Grund, ihn wegen irgendetwas zu verdächtigen."

„Es sei denn, du zählst dazu, dass er dich nackt sehen will." Brias Stimme hob und senkte sich bei den letzten Worten in einem Singsang.

„Ach hör auf. Ich habe vielleicht die Aufmerksamkeit von Diggs und Gleason auf mich gezogen, aber ich bin nichts Besonderes. Ich bin neu im Club. Das ist der einzige Grund, warum er mich eingeladen hat."

„Wenn du das wirklich glaubst, dann hast du viel zu viele Stunden im Büro verbracht. Der Mann ist scharf auf dich."

Brias Lachen schallt durch den Hörer. „Du musst dein rotes Oberteil anziehen. Es schmiegt sich genau auf die richtige Art und an den richtigen Stellen eng um dich. Es wird deine Brüste toll betonen."

„Ich dachte, du machst dir Sorgen, dass ich heute Abend allein gehe." *Wo zum Teufel ist das Teil?* Ich schiebe meinen blauen Pullover und die neue lila Bluse, die ich gerade passend zu einem meiner Hosenanzüge gekauft habe, zur Seite und finde das rote Oberteil schließlich in der Ecke meines Schranks. Normalerweise trage ich es mit dem schwarzen Rock, den ich gestern Abend anhatte, aber den kann ich nicht noch einmal anziehen. Als ich mich umsehe, stelle ich fest, dass ich nichts von den Dingen auf dem Fußboden mag. Ich hebe meinen Kopf und entdecke meinen anthrazitfarbenen Rock. Der ist perfekt. Die Plisseefalten am unteren Ende lockern den engen Stoff ein wenig auf. Ich halte ihn vor mich und schwenke ihn hin und her.

„Ich kenne dich doch. Du wirst dich mehr auf die Suche nach unserem Täter konzentrieren als auf Corbyn. Ich mag es nicht, wenn du ohne Verstärkung ermittelst. Ruf mich lieber an, wenn du etwas Verdächtiges siehst. Und tu bloß nichts Dummes, wie dich einem Verdächtigen selbst zu nähern."

„Ich habe dich gut ausgebildet." Ich lege eine Hand auf mein Herz. Jetzt ist sie von der eingebildeten, aber ahnungslosen Anfängerin, die frisch von der Akademie gekommen war, meilenweit entfernt. „Ich werde mich nicht in Gefahr begeben. Ich weiß es besser. Ich rufe dich morgen an und jetzt mache ich mich besser fertig."

„Pass auf dich auf und versuche, etwas Spaß zu haben. Es ist schon sehr lange her, seit ich das letzte Mal flachgelegt wurde und ich weiß, dass es für dich sogar noch länger her ist."

Das ist wahrer, als es Bria bewusst ist. Es ist nicht leicht, so viel Vertrauen zu einem anderen Menschen aufzubauen, dass ich mich wirklich gehenlassen kann. Und ich stehe nicht auf lockere Affären. Ein Teil von mir wünscht sich einen Partner, der die Kontrolle übernimmt und mir erlaubt, mich zu entspannen und alles andere zu vergessen.

Als Special Agent bin ich ständig im Einsatz. Einem anderen so weit zu vertrauen, dass er für eine Weile die Zügel in der Hand halten kann, ist für mich etwas Unerhörtes. Und doch ist es etwas, wonach ich mich sehne.

Die Vorstellung von Corbyn, der ein Paddel schwingt, während ich nackt auf allen vieren vor ihm hocke, steigt in meinem Kopf auf. Mein Hintern krampft sich zusammen, als ich mir das Brennen vorstelle, dass die Erregung in meinem Inneren entfacht. Nein. Das wird nicht passieren. Ich werde seine Gesellschaft genießen, während ich meine Suche nach einem Verdächtigen fortsetze.

Ich schiebe diese Gedanken beiseite und konzentriere mich wieder auf unser Gespräch. „Es ist schon eine Weile her. Aber heute Abend geht es darum, weiter nach unserem Täter zu suchen." Ich füge den letzten Satz eher zu Brias Gunsten hinzu als zu meinen.

Bria und ich verabschieden uns und ich ziehe mich an, während ich versuche, an etwas anderes als den absurden Wunsch zu denken, Corbyn für eine glückselige Nacht die Kontrolle übernehmen zu lassen. Es ist viel zu früh, um daran zu denken, mit diesem Mann ins Bett zu springen.

Sobald ich angezogen bin, nehme ich an meinem Schminktisch Platz und zwirble mein Haar zu einer schlichten Hochsteckfrisur. Dann trage ich leichtes Make-up auf. Einen Hauch Abdeckstift, um die dunklen Ringe unter meinen Augen zu verbergen, gefolgt von Lidstrich und Lidschatten.

Ich halte inne und überlege, ob ich auch Wimperntusche auftragen soll. Sie trocknet meine Augen eher aus. Ich entscheide mich trotzdem, das schönste Detail meines Gesichts zu betonen, und trage sie auf meine langen Wimpern auf. Etwas Lipgloss auf die Lippen vervollständigt den Look und ich schlüpfe in meine Stöckelschuhe mit Riemchen.

Ich bin auf halbem Weg zur Einfahrt, als ich bemerke, dass ich mein Handy auf dem Schminktisch vergessen habe. Ich eile zurück und hole es, als ich eine SMS von Diggs entdecke. Ich rolle mit den Augen, als ich sein Angebot lese, als meine Verstärkung zu fungieren. Jetzt, da er mich außerhalb der spießigen Hosenanzüge und Halbschuhe gesehen hat, will er auch ein Stück Action. Ich schicke ihm eine kurze Antwort, in der ich ihn wissen lasse, dass ich alles unter Kontrolle habe und dass Bria bereit ist, bei Bedarf einzuspringen. Dann schiebe ich mein Handy in meine Handtasche, lasse den Motor an und fahre aus der Einfahrt. Ein paar Leute gehen in meiner Nachbarschaft spazieren, was schön zu sehen ist. Es erinnert mich daran, was ich beschütze.

Ich habe versucht, ein Profil der Person zu erstellen, nach der wir suchen, und ich gehe gedanklich durch, was wir aufgrund dessen, was wir über ihn wissen, annehmen können. Auf der Grundlage aller verfügbaren Informationen sind Bria und ich uns einig, dass er im Club Toxic auf die Jagd geht.

Was bedeutet, dass er redegewandt sein muss, aber ich vermute, dass er unaufrichtig ist. Er ist zweifellos impulsiv, aber vorsichtig genug, um seine Spuren zu verwischen und keine Beweise zu hinterlassen. Er stellt sicher, dass er seine Opfer an Orten zurücklässt, wo wir sie finden werden. Das ist seine Art, die Polizei an der Nase herumzuführen. Es macht ihn egozentrisch und großspurig. Er glaubt nicht, dass wir clever genug sind, um ihn zu überführen.

Ehe ich mich versehe, bin ich im Club angekommen. Ausnahmsweise finde ich problemlos einen Parkplatz. Es sind nicht so viele Autos da, wie ich gehofft hatte, hier vorzufinden. Es wird wohl heute nicht viel mehr los sein als letzte Nacht. Andererseits ist es aber auch noch früh. Hoffentlich wird es noch besser. Ich greife nach meiner Handtasche und drücke den Knopf, um meinen Wagen zu verriegeln.

Mein Herz rast und mein Atem stockt, wenn ich an meine Verabredung denke. Ich konzentriere mich darauf, meinen Verdächtigen zu finden, aber so sehr ich mich auch bemühe, kann ich doch nicht vergessen, wie sehr ich mich zu Corbyn hingezogen fühle. Eine Brise weht über meinen heißen Nacken. Ich kann nicht aufhören, daran zu denken, wie gern ich heute Abend alle Vorsicht in den Wind schlagen würde.

Ich erreiche den Bürgersteig und stelle fest, dass es gar keine Schlange gibt. Es ist noch früh am Abend, sodass ich nicht auf zu viele Hoffnungsvolle treffe. Ich lächle die Türsteher an und zücke meinen Ausweis. Der Russel Crowe-Verschnitt in seinem tadellosen Anzug sieht viel besser aus als der Möchtegern-James Dean in seiner Lederjacke.

Die meisten Frauen stehen auf böse Jungs, aber ich jage böse Jungs beruflich und finde überhaupt nichts an ihnen anziehend. Abgesehen davon, dass die meisten in Leder gekleideten Männer, die ich kenne, Kriminelle sind, bevorzuge ich meine Männer gut gekleidet und gepflegt.

Ich betrete den Club und wundere mich erneut über die Garderobe und die Auswahl der Angestellten dort. Ein Typ im T-Shirt, dessen Muskeln sich unter der Baumwolle der Ärmel anspannen, beachtet mich kaum, als ich vorbeigehe. Er muss eine Verstärkung für die Türsteher am Eingang sein. Alles andere ergibt keinen Sinn.

Die Musik ist laut und übertönt den Rest der Welt. Sie dringt in den Fliesenboden ein und vibriert in meinem ganzen Körper. Ich wippe, während ich mich nach Corbyn umsehe. Die mahagonifarbene, L-förmige Bar befindet sich zu meiner Linken. Keiner der Gäste, die auf ein Getränk warten, erregt meine Aufmerksamkeit. Die Tische und der Loungebereich sind praktisch leer.

Mein Blick hüpft von einem Gast zum anderen, als ich nach einem schwelenden Paar grauer Augen suche. Eine Hand auf meinem Rücken wärmt mich von innen und entfacht das Inferno, das ich kaum unter Kontrolle halten konnte. Es ist Corbyn. Irgendwie spüre ich seine Anwesenheit.

Ich drehe mich um und lächle. „Perfektes Timing. Ich bin gerade erst angekommen."

Corbyn küsst meinen Handrücken und lässt seinen Mund länger auf meiner Haut verweilen, als es angemessen wäre. Köstliche Flammen züngeln durch meine Arme und meinen Körper. Ich beuge mich ihm entgegen. Ich war schon nicht mehr so aufgeregt, seit ich an der Akademie akzeptiert worden bin.

Plötzlich kann ich nur noch daran denken, wie sehr ich sein Gesicht umschließen und ihn besinnungslos küssen möchte. Ich will auf die Knie gehen und ihn auf jede erdenkliche Weise beglücken. Mein Körper zittert in seiner Nähe. Ich bewege mich auf einem dünnen gefährlichen Grat. Corbyn bringt mich dazu, Dinge zu wollen, die ich nicht tun sollte.

„Mmmm." Sein Atem streift über meine Haut, bevor er sich zu seiner vollen Größe aufrichtet. Neben ihm fühle ich mich zierlich und weiblich. Seltsamerweise gefällt mir das. Sehr sogar.

„Du siehst heute Abend umwerfend aus. Zum Anbeißen gut." Seine Augen glänzen wie flüssiges Silber in den wechselnden Lichtern des Clubs. Als er seinen gierigen Blick zu meinen Brüsten hinunterwandern und dort verharren lässt, werden meine Brustwarzen hart.

Seine Oberschenkelmuskeln spannen sich an, als er sich einen Stuhl neben meinen zieht. Mir läuft das Wasser im Mund zusammen. Ich möchte wissen, wie er ohne Kleidung aussieht. Sein zugeknöpftes Hemd und die maßgeschneiderte Hose verraten mir nicht genug, um sagen zu können, wie muskulös er wirklich ist.

„Erzähl mir mehr über dich, Corbyn. Was machst du beruflich?"

„Da gibt es nicht viel zu erzählen. Ich bin ein Workaholic und lebe in meinem Labor." Er winkt der Kellnerin zu, die sich dem Tisch nähert. „Tonic mit einem Spritzer Limette, richtig?" Er hebt die Augenbrauen, um auf meine Bestätigung zu warten.

Mein Kopf zuckt hoch. Die vorgetäuschten Getränke haben ihn nicht eine Minute lang getäuscht. „Margarita. Ohne Salz bitte. Welche Art Forschung betreibst du?" Ich lege meine Handtasche auf den Tisch.

„Medizinische. Genauer gesagt, entwickle ich Medikamente für Autoimmunerkrankungen. Mir gehört Inovius."

„Das Pharma-Unternehmen?" Natürlich gefällt ihm ein Umfeld, in welchem er die volle Kontrolle hat.

„Ich bin beeindruckt. Frauen kennen meine Firma normalerweise nicht, geschweige denn, dass sie wissen, was sie tut", erwidert er.

Dieses Kompliment bewirkt etwas in mir. Ich fühle mich plötzlich riesengroß und stärker als die Türsteher. „Natürlich weiß ich es. Ihr habt eines der wirksamsten Medikamente zur Behandlung von rheumatoider Arthritis entwickelt und ich habe gehört, dass ihr jetzt nach wirksameren Behandlungen für Krebs forscht."

Wir unterhalten uns ein paar Minuten lang über die Probleme, die er bei der Entwicklung von Krebstherapien hat, und darüber, wie die schlimmsten Symptome gelindert werden können. Es ist fast unmöglich, die schlechten Zellen abzutöten und gleichzeitig die gesunden Zellen unangetastet zu lassen. In den meisten Fällen ist die Behandlung schlimmer als die Krankheit selbst. Die Entwicklung von Medikamenten, die die schädliche Strahlung überflüssig machen, steht ganz oben auf seiner Liste. Die Kellnerin bringt unsere Getränke und ich habe meins bereits ausgetrunken, bevor ich mir dessen bewusst bin.

Mich mit Corbyn zu unterhalten, ist eine der einfachsten Sachen der Welt. Es fühlt sich an, als ob ich ihn schon seit Jahren und nicht erst seit Stunden kenne. Ich kann nicht aufhören, zu lächeln, und will nicht, dass dieser Abend zu Ende geht. Ich bin so in mein Gespräch mit ihm vertieft, dass ich meinen Plan für den heutigen Abend fast vergessen hätte.

Mein Magen zieht sich zusammen und ich teile meine Aufmerksamkeit zwischen Corbyn und den Menschen um mich herum. Ich registriere kaum, als Corbyn klarstellt, dass biologische Medikamente in keiner Weise dasselbe sind wie Schmerzmittel.

Ein Mann spricht eine Frau auf der anderen Seite der Bar an. Nichts davon ist besonders ungewöhnlich, bis das Gesicht der Frau schlaff wird. Sie wurde unter Drogen gesetzt, verdammt noch mal! Ich stehe so abrupt auf, dass mein Barhocker fast umkippt.

Corbyn fängt meinen Arm und folgt meinem Blick zu dem Pärchen. „Was ist los, Ava?"

Ich zwinge ein Lächeln auf meine Lippen. „Nichts. Mir ist nur gerade aufgefallen, wie spät es schon ist."

Der Mann führt die Frau zur Tür.

„Ich muss morgen früh arbeiten und sollte jetzt gehen."

Corbyn lässt die Hand sinken und tritt einen Schritt zurück. „Ich verstehe."

Ich glaube, er versteht viel mehr, als ich es mir wünsche. Schließlich ist er ein Wissenschaftler und es ist seine Aufgabe, Dinge zu bemerken, die andere übersehen. „Nun, ich möchte dich nicht davon abhalten, genug Schlaf zu bekommen. Treffe mich morgen Abend zum Essen."

Er schlendert zur Tür und ich greife nach meiner Handtasche. Ich muss große Schritte machen, um mit ihm Schritt zu halten.

„Magst du Sushi?", frage ich.

Corbyn hält mir die Tür auf und zieht eine Grimasse, als ich vorbeigehe.

Ich kichere. „Okay, wie wäre es mit mexikanischem Essen?"

Er winkt den Türstehern zu und legt seine Hand auf mein Kreuz, während er mich zu meinem Wagen begleitet. Der andere Typ und seine Verabredung eilen zum Parkplatz. „Mexikanisch klingt perfekt. Wie wäre es mit El Merenderos?"

„Das Lokal gefällt mir sehr. Wie wäre es mit sieben? Dort drüben ist mein Wagen." Ich gehe auf meinen Sentra zu und drücke auf den Knopf, um die Türen zu entriegeln.

Corbyn beugt sich hinunter und drückt seine Lippen zu einem kurzen Kuss auf die meinen. Er bringt mich zum Schmelzen. Meine Knie geben nach und ich stütze mich mit einer Handfläche auf dem Dach ab.

Ein dunkelblauer Mercedes verlässt den Parkplatz.

„Wir sehen uns morgen Abend." Ich springe in meinen Wagen und schließe die Tür. Corbyns Blick folgt mir, als ich aus dem Parkplatz biege und die Straße hinunterfahre.

Der Mercedes biegt links ab und ich folge ihm, aber nicht zu dicht. Heute Abend sind nicht zu viele Autos unterwegs, was es mir leichter macht, den Wagen im Auge zu behalten. Ich drücke einen Knopf am Lenkrad, zögere jedoch, als ich die automatische Stimme höre, die fragt, wie sie mir helfen kann.

Der Typ hält an einem Park an und die Frau steigt hinter ihm aus. Ich fahre an seinem Parkplatz vorbei und parke auf der Straße, steige aus meinem Auto und gehe durch den Park. Ich muss ihnen folgen und aufpassen, dass er ihr nichts tut.

Es gibt Wege und einige Bäume und dazwischen Picknicktische. Ich höre die Frau lachen und dann den Mann, der ihr sagt, dass sie auf die Knie gehen soll und dass er sie ficken wird. Meine Gedanken überschlagen sich und ich beginne, in ihre Richtung zu laufen.

Ich bin auf halben Weg durch den Park, als ich die Frau stöhnen höre. Meine Beine werden langsamer, als sie schreit, er solle sie noch härter ficken. Sie haben Sex und ich bin kurz davor, den Moment zu ruinieren.

Wie konnte ich dies nur so falsch interpretieren? Sie lallt nicht und ist ganz eindeutig nicht besinnungslos. Ich bleibe stehen und frage mich, ob ich eingreifen sollte. Ich schleiche mich um einen Baum herum und sehe, wie er von hinten in sie stößt, während er sie an den Haaren festhält.

Er entblößt etwas, das wie Reißzähne aussieht, und zieht sie nach oben. Ihr Hals ist nur Zentimeter von seinem Mund entfernt. Er stößt ein Knurren aus. Eine Sekunde später versenkt er seine Reißzähne in ihrem Hals. Ich schreie auf, sodass er den Kopf hebt.

Ich versuche, mich zu ducken, damit er mich nicht sieht, aber Arme, die sich um meine Körpermitte schlingen, lassen mich nicht weit kommen. Es ist Corbyn. Mein Herz schlägt schneller und ich zapple in seinem Griff. „Was machst du denn?"

Der Typ auf der anderen Seite des Parks wendet sich wieder seinem Opfer zu und Corbyn trägt mich in die entgegengesetzte Richtung davon. Ich stoße meinen Ellbogen in seinen Bauch. Er zischt mir ins Ohr. „Was machst du denn hier? Das hättest du nicht sehen dürfen. Scheiße. Ich will dein Gedächtnis nicht auslöschen. Dein Verstand ist zu wertvoll, um riskiert zu werden."

„Lass mich runter, verdammt. Sofort. Ich muss Verstär-kung rufen. Er wird sie umbringen."

Corbyn schüttelt mich in seinem festen Griff. „Malik wird diese Frau nicht töten. Er trinkt von ihr. Das hättest du nicht sehen sollen."

„Wovon zum Teufel redest du? Trinkt von ihr?" Es läuft mir kalt den Rücken hinunter. Das ist alles nicht normal. Dieser Typ ist kein Mensch.

Ich habe keine Ahnung, was er ist. Ein *Dämon* kommt mir in den Sinn, aber ich bin kaum in der Lage, einen klaren Gedanken zu fassen, weil das Herz in meiner Brust so rast. Schweißperlen laufen mir über den ganzen Körper und mein Oberteil klebt an meinem Rücken.

Corbyn antwortet mir nicht, als er die Tür zu einem roten Ferrari öffnet und mich hineinwirft.

„Was machst du denn? Du kannst mich nicht Kidnappern. Ich bin eine FBI Agentin. Du wirst wegen einer Straftat verhaftet werden!"

Corbyn lacht und sitzt bereits auf dem Fahrersitz, bevor ich auch nur mit den Augen zwinkern kann. Ich zerre am Türgriff, als er vom Bordstein auf die Straße biegt und losrast. Er ist der Killer, nach dem ich gesucht habe. Wie konnte ich ihn nur so falsch einschätzen? Meine Instinkte haben mich im Stich gelassen. Das ergibt keinen Sinn. Corbyn ist alles andere als emotional zurückgezogen. Es gab auch nie ein Anzeichen dafür, dass er impulsiv oder egois-tisch ist. Nichts, was ich von ihm gesehen habe, passt in dieses Profil.

Mein Herz stockt, als er sich immer weiter von der Zivili-sation entfernt. *Verdammte Scheiße!* Ich habe meine Handta-sche in meinem Auto gelassen und keine Möglichkeit, Bria oder Diggs zu erreichen. Sie werden meine Leiche irgend-wann finden. Beweise. Ich reiße mir ein paar Haare aus und lasse sie an der Seite des Sitzes hinuntergleiten. Dann beiße ich mir in die Innenseite der Wange und reibe mit dem Finger über die Verletzung. Der Stoff unter dem Sitz ist ein Gewebe, welches das Blut aufsaugt, das ich daran schmiere.

Corbyn wird mich vielleicht töten, aber er wird dafür bezahlen. Er ist vielleicht kein Mensch, aber es wird ihm wahrscheinlich nicht gefallen, in einer kleinen Zelle zu hocken. Ich werde mein Bestes tun, um ihn mit mir zu Fall zu bringen, bevor er es schafft, mein Leben zu beenden.

KAPITEL VIER

Corbyn

$\mathcal{A}$va hört auf, mir zu befehlen, sie loszulassen, und fängt stattdessen an, sich büschelweise Haare auszureißen.

Was zum Teufel macht diese verrückte Frau?

Sie schiebt ihre Hand vor ihren Sitz und wedelt mit ihren Fingern herum.

Ich lache. Ich habe sie quasi entführt und sie hinterlässt Beweise, die gegen mich verwendet werden können. Sie weint nicht und bettelt auch nicht um ihr Leben. Ein verlockender Duft lässt meine Reißzähne nach unten schnappen, als sie ihren Finger in den Mund schiebt. Mir bleibt die Kinnlade offen stehen, als sie einen blutbeschmierten Finger unter meinen Sitz schiebt. Der Geruch steigt im Wagen auf und lenkt mich ab.

Sie hat ihre Autorität deutlich gemacht, anstatt das zu tun, was ich erwartet hatte. Diese Frau reagiert nie vorhersehbar. Ich begehe ein Verbrechen und sie sorgt dafür, dass ich nicht ungestraft davonkomme.

Ich kann nicht aufhören zu glucksen. Sie ist hinreißend. „Ava, ich werde dir nicht wehtun, du kannst also damit aufhören." Ich hebe kurz meine Hände und strecke sie ihr entgegen.

Sie fährt fort, das Innere meines Wagens mit Strähnen ihrer Haare zu verzieren. „Du hast mich gegen meinen Willen in dein Auto gezwängt und das soll ich dir jetzt glauben?" Ava schüttelt den Kopf, als ob ich der Verrückte wäre. Ihr Trotz zieht mich sogar noch mehr an.

Ich atme tief ein und tippe mit den Fingern auf das Lenkrad. „Wir machen einen kleinen Ausflug, während ich dir erkläre, was du gesehen hast."

Sie funkelt mich an. „Ja. Tu das. Denn das war eben verdammt surreal. Was zum Teufel weißt du darüber? Ist er ein Dämon oder so etwas?" Sie wirft die Hände hoch und murrt. „Ja, weil es Dämonen wirklich gibt. Das ist doch alles verrückt! Lass mich aus diesem Auto raus." Sie greift nach dem Griff, aber die Tür lässt sich nicht öffnen. „Lass mich raus!" Sie schlägt mir gegen die Schulter.

Natürlich ist es, als würde mich ein Welpe schubsen, aber ihre Weigerung, klein beizugeben, macht mich total an. „Hey, es gibt keinen Grund für Gewalt, junge Dame." Ich unterdrücke ein Lächeln.

„Lass mich hier raus, Arschloch! HILFE!" Sie stößt mit dem Ellbogen gegen das Fenster.

Ich packe ihre Handgelenke. „Hör auf. Du wirst dir noch wehtun."

„Du bist sauer, das verstehe ich. Aber ich hatte keine andere Wahl. Du bist eine Gefahr für meine Art und du musst mich anhören." Ich werde in der Ausfahrt langsamer und biege rechts ab, während ich mein Verlangen unterdrücke, sie zu küssen und ihren Willen mit meiner Peitsche zu beugen. „Und bevor du noch mehr Beweise für meine eventuelle Verhaftung platzierst, solltest du wissen, dass eure menschliche Strafverfolgungsbehörde mir und meiner Art nichts anhaben kann. Du wirst mir zuhören, bevor du ein endgültiges Urteil fällst."

Ava kneift die Augen zusammen und sie verzieht den Mund, als hätte sie gerade in einen faulen Apfel gebissen. Ohne sich die Mühe zu machen, noch irgendetwas zu verbergen, hebt sie ihre Hand und bewegt die Finger, um die restlichen Haare fallen zu lassen. Ich kann das Glucksen in meiner Kehle nicht unterdrücken.

„Ich bin FBI Agentin. Ich werde nicht tatenlos hier herumsitzen, während du Malik und wem auch immer erlaubst, weiterhin unschuldige Frauen zu töten." Trotzig hebt sie das Kinn. „Was bist du eigentlich?"

Das ist immer der Moment, in dem Menschen die Fassung verlieren. Bislang ist mir noch niemand begegnet, der damit umgehen kann, von den Kreaturen zu wissen, die in der Nacht ihr Unwesen treiben. Es erschüttert ihre Illusion von Sicherheit und macht ihnen mehr Angst als alles andere. Viele akzeptieren die Existenz von Vampiren, aber es braucht immer seine Zeit.

Die Vorstellung ist beängstigend, aber ihre temperamentvolle Art macht es schwer, an etwas anderes zu denken als daran, sie an mein Bett zu fesseln. Ich möchte ihre Weiblichkeit mit meiner Zunge erkunden, bevor ich mich bis zu den Eiern tief in ihrem einladenden Körper versenke. Meine Reißzähne werden folgen.

Die Bilder in meinem Kopf lassen meinen Schwanz noch härter werden. Seit ich sie vorhin in den Club kommen sah, ist der eigentlich nicht mehr weich geworden. Wenn ich ehrlich zu mir selbst bin, hatte ich schon einen Ständer, als sie das erste Mal durch die Türen des Club Toxic trat.

Ich entblöße meine Reißzähne, anstatt sie zurückzuziehen, und drehe meinen Kopf. Unsere Blicke begegnen sich eine angespannte Sekunde lang. In diesem Augenblick lädt sich die Luft im Auto mit Elektrizität auf und kribbelt über meinen Körper. Meine Haut wird versengt.

„Wofür hältst du mich?"

Ich erwarte, dass sie zurückweicht und sich von mir zurückzieht, aber sie beugt sich vor und streckt ihre Hand nach meinem Mund aus. Mein Körper zuckt und ich bin versucht, am Straßenrand anzuhalten und ihr die Kleider vom Leib zu reißen.

Stattdessen halte ich still und öffne die Lippen, während sie einen meiner Reißzähne mit einem Finger abtastet. Sie schiebt meine Oberlippe nach oben, um mehr von meinem Zahnfleisch freizulegen. Schockiert von dem, was sie da tut, lasse ich sie gewähren. Ich spüre ihren Blick wie eine Flamme auf mir, die mich verbrennt.

Ihre Berührung ist zaghaft und mein Schwanz zuckt, als würde sie ihn anfassen. Die Lust verzehrt mich in Windeseile und macht mich unfähig, viel zu tun. Als sie mit dem Finger über die Spitze meines Reißzahns tastet, entweicht mir ein Knurren.

„Du hast Reißzähne. Der andere Typ hat die Frau gebissen und ich habe keinen Zweifel daran, dass er ihr Blut getrunken hat. Du hast dich schneller bewegt, als ich nach dem Türgriff greifen konnte. Offensichtlich bist du kein Mensch. Alles deutet darauf hin, dass du ein Vampir bist. Aber so etwas gibt es nicht. Zumindest habe ich das immer geglaubt." Sie zieht ihren Finger weg und ich möchte an ihrer Hand reißen, um sie zu zwingen, weiter über meine Reißzähne zu streicheln. Das Herz rast in ihrer Brust und ihr Atem ist schnell und flach. Ich sende beruhigende Schwingungen in ihre Richtung, bevor sie zu hyperventilieren beginnt.

„Ich bin ein Vampir. Malik ebenfalls. Und das ist nichts, was ich dir erlauben kann, mit jemand anderem zu teilen. Unsere Existenz muss geheim bleiben."

„Du kannst mich nicht davon abhalten", erwidert sie. „Du kannst nicht real sein."

„Ich bin genauso real wie du. Und du wirst bald feststellen, dass ich dich durchaus davon abhalten kann. Das ist ganz einfach. Du wirst mich nicht aufhalten können. Und ich bin es nicht, um den du dich sorgen musst. Ich beschütze dich." Ich biege auf die Straße, die zu meinem Haus führt. Um uns herum ist die Nacht still und der Wüstensand zieht an den Fenstern vorbei.

„Du bedrohst mich schon wieder. Du bist ein Klischee von epischem Ausmaß. Das ist wirklich traurig. Eine Sekunde lang dachte ich, du wärst so viel besser als das, was in den Filmen über deine Art gezeigt wird."

Es klingt eher nach Spott. Ich habe gerade den Mund geöffnet, um zu reagieren, als ich ihre Mundwinkel zucken sehe. Sie ködert mich. Und ich stehe verdammt noch mal darauf. Mein Schwanz lenkt mich vom Offensichtlichen ab.

„Klischee oder nicht. Es ist die Wahrheit. Gewalt hält meine Art davon ab, etwas zu tun, was unsere Existenz aufdecken würde. Ich stelle sicher, dass du nicht die Aufmerksamkeit des Vampirs an der Spitze der Nahrungskette auf dich ziehst. Wenn du ihm oder einem seiner Männer begegnet wärst, wärst du bereits tot."

Sie wendet sich ab, um in die Nacht hinaus zu starren, und faltet die Hände in ihrem Schoß. „Dann suche ich vielleicht dieses Arschloch. Kannst du uns einander vorstellen?"

„Du willst den Vampirkönig kennenlernen? Dann weißt du nicht, was du verlangst. Ich kann dir versichern, dass er nicht für die toten Menschen verantwortlich ist. Es sind seine Gesetze, die dieses Gebiet regieren." Ich biege in meine Einfahrt und fahre den langen Weg hinunter, bevor ich den Knopf drücke, um das Garagentor zu öffnen.

Kaum habe ich neben meinem Hummer geparkt, ist sie auch schon aus dem Wagen gesprungen. Ich folge ihr und bleibe neben dem Wagen stehen, während sie sich umsieht. Die Zahnräder in ihrem Kopf arbeiten auf Hochtouren, während sie ihre Optionen abwägt. Ich dränge sie dazu, hineinzugehen, aber sie weicht meiner Berührung aus und geht allein durch die Tür, die in meine Küche führt.

„Vampirkönig. Erzähl mir mehr von deinem Anführer und darüber, was ihn so mächtig macht."

Sie nimmt ihre Umgebung in Augenschein. Als sie sich der verborgenen Tür im Flur nähert, die zu meinem Schlafgemach führt, bleibt mein Herz für ein paar Sekunden stehen.

„Lucius ist ein Arschloch, aber er ist mächtig. Und reich. Mit ihm sollte man sich nicht anlegen", warne ich sie. „Warum ist das so wichtig für dich?"

„Du machst Witze, oder? Findet ihr Menschenleben so wertlos, dass es egal ist, ob sie getötet werden?", fragt sie mit einer flüsternden Stimme, die beängstigender ist, als wenn sie mich anschreien würde. Sie kennt mich nicht und weiß nicht, wie hart ich daran gearbeitet habe, menschliches Leid zu eliminieren.

„Ich bin anders als die meisten von uns. Vampire können im Allgemeinen nicht ohne Menschen leben, aber viele sehen sie nur als Abendessen an. Das heißt aber nicht, dass sie gedankenlos töten. Vampire achten darauf, dass sie denen, die ihnen ihr Blut anbieten, keinen dauerhaften Schaden zufügen." Ich verspüre den Drang, ihr zu sagen, dass es für die meisten Vampire nicht anders ist, als Kühe, Hühner, Schweine und so viele andere Tiere es für Menschen sind, aber ich halte den Mund. Wenn ich das zu ihr sage, kann ich sicher nicht bei ihr punkten.

„Du tötest also keine Menschen? Ist es das, was du sagen willst?"

„Genau das will ich damit sagen, kleiner Stern. Ich habe seit über fünfhundert Jahren nicht mehr getötet." Ich durchquere die Küche und begebe mich ins Wohnzimmer. Ich muss etwas Abstand zwischen uns bringen, bevor ich etwas überstürze.

Diese Frau weiß jetzt von uns und ich habe Lucius noch nicht angerufen, um es ihm zu sagen. Nicht die klügste Entscheidung. Wenn ich es ihm sage, wird wahrscheinlich jemand kommen, um ihr das Gedächtnis zu löschen und sie nach Hause zu schicken. Sie wäre nicht länger, wie sie war. Das ist das Letzte, was ich will. Mein Körper sehnt sich nach Avas Blut und Körper. Ich setze mich auf das Ledersofa gegenüber der Küche und lehne mich mit einem Fuß auf dem Knie zurück.

„Heilige Scheiße. Du lebst seit über fünfhundert Jahren? Das kann ich mir gar nicht vorstellen. Und trotzdem soll ich es dir einfach so glauben?" Während sie spricht, betritt sie das Wohnzimmer. Anstatt sich zu setzen, geht sie auf und ab. Sie lässt ihren Blick umherschweifen und nickt ab und zu kurz.

„Ich habe keinen Grund zu lügen. Ich könnte dir alles erzählen und die Erinnerung daran später einfach aus deinem Gedächtnis löschen, aber das habe ich nicht getan." Ich möchte, dass sie mich versteht und akzeptiert.

„Die Sache mit dem Gedächtnis hast du schon einmal erwähnt." Ava senkt die Schultern, geht zur Couch und setzt sich etwa einen Meter entfernt von mir hin. „Erzähl mir mehr über deine Art. Ich weiß, dass du meine Opfer nicht getötet hast, aber das heißt nicht, dass diese Frauen nicht von einem Vampir getötet wurden."

„Ich sage ja nicht, dass du dich darin irrst, wer diese Frauen getötet hat. Aber nur weil wir Blut trinken, heißt das noch lange nicht, dass es einer von uns war. Erzähl mir mehr darüber, warum du denkst, dass es ein Vampir gewesen sein könnte."

„Jede der Frauen hatte vor ihrem Tod Geschlechtsverkehr, aber es wurde kein Sperma gefunden. Abgesehen von der aufgeschlitzten Kehle und dem fehlenden Blut gibt es keine weiteren Wunden. Sie wurden alle an einem anderen Ort als dem, wo sie getötet wurden, abgeladen."

Ich nicke mit dem Kopf. „Sind sie im selben Alter? Von der gleichen Hautfarbe?" Serienmörder haben oft einen bestimmten Typus, dem sie folgen. Ich schließe nicht aus, dass es sich um einen Vampir handelt, aber ich muss andere Möglichkeiten in Betracht ziehen.

„Sie sind alle zwischen fünfundzwanzig und vierzig Jahren alt und gemischter Herkunft. Sie arbeiten in ganz unterschiedlichen Bereichen. Eine war Buchhalterin. Eine war Lehrerin, eine andere Krankenschwester. Ich glaube, die Letzte lebte von einem Treuhandfonds und hat gar nicht gearbeitet", erklärt sie.

„Ihr Alter ist also das Einzige, was sie gemeinsam haben. Sie sind alle relativ jung. Das ist nicht wirklich viel. Ich möchte dir ein Geschäft vorschlagen. Ich werde dir helfen, den Mann zu finden, der das getan hat, aber ich kann dir nicht erlauben, dass du weiter im Club Toxic ermittelst. Lucius würde eingreifen und die Gefahr, die von dir ausgeht, beseitigen wollen." Ich lege meine Hand auf ihre nackte Schulter und zeichne ein Muster auf ihre Haut.

„Ich kann den Fall nicht ignorieren. Eine Kollegin arbeitet mit mir zusammen daran. Wir werden keine Beweise ignorieren, wenn sie direkt vor unserer Nase sind. Ist Lucius der einzige Grund, warum du nicht willst, dass wir uns den Club Toxic genauer ansehen?"

„Ich bitte dich nicht, den Fall zu ignorieren. Lucius ist rücksichtslos und er wird nicht zögern, deine Erinnerungen zu löschen. Mögliche Hirnschäden, die du dadurch erleiden könntest, werden ihm egal sein. Führe keine weiteren Ermittlungen im Club Toxic durch. Du und deine Kollegin solltet anderen Spuren nachgehen und mich mit dem Club helfen lassen. Es ist für euch alle viel sicherer so."

Sie stößt einen Atemzug aus und dreht sich so schnell um, dass meine Hand von ihrer Schulter fällt. „Ich weiß nicht, für wen du dich hältst, aber du kannst mir nicht vorschreiben, was ich zu tun habe. Es ist mein Fall und ich werde jeder Spur folgen, die ich verfolgen muss." Sie holt tief Luft und schließt einen Augenblick lang die Augen. „Aber ich hätte gern deine Hilfe. Ich kenne deine Welt nicht und könnte etwas Hilfe gebrauchen."

Ich greife nach ihren Händen, umschließe sie mit meinen und schaue in ihre wunderschönen blassgrünen Augen. „Wie wäre es damit? Du gehst nicht ohne mich in den Club Toxic und ich verspreche dir, dich auf jede erdenkliche Weise zu unterstützen – unter der Bedingung, dass du auf das hörst, was ich dir in Bezug auf den Umgang mit meinesgleichen sage. Du kannst nicht erwarten, dass deine Position dir Respekt oder eine Sonderbehandlung einbringt. Sie werden dich bei lebendigem Leibe verschlingen. Buchstäblich. Und ich weigere mich, zuzulassen, dass dich jemand vernascht … außer mir." Meine Augenlider werden schwer, als mich das Verlangen nach ihr durchflutet.

Ich beuge mich vor und fahre mit einer Hand ihren Oberschenkel hinauf, bevor ich kurz vor ihrer Weiblichkeit innehalte. Mit den Fingern streiche ich über die Haut, die nur Zentimeter vom Zentrum meines Universums entfernt ist – zumindest bis ich Ava erobert habe. Dann werde ich mich wieder ausschließlich meiner Forschung widmen.

Ava beobachtet, wie ich mit den Fingern über ihre Haut spiele. Sie kann ein Schaudern kaum unterdrücken. Ihre Erregung ist intensiv und süß, als der Duft um mich herum aufsteigt. Mir läuft das Wasser im Mund zusammen und mein Schwanz wird hart. Ich lasse meine Finger bis zu ihrem

Knie wandern, bevor ich die Kontrolle verliere und mich wie ein wildes Tier auf sie stürze.

Sie leckt sich über die Lippen und spielt mit dem Saum ihres Rockes. Ihre Erregung entspricht der Nervosität, die in Wellen von ihr ausströmt. „Was hast du dir vorgestellt? Ist es mein Blut, das du willst?"

Ein Lächeln umspielt meine Wangen und ich fahre mit der Zunge über einen Reißzahn. „Ich will alles. Angefangen damit, dass du vor mir auf die Knie gehst und deine Hände über deinem Kopf gefesselt sind. Ich will, dass du mir ausgeliefert bist, kleiner Stern." Mit den Fingern spiele ich weiter über ihre Haut und necke sie. Ihr Duft vertieft und intensiviert sich. Es bringt mich völlig um den Verstand.

KAPITEL FÜNF

Ava

*M*ein Herz rast in meiner Brust. Die Feuchtigkeit sickert aus meinem Körper und durchnässt mein Höschen. Dieser Mann ist ein Vampir, komplett mit scharfen Reißzähnen. Sie werden sich in mein Fleisch bohren, während er mein Blut trinkt, aber ich kann nur daran denken, wie sehr ich unbedingt alles erleben will, was er mir bieten kann. Ich frage mich, ob ich vielleicht doch einen Todeswunsch habe. Dieser Typ ist ein verdammter *Vampir*.

Das bedeutet: ein blutsaugendes Wesen der Nacht. Was genau heißt das? Ich brauche nicht zu fragen, um zu wissen, dass einige der Mythen wahr sind. Seine Hautfarbe mag einen Olivton haben, aber sie hat nicht den bronzenen Schein von jemandem, der viel Zeit in der Sonne verbringt. Eigentlich müsste ich ausflippen, aber irgendetwas lässt mich ruhig fühlen und versetzt mich in die Lage, weitaus ablenkendere Empfindungen zu spüren. Corbyn ist derjenige, der mich davon abhält, völlig durchzudrehen.

Ich denke immer wieder an seine heisere Stimme, die mir sagt, dass er mich vernaschen will. Er meint das wirklich. Er lebt von menschlichem Blut und meines zu trinken, soll sein Abendessen werden. Allerdings entgeht mir auch die Doppeldeutigkeit seiner Bemerkung nicht.

Er will mich auf den Knien sehen. Ich habe mir schon vor langer Zeit geschworen, mich nie wieder jemandem zu beugen. Ich verlange, dass man mich respektiert und gleichwertig behandelt, bevor ich mich unterwerfe. Es ist das gegenseitige Vertrauen, das es mir erlaubt, mich verletzlich zu machen.

Ich atme zitternd ein. „Ich gehe nicht auf die Knie", informiere ich ihn. „Mir sind im Club mehrere Frauen aufgefallen, die sich perfekt als Unterwürfige eignen würden. Bring mich zu meinem Wagen zurück und dann kannst du dir eine suchen, die deinen Bedürfnissen gerecht wird."

Mein Körper reagiert in der Sekunde, in der er aufsteht und mich mit sich hochzieht. Er wird mich zurückbringen und irrationalerweise macht sich Enttäuschung in mir breit. Offensichtlich hatte ich gehofft, dass dieser Vampir anders sein wird und bereit wäre, es mit mir zu versuchen. Trotzdem kann ich nicht verhindern, dass mir die Fragen darüber, was es bedeutet, ein Vampir zu sein, alle auf einmal durch den Kopf gehen. *Jetzt ist nicht der richtige Zeitpunkt. Es ist am besten zu gehen.* Ich weiß, wo er wohnt, und kann ein anderes Mal wiederkommen. Vorzugsweise, wenn ich bewaffnet bin.

„Du brauchst nicht auf die Knie zu gehen. Ich werde deine Handgelenke fesseln und dich im Stehen nehmen."

Bei diesen Worten würde ich am liebsten ja sagen. Aber was er will, ist nicht so einfach. Für mich wird es kein Tageshalsband geben.

Ich genieße es, mich zu unterwerfen, aber ich kann nicht lange in diesem Zustand bleiben. Es ist eine Erleichterung, jemand anderem für eine Weile die Kontrolle zu überlassen. Aber ich bin nicht gut darin, Befehle außerhalb des Schlafzimmers zu befolgen, und schrecke bei der ersten Andeutung darauf sofort zurück. Ich möchte so akzeptiert werden, wie ich bin. Man kann keinen Kreis zu einem Quadrat machen. Und ich bin ein Kreis mit unzähligen Linien, die von meiner Mitte ausstrahlen.

Aber er bittet hier ja nicht um für immer. Wenn ich eine Beziehung mal außen vor lasse, verändert sich meine Position. Aber er wird sich immer noch anstrengen müssen. „Du musst ein Rennfahrer sein. Du bist schon von null auf hundert und ich habe noch nicht einmal die Startwaffe gefeuert." *Mich im Stehen nehmen? Ja, bitte!*

Er greift meine Hand und führt mich zur Treppe, anstatt zurück in die Garage zu gehen. „Du kannst meine Startwaffe feuern, wann immer du willst …, nachdem ich deinen Körper verwöhnt habe."

Ich folge ihm in der Gewissheit, dass er mich in sein Spielzimmer führt. Er überrascht und enttäuscht mich, als wir ein normales Schlafzimmer betreten. Ich überfliege den Raum und suche nach Utensilien, die er benutzen wird, um mich zu fesseln. Aber ich entdecke nichts.

„Bezieht das deine scharfen Reißzähne mit ein?"

Mein Verstand hat die Tatsache, dass er ein Vampir ist, in der letzten Stunde verarbeitet. Jegliche Angst, die ich bei dieser Entdeckung empfunden habe, ist nun verflogen. Ich bin nicht so dumm zu glauben, dass er keine Bedrohung darstellt, aber ich glaube nicht mehr, dass er mich umbringen will. Er will andere Dinge von mir. *Sexuelle, unmögliche Dinge.*

„Das findest du noch früh genug heraus." Er lächelt und mein Höschen ist sofort klatschnass. Ich habe bei einem Mann noch nie ein sinnlicheres Lächeln gesehen. Er geht zu einer Tür auf der anderen Seite des Raumes, tritt hindurch und kommt dann mit einem Auspeitscher in der Hand zurück. Ich starre auf das Objekt, während mein Hintern zu kribbeln beginnt.

„Du bist dir deiner selbst sehr sicher."

Er schreitet zurück, bleibt etwa einen Meter vor mir stehen und streicht mir mit der freien Hand das Haar über die Schulter zurück. „Ich verspreche dir nichts als Vergnügen."

Ich balle meine Hände zu Fäusten, um nicht nach ihm zu greifen. Sein heißer Atem bläst gegen meinen Hals. Ich mache mich darauf gefasst, dass er seine Reißzähne in meinem Fleisch versenken wird. Stattdessen schiebt er den Saum meines Oberteils hoch. Ein Schauer durchfährt mich, als er mit seinem Handrücken über meinen Bauch streift. Die Erregung überkommt mich und ich wehre mich nicht, als er mein seidiges Oberteil auszieht.

„Zeit für etwas Spaß." Er streicht mit seinen Lippen über meinen pochenden Puls. „Ich vertraue darauf, dass du mich stoppen wirst, wenn dir etwas nicht gefällt. Oder bevorzugst du ein Safeword?"

„Meine Fäuste sind das einzige Safeword, das ich brauche." Meine Worte klingen eher wie ein Stöhnen.

Er führt mich zur Seite des Raumes. „Stütze deine Hände an die Wand."

„Das ist keine gute Idee. Du bist ein blutsaugender Vampir." *Gott sei Dank sehe ich dich nicht als Mordverdächtigen an. Das würde alles andere zunichte machen.* „Ich rufe mir einfach ein Taxi und mache mich auf den Weg." Ich schließe die Augen und versuche, das Verlangen zu unterdrücken, das mich überkommt.

Corbyn ist die Sünde in Person, aber das sollte mich nicht dazu bringen, ihn mit dieser Intensität zu begehren. Ein Teil von mir fragt sich, ob er Gedankenkontrolle einsetzt, um mich dazu zu zwingen, ihn zu wollen. Aber ich verwerfe diesen Gedanken sofort. Ich habe mich schon zu ihm hingezogen gefühlt, bevor er auch nur zwei Worte mit mir gesprochen hatte. Mein Verlangen nach diesem Mann entspringt ganz mir.

„Ich bin noch nicht bereit, dich gehen zu lassen, kleiner Stern. Wir werden ficken, bevor die Nacht vorüber ist." Er legt die Riemen der weichen Peitsche über meine Schulter und zieht daran, sodass sie über meinen Rücken gleiten. Er ist so sanft und gleichzeitig dominant. Dies, gepaart mit der Liebkosung, bringt meinen letzten Widerstand gegen Sex mit Corbyn zum Dahinschmelzen.

„Und bevor du Einspruch erhebst und mir all die Gründe aufzählst, warum wir das nicht tun können –, ich kann riechen, wie erregt du gerade bist. Du willst es. Es ist in Ordnung, sich hinzugeben. Wenn du wirklich glaubtest, dass ich diese Frauen getötet oder dem verantwortlichen Täter geholfen habe, würdest du nicht mehr hier stehen. Du bist keine hilflose Frau."

Zur Hölle, nein, das bin ich nicht! Ich krümme den Rücken und stöhne leise auf. Meine Hüfte stoße ich gegen seinen Körper zurück und lächle, bevor ich meine Hände an die Wand drücke. „Machen wir das hier jetzt, oder nicht?" Ich ziehe eine Augenbraue hoch.

Corbyn atmet zischend ein und tritt einen Schritt von mir weg. Alle Flüssigkeit in meinem Mund fließt gen Süden, als ich seine Augen vor Erregung aufblitzen sehe. Es ist, als würde ich in flüssiges Silber blicken. Alles an diesem umwerfenden Vampir lässt meinen Körper vor Verlangen brennen.

„Du freches Luder. Beweg dich nicht."

Er ist wieder da und für eine glühende Sekunde gleitet er mit seinem Körper an meinem entlang.

Als Reaktion darauf kann ich mich nur gegen seine Erektion drücken. Da er größer ist als ich, stößt er gegen meinen Rücken. Und er ist riesig. Flüssigkeit tropft aus mir heraus, als sein Atem meinen Hals streift. Ich lasse den Kopf zur

Seite kippen, als er mit der Nase über die empfindliche Haut reibt.

Ist das so, als würde man das Abendessen für ihn einläuten? *Gefahr*. Die Warnung ist scharf, aber im Bruchteil einer Sekunde wieder verschwunden. Ich finde nicht die Kraft, mich zu bewegen. Ich will nur, dass er mich auszieht und mit mir macht, was er will.

Ich wackle mit der Hüfte, meine Klitoris pulsiert und die Lust überflutet mich. Sein Knurren vibriert durch meine Blutbahn. Ein Flehen liegt mir auf der Zungenspitze. Der Wunsch, zu sehen, was er als nächstes tut, lässt mich jedoch für den Moment den Mund halten.

Corbyn ist anders. Mein Atem stockt und meine Brust brennt. Es ist noch viel zu früh für mich zu hoffen, dass er derjenige sein könnte, der mich und meine Eigenheiten akzeptiert. Kopfschüttelnd verdränge ich alle Gedanken an mehr als nur Sex für eine Nacht. Es gibt keinen Grund, etwas anderes anzunehmen.

Seine Zähne schließen sich um das Fleisch unter meinem rechten Ohr. Wie trinkt er eigentlich? Tut es weh? Es ist offensichtlich, dass er mein Blut trinken will. Diese Fragen werden wie Rauch im Wind zerstreut, als er mit seiner Zunge über meinen rasenden Puls gleitet.

Die kleinste Berührung seiner Lippen erregt mich mehr als Oralsex mit allen meiner bisherigen Partner. Meine Brustwarzen werden hart und meine Muschi zieht sich zusammen. Eine träge Hitze strömt durch meine Adern. Ich zittere und wimmere, ohne in der Lage zu sein, die richtigen Worte zu finden, um nach mehr zu betteln.

Mein Körper steht wie unter Strom und schlägt überall Funken, wo sich unsere Körper berühren. Als er sich einen Schritt von mir entfernt und Abstand zwischen uns bringt, schreckt mich die kalte Luft auf. Eine Sekunde später höre ich das Zischen von Leder, bevor die Stränge der Peitsche auf meine Schulter klatschen.

„Deine Haut färbt sich schön rosa."

Mein Kopf fällt mit einem Aufprall gegen die Wand. Ich schließe die Augen, als der Schmerz in Lust umschlägt. Er wendet nicht viel Kraft an und das leichte Stechen ist nur allzu schnell wieder weg. Ich sehne mich danach, den Schmerz zu steigern, der mich in Richtung Abgrund treibt. An den Punkt, wenn Endorphine und wer weiß wie viele andere Hormone in meinem Körper freigesetzt werden, die dazu führen, dass ein Orgasmus meinen Körper zerreißt.

Ich habe diese Empfindungen nur ein paarmal in meinem Leben gespürt. Deshalb habe ich versucht, eine gute Unterwürfige zu sein. Aber ich habe ziemlich schnell wieder aufgegeben, als mir bewusst wurde, dass die Belohnung den Preis für meine Seele nicht wert war. Es gab niemanden, dem ich genug vertraute, um ihm dauerhaft auch nur die geringste Unterwerfung zu schenken.

„Das fühlt sich toll an. Hast du ein paar Nippelklemmen?" Ein Lächeln huscht über mein Gesicht, als ich höre, wie er scharf einatmet.

„Ich hätte nicht gedacht, dass du diesen Lifestyle liebst", murmelt er an meinem Hals. Seine Reißzähne kratzen über meinen pochenden Puls. Ich neige den Kopf, um ihm besseren Zugang zu gewähren.

Er umklammert meine Oberarme und der Griff seiner Peitsche streift über mein Fleisch. Sie so nah zu spüren, ist ein Versprechen auf mehr und macht es mir unmöglich, mich auf das zu konzentrieren, was er sagt. „Ich habe mich schon seit Jahren nicht mehr verwöhnen lassen. Aber ich kann nicht leugnen, dass ich es liebe, wenn meine Brustwarzen gezwickt werden, während man mir den Hintern versohlt", gebe ich mit gehauchter Stimme zu.

Sein leises Lachen prickelt auf meiner Haut und seine

Nasenlöcher beben. Er kann mein Verlangen zweifellos riechen, während meine Klitoris weiter pocht und die Nässe in mein Höschen tropft. Offenbar habe ich einen Fetisch dafür, entführt zu werden. Nach allem, wie er sich verhalten hat, sollte ich nicht so erregt sein.

„Bist du bereit, mich *Sir* zu nennen? Diese Art von Spiel funktioniert nur, wenn du mir die Kontrolle übergibst."

Ich zögere. Das geht ein bisschen zu weit.

Und schon sind seine Lippen wieder an meinem Hals. „Du wirst es nicht bereuen."

Ich will ihm sofort widersprechen, aber ich kann das Bild, das mir in den Kopf schießt, wie er mich übers Knie legt und mir den Hintern versohlt, nicht ignorieren.

Mir bleibt der Mund offenstehen, aber meine Wider-worte kommen nicht über meine Lippen. Das Problem ist, dass ich ihm nicht genug vertraue, um mich ihm vorüberge-hend zu unterwerfen, also lenke ich die Situation in eine andere Richtung. Seiner Gnade ausgeliefert zu sein, macht mir Angst. „Sieht so aus, als würden wir Blümchensex haben."

Er hebt den Kopf und mustert mich genau. Das weiche Leder der Peitschenschwänze gleitet durch seine Finger. „Ich habe keinen Blümchensex, kleiner Stern. Ich werde dich nehmen, ohne irgendwelche Grenzen zu überschreiten. Du machst mir das Vergnügen wirklich schwer."

Seine Bemerkung schmerzt. Ich beuge mich vor, um nach meinem Oberteil zu greifen und sein Haus zu verlas-sen. Er verlangt zu viel. Ich habe ihn gerade erst kennenge-lernt. Ich bin auf gar keinen Fall bereit, ihm mehr zu geben, bevor ich ihn nicht besser kenne. „Versprechen, Versprechen."

„Irgendwann werde ich dir den Hintern versohlen, kleiner Stern. Wenn ich mir dein Vertrauen verdient habe." Er ist entschlossen, sich zu beweisen. Wir werden sehen, wie lange es anhält. „Für heute Abend bleibe ich bei der Peitsche. Zieh deinen Rock aus."

Hitze durchströmt meinen Körper, als ich nach dem Reißverschluss hinter mir greife und dabei seine Erektion berühre. Ich fahre mit einem Finger über die Härte, die von seiner Hose verdeckt wird. Ich ziehe am Verschluss und schiebe den Stoff zu meinen Füßen hinunter.

Er streicht mit der Hand über den oberen Rand meines Höschens, bevor sie wieder verschwindet. Ich drehe den Kopf zur Seite und stütze mich an der Wand ab. Seine Bewegungen sind anmutig, als er sein Hemd aufknöpft. Ich verschlinge den Anblick seiner nackten Brust mit den Augen. Er spannt die Muskeln an und dann glätten sie sich wieder, als er den Reißverschluss seiner Hose öffnet und sich ihrer entledigt.

Während ich ihn weiter anstarre, öffne ich meinen BH, senke die Arme und lasse ihn fallen. Kühle Luft küsst meine Brustwarzen und sie werden hart. Wie eine wärmesuchende Rakete wandern Corbyns Augen von meinem Gesicht zu meinen Brüsten und dann weiter hinunter. Mit der Hand stupst er meinen Oberschenkel an, als ich aus meinem Rock schlüpfe.

Ich stehe nur in meinem Höschen und den Stöckelschuhen vor ihm. Ein Hauch seiner Reißzähne blitzt auf, als er Luft holt. Die Beule in seiner Hose verrät mir, dass er genauso erregt ist wie ich. Will er mein Blut genauso sehr wie meinen Körper?

Er tritt in nichts als seiner Boxershorts und dem aufgeknöpften Hemd zurück. Dann hebt er die Peitsche in die Luft, schnippt mit dem Handgelenk und schon schlagen die Stränge über meinen Körper. Härter als zuvor.

Das Stechen lässt mich zu Brei werden. Zu seiner Ehre nutzt er den Rausch meiner Erregung nicht aus.

Bevor ich mich in meinem Kopf verliere, konzentriere ich

mich auf die Empfindungen und drücke meine Handflächen flach an die Wand über mir. Ich neige dazu, Dinge zu sehr zu analysieren. Jetzt ist es an der Zeit, meine Augen zu schließen und zu spüren, was er mit meinem Körper macht.

Er verändert seine Haltung, um sich mir aus einem anderen Winkel zu nähern. Da ich meine Augen geschlossen habe, kann ich mich nur daran orientieren, wo seine Haut gelegentlich die meine streift. Ich brauche mehr Kontakt. Er reizt mich und die Berührungen, die er zulässt, sind köstlich und prickelnd.

Es hilft, dass ich keine Vorbehalte dagegen habe, mit Corbyn intim zu sein. Mein Herz rast in meiner Brust, Nässe tropft aus mir heraus, meine Brüste kribbeln und ich komme kaum zu Atem. Es ist verdammt perfekt und genau das, was ich brauche.

Als wäre er auf zellulärer Ebene mit mir verbunden und könnte spüren, was ich will, drückt sich Corbyn gegen meinen Rücken und greift nach meinem Kinn. Seine Sanftheit schwindet, als er mich zwingt, den Kopf zu heben und zu drehen, damit er meine Lippen mit einem stürmischen Kuss verschlingen kann.

Es verschlägt mir völlig den Atem, als er seinen Mund auf meinen presst und mit seiner Zunge über meine Lippen fährt. Er lässt die Hände an meine Hüfte gleiten und drückt mein Fleisch. Dann schlingt er den Arm fester um mich und schiebt mein Höschen zur Seite. Sein Mund und seine Hände sind überall und verschlingen mich. Mir entweicht ein Keuchen, als er mit einem seiner Reißzähne in meine Lippe beißt.

Er löst sich sofort von mir und starrt mich einige Sekunden lang keuchend an, bevor er lächelt und den kleinen Tropfen meines Blutes von seinen Lippen leckt. Ich drehe mich leicht zur Seite und er drückt gegen meine Hüfte.

Ich folge seinen stummen Anweisungen, bis ich ihm zugewandt bin.

Ich hebe meine Hände über den Kopf, beuge mein Knie und drücke den Fuß an die Wand hinter mir. Der Stoff seines Hemdes fällt auf und gewährt mir einen Blick auf seine durchtrainierte Brust. Ich schaue nach unten und schlucke an dem Kloß in meinem Hals vorbei.

Der durchschnittliche Penis eines Mannes ist dreizehn Zentimeter lang. Das habe ich in einem meiner Anatomiekurse an der Uni gelernt und diese Zahl nie wieder vergessen. Der Schwanz, der sich gegen seine schwarze Boxershort drückt, sagt mir, dass Corbyn viel größer ist als der Durchschnitt. Ich wollte schon immer einmal ausprobieren, ob die Behauptung, dass Größe keine Rolle spielt, wahr ist.

Ich stehe unter Strom und stoße meine Hüfte nach vorn, um ihn zu spüren. Er lächelt und streicht mit den Fingern einer Hand über die Mitte meiner Brust. Ich will ihn sofort, aber er scheint zufrieden damit zu sein, nur dazustehen, um mich zu beobachten.

Meine Begierde ist zu groß, um jetzt Geduld mit ihm zu haben. Ich bin es gewohnt, mich selbst zu befriedigen, und ich denke nicht zweimal darüber nach, als ich eine meiner Hände zu meiner Brust hebe und die andere in mein Höschen schiebe. Das Haar zwischen meinen Beinen ist kurz rasiert und ich schiebe meine Finger zwischen meine Schamlippen.

Er kneift die Augen zusammen, als er zuschaut, wie ich mir die Klitoris reibe. Er sieht nur, wie sich meine Hand unter der Unterwäsche bewegt, aber sein Blick ist so intensiv, als ob er meine Finger lenken würde. Seine Nasenlöcher beben vor Erregung, als ich die Augenlider leicht schließe und als Reaktion auf meine Lust ein Stöhnen ausstoße. Seine Hand schnellt nach vorn und die Enden der Peitsche treffen meine Brust, bevor ich registrieren kann, dass er sich bewegt hat.

Meine Lust wird durch den stechenden Schmerz noch intensiver. Seine Finger gleiten unter den elastischen Bund meines Höschens und er reißt es ab. Ich schnappe nach Luft und meine Knie werden weich. Tatsächlich bin ich bereit zu explodieren, ohne jemals wirklich berührt worden zu sein. „Das war teuer. Du hättest es ausziehen können.“

Corbyn sinkt auf die Knie, legt die Peitsche ab und lässt seine Hände über meine Hüfte gleiten und dann tiefer. „Ich werde dir ein neues kaufen.“

Er bewegt den Kopf auf mich zu und sein Mund ist an meinem Unterleib, bevor er weiter nach Süden wandert. Ich bewege die Hüfte, um ihn dorthin zu lenken, wo ich ihn brauche. Er wandert mit den Lippen über mein Schambein und dann zwischen meine Schenkel.

Mit der Zunge dringt er in meine glitschigen Schamlippen ein, wo er von meiner Öffnung bis zu meiner pulsierenden Klitoris leckt.

„*Scheiße.*“

Sein Können ist anders als alles, was ich je erlebt habe. Ich bin so vertieft in das, was er mit mir macht, dass ich bei meinem Bedürfnis zu kommen alles um mich herum vergesse. In diesem Moment existiert nur noch sein Mund und mein Körper. Mit einem letzten kräftigen Saugen lässt er meine Klitoris los und drückt sich auf die Füße.

„Du bist köstlich.“ Corbyn fährt mit den Händen an meinen Seiten auf und ab.

Ich bin hocherregt und warte darauf, was er als Nächstes tun wird. Mein Inneres zuckt und verkrampft sich. Ich fühle mich so leer, dass es schmerzt.

Als er sich bückt und nach seiner Peitsche greift, bin ich vorbereitet, als die weichen Enden auf mein Fleisch treffen. Er öffnet die Lippen und ich kann sehen, dass seine Reißzähne jetzt noch größer sind als zuvor. Ich bemerke nicht, wie sich seine Hand bewegt, aber sein nächster Schlag landet auf meinen Brüsten. Ich kann nicht anders als aufzuschreien und ihm meinen Rücken entgegenzukrümmen, während mein Bein wieder zu Boden sinkt.

Dieses Mal hält er nicht inne, sondern schlägt weiter mit dem Instrument auf mich ein. Ich muss mich abstützen, sonst falle ich um. Die Enden der Peitsche beißen immer wieder in meine Brustwarzen und das auf die bestmögliche Art und Weise. Das Brennen wird mit jedem Schlag stärker, aber das Vergnügen folgt jedes Mal. Es ist ein sich ständig steigernder Kreislauf der Lust, der mir nichts anderes als das Bedürfnis nach Erlösung in den Kopf setzt.

Ich fixiere ihn mit meinem Blick und sehe dieses Mal, wie er die Hand bewegt. Ich halte den Atem an und hoffe, dass die Veränderung des Winkels dazu führt, dass sein nächster Schlag auf meiner Muschi landet. „Fuck!" Die Peitschenenden wickeln sich um meine Hüfte und landen auf meinem Arsch, wobei sie meine Klitoris natürlich völlig verfehlen.

„Was willst du, kleiner Stern?" Corbyn verringert den Abstand zwischen uns. Seine Hitze passt zum Brennen auf meiner Haut durch das Leder.

„Alles", schaffe ich es zu antworten.

Er presst seine Lippen auf meine und schlingt die Lederriemen um meinen Hals. Sein Kuss ist fordernd. Da ich die Dinge beschleunigen möchte, greife ich zwischen uns und ziehe an seiner Boxershorts. Es gelingt mir, sie zu erwischen und nach unten zu schieben.

Seine Erektion zuckt und stößt gegen meinen Bauch, als ich sie befreie. Mit den Fingern umschlinge ich sein pralles Fleisch und löse mich von seinem Mund, als er zischt. „Gott, Frau. Du überraschst mich immer wieder aufs Neue. Du bist schwieriger zu entschlüsseln als ein zweitausendteiliges Puzzle."

„Ich bin mehr als nur ein hübsches Gesicht. Jetzt halt die Klappe und fick mich endlich", verlange ich.

Corbyn gluckst und packt seine Erektion mit einer Hand. Ich strecke mich auf die Zehenspitzen, während er seine Knie leicht beugt. Mit der Spitze fährt er durch meine Schamlippen und ich hebe ein Bein, um mich für sein Eindringen weiter zu öffnen.

Ein Grunzen an meiner Kehle lenkt meine Aufmerksamkeit wieder darauf, wie er über meinen pochenden Puls küsst und leckt. Ich hole tief Luft, als er seinen Schwanz bis zu den Eiern in meine Muschi rammt, während er gleichzeitig die Reißzähne in meine Haut bohrt.

Meine Sicht verschwimmt, als mich die Lust überkommt. Ich spüre nichts als das Brennen seines Bisses gefolgt von seinem harten Schaft, der sich in meinem Inneren bewegt. Bei jedem seiner Stöße werde ich mit dem Rücken an die Wand gedrückt und er lässt meinen Hals nicht los. Jeder Zug seines Mundes ist wie eine Liebkosung meiner Klitoris.

Ich schlinge meine Arme um seine Schultern und halte mich fest. Als er auch mein anderes Bein anhebt, grabe ich meine Fingernägel in sein Fleisch. Jetzt klammere ich mich mit beiden Schenkeln um seine Hüfte und bin ihm völlig ausgeliefert. Er fickt mich hart und schnell und ich stürze nur allzu bald über den Abgrund. Sterne explodieren vor meinen Augen. Mein Orgasmus verbrennt mich zu Asche. Hinterher fühle ich mich wie ein anderer Mensch.

„Das war unbeschreiblich. Ich hoffe, du hast deinen Hauptgang so sehr genossen wie ich meinen Nachtisch", necke ich ihn mit keuchenden Atemzügen.

Corbyn lacht leise, als er einen Arm unter meine Knie und den anderen hinter meinen Rücken schiebt. Ich bin schlaff in seinen Armen, als er mich aus dem Zimmer trägt. „Besser als Crème Brulee." Sanft küsst er die Seite meines Halses. „Ich hätte vorhin noch Saft oder Kekse kaufen sollen.

Ich habe eine volle Mahlzeit genommen, von der dir wahrscheinlich schwindlig sein wird."

Er setzt mich auf den Marmorwaschtisch in seinem Badezimmer, macht das Licht jedoch nicht an. Das Mondlicht, das durch das große Fenster fällt, reicht aus, um den riesigen opulenten Raum erkennen zu können.

„Ich weiß nicht so recht. Vor allem, wenn man frische Himbeeren obendrauf gibt." Ich lächle. „Ich muss nach Hause."

„Lass uns dich frisch machen und dann können wir dir ein Taxi nach Hause rufen. Versprich mir, dass du nicht wieder in den Club Toxic gehst. Ich habe dir gesagt, dass ich dich nicht noch einmal bezirzen werde, also bitte ich dich jetzt darum."

„Was meinst du damit?"

Er dreht sich zur Dusche um und dreht den Wasserhahn auf. „Ich habe dich schon ein paarmal bezirzt, um dich vom Club und von Lucius' Blicken fernzuhalten. Ich möchte nicht, dass der König dich als Bedrohung ansieht. Es wird dir nicht gefallen, was er mit denen macht, die er als Gefahr für unsere Art empfindet. Du hättest nie zurückkehren dürfen, nachdem ich dich weggeschickt habe."

„Wie ich sehe, bist du sehr von dir überzeugt. Niemand hält mich davon ab, das zu tun, was ich tun muss." Das sollte er sich besser gut merken. Niemand kann mich aufhalten.

„Vor ein paar Minuten warst du auch sehr von mir überzeugt. Vermisst du mich etwa schon? Ich kann dir zeigen, wie viel Spaß man unter der Dusche haben kann."

Ich schüttle den Kopf über die Art, wie er mit den Augenbrauen wackelt. „Verlockend, aber das darf nicht passieren. Wenn ich dir erlaube, mich noch einmal zu nehmen, wirst du süchtig nach mir werden. Und wenn ich dir zu viel gebe, wirst du das nicht überleben." Ich springe vom Waschtisch und schlendere in die Dusche.

Ein leises Knurren entspringt seiner Brust und meine Muschi zieht sich mit erneutem Verlangen zusammen. Ich lächle, als ich ihn etwas über Bescheidenheit murmeln höre. Ich kann nicht zugeben, dass *ich* möglicherweise diejenige bin, die zu viel von *ihm* will. Er mag ein Vampir sein, aber zwischen uns gibt es eine unglaubliche Chemie.

KAPITEL SECHS

Ava

*I*ch schiebe meinen Schlüssel ins Schloss und öffne
die Tür, bevor ich über die Schwelle trete. Es fühlt
sich an, als wäre ich schon seit Wochen nicht mehr zu Hause
gewesen und nicht erst seit zwölf Stunden. Ich gebe dem
Vampir die Schuld an meiner Desorientierung. Corbyn ist
ein Mann mit außergewöhnlichen Talenten. Er hat mich
gevögelt, bis ich Sterne sah. Mein Inneres schmerzt und
erinnert mich an die Nacht, die ich hatte.

Aber ich bereue es nicht. Ich habe jede Minute genossen
und würde es gern wiederholen. Angesichts dessen, wie viel
Lust ich gespürt habe, ist das nicht überraschend. Es scheint,
als hätte Corbyn eine Art heißhungrige Bestie in mir erweckt
– ein Biest, das sich nach seinem Körper sehnt und nach so
viel mehr. Der Wunsch, in den nächsten Sexshop zu gehen
und ein paar Nippelklemmen und andere Spielzeuge zu
kaufen, lässt mich fast nach dem Schlüssel vom Beistelltisch
greifen und zurück in mein Auto springen. Ich will etwas

Neues haben, das ich mit Corbyn ausprobieren kann, wenn ich ihn später wiedersehe.

Ich kann immer noch nicht glauben, dass ich zugestimmt habe, wieder mit ihm auszugehen. Nicht, dass wir zusammen Abendessen gehen würden. Er isst nichts außer mir. Ich spüre die Erregung zum einhundertsten Mal durch meinen Körper rauschen, seit ich vor etwa dreißig Minuten sein Haus verlassen habe. Ich hebe die Hand und fahre mit den Fingern über die Stelle an meinem Hals, wo Corbyn mich gebissen und von wo er mein Blut getrunken hat.

Früher an diesem Abend hat mich der Gedanke, dass jemand mein Blut trinken könnte, noch überaus beunruhigt. Ich hatte nicht sonderlich viel darüber nachgedacht – nur, dass es Sinn ergeben würde, dass ein Vampir diese Frauen getötet hat, und wie schrecklich es wäre, ausgesaugt zu werden. Ich denke immer noch, dass es eine schreckliche Art zu sterben wäre. Aber im Moment kann ich kaum an etwas anderes denken als daran, wie gut es sich angefühlt hat, als er mich biss! Ich kann nicht leugnen, dass der bloße Gedanke an Corbyns Reißzähne, die in mein Fleisch eindringen, mein Verlangen immer wieder neu entfacht. Es ist offiziell. Ich verliere meinen verdammten Verstand.

Mein Handy piepst mit einer SMS und ich greife eilig danach. Mit rasendem Herzen hebe ich es hoch. Es ist eine Nachricht mit der Quittung des Taxiunternehmens für die Kosten der Fahrt von Corbyns Villa zu meinem Auto. „Scheiße", hauche ich, als ich mein Handy weglege und mich mental selbst dafür schelte, dass ich gehofft hatte, Corbyn hätte mir eine Nachricht geschickt.

Der Mann ist ein Vampir und er hat nicht versucht, mich zu überreden, heute bei ihm zu bleiben. Ich bin auch niemand, der nach dem Sex kuscheln will, aber es war eine so intensive Begegnung. Ich weiß nicht genau, was ich will. Ich weiß nur, dass ich jetzt noch mehr Fragen habe als zuvor.

Ich muss wohl annehmen, dass die Sonne ihm das Bewusstsein geraubt hat oder etwas Ähnliches. Wenn ich an seiner Stelle wäre, würde ich mich auch nicht so verletzbar machen. Ich weiß, dass er nicht verheiratet ist und Angst hat, dass seine Frau zurückkommt und uns erwischt.

Logisch betrachtet könnte ich mich in Bezug darauf irren, dass er eine Frau hat oder für die Morde verantwortlich ist, aber ich folge in diesen Dingen meinem Bauchgefühl. Und keine der Fragen, die mich quälen, drehen sich darum, dass er ein Verdächtiger sein könnte. Sie drehen sich alle darum, warum er nicht wollte, dass ich bei ihm bleibe. Und möglicherweise darum, dass ich etwas unsicher bin. Ich muss meine Gedanken davon abhalten, in einhundert verschiedene Richtungen zu schwirren.

Ich verdränge meine Vorfreude auf unsere Verabredung heute Abend und gehe ins Schlafzimmer, um mich umzuziehen. Einen Moment lang überlege ich, mich hinzulegen und ein Nickerchen zu machen, aber ich bin zu aufgedreht, um zur Ruhe zu kommen. Ich ziehe mir das Oberteil über den Kopf aus, während ich zum Schrank hinübergehe und nach einer Jeans und einem T-Shirt greife. Ich streife meine Schuhe ab, ziehe mich schnell um und schnappe mir ein paar Turnschuhe und Socken.

Dass ich nicht schlafen kann, bedeutet nicht, dass ich nicht müde bin. Mein Körper ist gesättigt und entspannt, während mein Geist hellwach ist. In der Hoffnung, dass mich ein Kaffee beleben wird, setze ich schnell eine Kanne auf und schalte den Fernseher ein.

Da das Streaming inzwischen die beliebteste Art ist, Serien anzuschauen, rettet mich das vor der schrecklichen Auswahl des Sonntagmorgenfernsehens. Ich wähle meine Lieblingsserie und beginne die nächste Folge von *Grey's Anatomy*. Bei all den Gedanken, die mir durch den Kopf gehen, kann ich einfach nicht still sitzen, also räume ich das Wohnzimmer auf.

Da ich allein lebe, ist das Putzen ziemlich einfach. In meiner täglichen Routine sorge ich dafür, dass alles ordentlich und aufgeräumt bleibt. Ich beschließe, auch die Bäder und die Küche noch einmal zu putzen, und greife nach den Reinigungsmittelflaschen von unter dem Waschbecken.

Gestern habe ich mehr Zeit damit verbracht, zu überlegen, was ich anziehen soll, und mich nicht meinem Haus gewidmet, also fange ich im Gästezimmer an. In meinem Versuch, mich abzulenken, lasse ich nichts unangetastet. Nachdem das Fenster und die Jalousien sauber sind, mache ich mich an mein Schlafzimmer. Leider kann mich das Schrubben von Fliesen, Toiletten und Waschbecken nicht genügend ablenken, sodass ich während der Arbeit zu angenehmeren Themen abschweife.

Zum zweiten Mal, seit ich Corbyns Haus verlassen habe, überlege ich, in den örtlichen Erotikladen zu gehen und etwas zu besorgen, um die Dinge später aufzupeppen. Ich bedaure jetzt, keine Sexspielzeuge behalten zu haben, die ich mit meinem letzten Freund gekauft habe. Damals wollte ich keine Erinnerung an unsere Beziehung haben.

Jetzt weiß ich, dass ich dumm war. Ich hatte sie gekauft, nicht er. Sie repräsentierten, was ich wollte, und hatten wenig mit ihm zu tun. Er war nur mein Dom und weigerte sich, während unserer Sessions irgendetwas zu benutzen, worum ich ihn bat. Tatsächlich machte er sich große Mühe, alles zu vermeiden, was ich wollte. Er verlangte die totale Kontrolle und beschimpfte mich, weil ich keine gute Unterwürfige war. Das war der Zeitpunkt, zu dem ich diesen Lebensstil völlig aufgegeben habe.

Das Putzen lenkt mich nicht ab und ich denke immer wieder über Corbyn nach, sodass ich einige Stunden später genauso aufgewühlt bin wie zuvor. Ich kann nicht aufhören, daran zu denken, wie sehr ich Dinge will, die ich aufgegeben hatte. Ich hätte nie gedacht, dass ich jemals wieder jemandem mein Herz anvertrauen wollen würde. Die gute Nachricht ist, dass ich nach mehreren Stunden des Putzens endlich bereit bin, ein Nickerchen zu machen. Gleich nachdem ich mit dem vorderen Bad fertig bin. Diesen Raum kann ich wirklich nicht unvollendet lassen.

Lady Gaga's Stimme schallt aus dem Eingangsbereich herüber. Die Musik kommt von meinem Handy. Ich lasse den Schwamm ins Waschbecken fallen, wische mir die Hände ab, gehe durch den Flur meines kleinen Dreizimmer-Hauses und nehme den Anruf entgegen.

„Agentin DeLeon", sage ich, als ich sehe, dass es Diggs ist.

„Ava. Das Polizeirevier von Tucson hat gerade wegen eines neuen Falls angerufen, der der Vorgehensweise eures Mörders entspricht. Dieses Mal könnt ihr die Beweise direkt am Tatort sammeln", teilt mir Diggs mit.

Meine Gedanken rasen, während ich mir die Schuhe ausziehe und nach einem Hosenanzug aus meinem Schrank greife. Ich stelle das Telefon auf Lautsprecher und entledige mich bereits meiner Kleidung, während ich antworte: „Das könnte der Durchbruch sein, den wir brauchen. Schick mir die Adresse. Hast du Tinnea angerufen?"

„Das mache ich jetzt. Der Tatort befindet sich am Rande des Parks in Alvernon Heights. Wir sehen uns gleich." Diggs legt auf.

Ich drücke auf den Knopf und springe unter die Dusche. Ich warte nicht, bis das Wasser heiß ist, bevor ich unter den Duschstrahl trete und meinen verschwitzten Körper wasche.

Sobald ich fertig bin, trockne ich mich ab, ziehe mir die Hose an und schlüpfe in ein Trägeroberteil, bevor ich mir meinen Blazer schnappe. Ich kämme mir die verfilzten Locken mit einer Bürste und binde sie zu einem Pferde-schwanz zusammen. Meine Schminke halte ich schlicht und trage nur etwas Lipgloss und Mascara auf, bevor ich in meine hässlichen, aber sehr bequemen, Arbeitsschuhe schlüpfe. Ich schnappe mir meine Handtasche und meine Schlüssel und bin in weniger als fünf Minuten zur Tür hinaus.

Ich springe ins Auto und werfe meine Handtasche auf den Sitz neben mir. „Scheiße." Ich hoffe, die Polizei geht nicht einfach nur davon aus, dass ein gewöhnlicher Mord zu unserem Verdächtigen passt. Die Mordrate in dieser Gegend liegt über zweihundert Prozent höher als der Landesdurchschnitt. Morde sind hier nichts Neues.

Mein Handy piepst mit der Adresse, die Diggs geschickt hat, und ich gebe sie in mein Navi ein, bevor ich mich auf den Weg zum Tatort mache. Nach zwanzig Minuten komme ich an und parke neben dem Wagen des Gerichtsmediziners. Ich schnappe mir mein Handy und meine Dienstmarke, als Bria neben mir anhält. Wir steigen zur gleichen Zeit aus dem Auto.

„Was haben wir hier?" Sie schnappt sich ihr Handy.

„Nicht sicher. Ich bin auch gerade erst angekommen." Ich stecke mir die Dienstmarke an meinen Hosenbund und wir gehen zur Polizeiabsperrung auf der anderen Seite des Parkplatzes hinüber. „Ich hoffe, dass es einer unserer Fälle ist und nicht irgendetwas ganz anderes."

„Agentinnen DeLeon und Tinnea", stelle ich uns vor, als wir uns nähern. „Wo ist der leitende Ermittler?"

Der Polizist zeigt auf eine Menschenansammlung. „Detective Anderson ist dort drüben bei der Leiche." Als wir uns der Menschentraube nähern, suche ich nach Anderson. Die örtlichen Gesetzeshüter machen Fotos, stecken Markierungen ab und warten mit Plastiktüten in der Hand.

Ein großer Mann mit grauem Haar tritt von einer Gruppe von vier Polizeibeamten weg, als er uns näherkommen sieht.

„Detective Anderson?", frage ich.

„Oh gut. Sie sind vom FBI", sagt er und wirft einen Blick auf meine Dienstmarke. „Wir haben ein weibliches Opfer mit einer Wunde an der linken Halsschlagader. Sie ist genau wie alle anderen blutleer."

„Wurde sie hier deponiert?" fügt Bria hinzu, während sie näher an die Leiche herantritt, die in der Nähe einer kleinen Baumgruppe liegt. Die Gegend ist ein beliebter Park mit einem Zoo auf der anderen Seite.

„Es scheint so zu sein. Es gibt keine Anzeichen für einen Kampf vor Ort und wir haben auch keine Blutspuren entdeckt", informiert uns der Detective. „Lassen Sie uns wissen, wie wir helfen können. Wir haben Fotos gemacht und sind gerade dabei, Spuren zu sammeln."

Ich bleibe ein paar Meter vom Opfer entfernt stehen und mustere den Boden um uns herum. Die kleinen Abschnitte von Erde scheinen nicht aufgewühlt zu sein, aber ich bemerke einen Schuhabdruck, der von den Beamten noch nicht markiert wurde. Nachdem ich die Schuhe von so vielen Beamten wie möglich gemustert habe, auch die des Gerichtsmediziners, sage ich: „Keiner Ihrer Leute trägt Halbschuhe. Können Sie diesen Abdruck fotografieren lassen?"

„Ja, Ma'am. Der Gerichtsmediziner hat den Todeszeitpunkt auf vor etwa fünf oder sechs Stunden festgelegt", sagt Anderson, während er mit einem Stift in der Hand auf einen Block in der anderen Hand tippt.

Mir entweicht ein Keuchen, als ich einen Blick auf das Gesicht der Frau werfe. Ihr Kopf ist in meine Richtung gedreht und ihre grünen Augen sind in offensichtlicher Todesstarre weit aufgerissen. Ich hatte ihr Outfit zunächst nicht erkannt. Das rote Oberteil ist verstaubt und der schwarze Rock bis zu ihrer Hüfte hinaufgeschoben. Ihre Schuhe fehlen ganz. Es ist nur ihr blondes Haar und das vertraute Gesicht, das ich wiedererkenne. Diese Frau war mit dem Vampir zusammen, dem ich letzte Nacht gefolgt bin, bevor Corbyn mich entführt hat.

„Was?", fragt Bria und schaut mich mit gerunzelter Stirn an.

„Ich glaube, ich erkenne sie wieder." Ich trete näher. „Wenn es dieselbe Frau ist, ist sie noch nicht länger als sechs Stunden tot."

„Kennen Sie sie?", fragt der Detective. Auch Bria starrt mich an.

„Ich habe sie gestern Abend in einem Club gesehen." Ich beuge mich hinunter, um ihr Gesicht zu untersuchen. Es ist definitiv dieselbe Frau vom Vorabend.

So wie ihr Kopf geneigt ist, ist die klaffende Wunde an ihrem Hals deutlich zu sehen. Es ist offensichtlich, dass ihre Kehle aufgeschlitzt wurde. Ich suche die Verletzung nach allem ab, was auf einen Vampir hinweisen könnte. Das könnte ein runder Fleck entlang der Schnittkante sein, aber ich kann mir nicht sicher sein, dass ich nicht einfach nur sehe, was ich sehen will. Ich schnappe mir mein Handy und mache ein Foto von ihrem Gesicht, dann noch eins von der Wunde an ihrem Hals.

Bria hockt sich neben mich und zieht sich ein paar Handschuhe an. „Ich hoffe, du hast etwas gesehen, das auf den Täter hinweist." Sie dreht den Kopf des Opfers und ich kann zwei schwache rosa Flecken an der gegenüberliegenden Seite ihres Halses erkennen.

Das war die Seite, an der sie der Vampir in der Nacht zuvor gebissen hat. Das Bild, wie er seine Reißzähne in ihr Fleisch bohrte, wird mich für immer verfolgen. Ich schieße auch von dieser Seite ein Foto. Malik hat die Frau verdammt noch mal umgebracht und ich überlege, wie ich ihn verhaften kann. Er ist ein Vampir. Es gibt in diesem Fall noch andere Faktoren zu berücksichtigen.

Es ist mir scheißegal, ob ihre Existenz geheim bleibt.

Einer von ihnen tötet unschuldige Frauen und es ist meine Aufgabe, dies zu verhindern. Corbyns Lächeln taucht vor meinem inneren Auge auf und ich unterbreche meine rasenden Gedanken.

Die Existenz von Vampiren zu enthüllen, würde auch ihn in Gefahr bringen. Es würde die Menschen verängstigen, was nur zu noch viel mehr Morden führen würde. Die Geschichte hat dies immer wieder bewiesen. Ich brauche mehr Informationen und ich muss mit dem Vampirkönig darüber sprechen. Corbyn hat gesagt, er dulde es nicht, wenn in seinem Territorium getötet wird.

„Nichts Ungewöhnliches. Sie hat … mit einem Typ gesprochen, als ich gegangen bin. Aber du kannst darauf wetten, dass ich mir die letzte Nacht noch einmal genau durch den Kopf gehen lassen werde." Ich wende mich an den Detective. „Der Tod dieser Frau passt definitiv in die Liste der Beschreibungen der anderen Morde. Können Sie alle gesammelten Beweise an unser Büro weiterleiten?"

Anderson nickt und deutet auf einen anderen Polizisten. „Kein Problem. Wir machen hier alles fertig und schicken es sofort rüber."

„Bria, ruf Diggs an und sag ihm Bescheid." Sie nickt und tritt zur Seite, als ich den Fotografen anweise, weitere Bilder zu schießen, während ich den Tatort untersuche.

Ich habe keinen Zweifel daran, dass die Frau hier abgeladen wurde. Genau wie bei den anderen Opfern gibt es so gut wie nichts, was uns weiterhelfen könnte. Ich werde die Stelle aufsuchen, an der ich das Paar in der Nacht zuvor beobachtet habe. Als ich mein Auto vor ein paar Stunden abgeholt habe, ist mir nichts aufgefallen.

Ich möchte mir selbst in den Hintern treten, weil ich nicht besser aufgepasst habe. Ich war noch immer zu sehr mit dem Sex mit Corbyn beschäftigt, um all die Details wahrzunehmen, wie ich es normalerweise tue. Ich ziehe mein Handy heraus, wähle Corbyns Nummer und bete, dass er antwortet.

In Gedanken spinne ich mir allen möglichen Unsinn zusammen. Steckt er mit dem Mörder unter einer Decke? Vielleicht wissen alle Vampire davon und er wurde nur damit beauftragt, mich davon abzulenken, mehr herauszufinden. Aber je komplexer die Vertuschung in meinem Kopf erscheint, desto mehr wird mir klar, dass ich mir Dinge zusammenreime.

Ich bin sauer auf mich selbst, weil ich mich nicht mehr gegen Corbyn gewehrt und darauf bestanden habe, am Tatort zu bleiben. Hätte ich es getan, wäre diese Frau jetzt noch am Leben. Ich hätte das Arschloch erwischen und ihn aufhalten können. Trotz der Zweifel, die mich beschleichen, bin ich mir immer noch sicher, dass Corbyn nichts damit zu tun hat. Aber ich werde keine Beweise ignorieren, die auf ihn hindeuten könnten.

Nachdem ich ihm eine Nachricht hinterlassen habe, lege ich auf und sammle weiter die wenigen Beweise, die es am Tatort gibt. Wenn man genau hinschaut, gibt es immer irgendetwas. Es könnte vom ersten Tatort stammen. Die Polizei hat an den anderen Tatorten Reifenspuren, Schuhabdrücke und eine Haarprobe gesammelt. Oder wir finden etwas, das einen Verdächtigen mit einem bestimmten Ort in Verbindung bringt.

Eines der ersten Dinge, die ich an der Akademie gelernt habe, ist, dass es unmöglich ist, ohne irgendeine Spur davonzukommen. Wir alle lassen stets etwas zurück, wohin wir auch gehen. Oder wir nehmen etwas aus unserer Umgebung mit. Ich werde dieses Arschloch finden, und wenn es das Letzte ist, was ich tue.

* * *

Corbyn

MEIN TELEFON KLINGELT und eine Sekunde lang frage ich mich, ob ich träume. Ich habe seit Jahrhunderten nicht mehr geträumt, also verwerfe ich den Gedanken. Als älterer Vampir bin ich tagsüber wacher, aber trotzdem nicht in der Lage, den Anruf anzunehmen.

Was ist, wenn Ava unsere Verabredung für später absagen will? Ich drehe mich in meinem weichen Bett um. Manche Vampire schlafen in Särgen, aber ich bevorzuge den Komfort einer Matratze. Mein Versteck ist sicher genug und absolut lichtdicht, sodass ich keinen zusätzlichen Schutz brauche. Niemand wäre jemals in der Lage, den Eingang zu meinem Privatquartier zu finden. Ich bin vielleicht kein besonderes Angriffsziel, aber ich bin auch kein Idiot.

Wie alle Vampire weigere ich mich, mich tagsüber angreifbar zu machen. Ich habe dafür gesorgt, dass der Eingang zu meinem Rückzugsort sehr gut in meinem Haus versteckt ist. Die Schwere meines Körpers nimmt allmählich ab, als die Sonne sich dem Untergang nähert.

Ich schlummere wieder ein und als ich das nächste Mal aufwache, kann ich mich bereits bewegen und nach meinem Handy greifen. Ich habe eine Benachrichtigung, dass der Anruf von Ava kam, und drücke auf den Knopf, um die Mailbox abzuhören. Ihre sinnliche Stimme lässt meinen Schwanz hart werden und meine Reißzähne kribbeln.

„*Corbyn. Hier spricht Ava. Ich bin am Tatort eines weiteren Mordes. Dieses Mal ist es die Frau, die ich gestern Abend mit dem ... Vamp beobachtet habe.*" Sie senkt die Stimme, als sie das Wort *Vamp* ausspricht, und mein Herz bleibt in meiner Brust stehen. Als Vampir kann ich meinen Herzschlag kontrollieren, jedenfalls bis ich in Avas Nähe bin. Es hatte vor Begierde

87

nach der sexy FBI Agentin gerast, aber als ich höre, was sie gesagt hat, hört es ganz auf zu schlagen. Ich nehme den Rest ihrer Nachricht kaum noch wahr, während mein Verstand sich überschlägt. *„Ich muss wissen, wo ich ihn finde, damit ich ihm Fragen stellen kann. Es sieht nicht gut aus. Genau wie allen anderen Opfern wurde ihr das Blut ausgesaugt. Wie auch immer. Ruf mich zurück. Ich setze meine Ermittlungen fort, egal, wohin sie mich führen."*

Was zum Teufel? Malik hat diese Frau auf gar keinen Fall getötet. Ich kenne ihn nicht, aber ich kann mir nicht vorstellen, dass er dafür verantwortlich ist. Wenn er es war, werde ich das Arschloch dafür bezahlen lassen. Lucius wird es genießen, ein Exempel an ihm zu statuieren.

Ich schalte den Fernseher ein und hoffe, dass die Abendnachrichten mir sagen, wo die Frau gefunden wurde. Ich muss mich durch mehrere Kanäle schalten, bevor ich Avas wunderschönes Gesicht entdecke. Sie spricht an einem Ort mit jemandem, der wie ein Park aussieht. Nachdem ich den Fundort erfahren habe, springe ich auf und gehe zu meinem Kleiderschrank.

Übernatürliche Geschwindigkeit ist hilfreich, wenn es schnell gehen muss. In weniger als einer Minute bin ich angezogen und die Treppe hinaufgestürmt. Ich hoffe, Ava ist noch vor Ort, wenn ich dort ankomme.

Ich stürme durch mein Haus und springe in meinen Hummer, bevor ich durch die Stadt rase. Es scheint, als wären heute alle Sonntagsfahrer draußen unterwegs und würden eine gemütliche Spazierfahrt unternehmen. Die Ungeduld quält mich den ganzen Weg entlang. Anstatt auf den Parkplatz zu fahren und Aufmerksamkeit auf mich zu lenken, parke ich in einer Seitenstraße und schreibe Ava eine SMS, dass ich gerade angekommen bin.

Ich bemerke mehrere zwielichtige Gestalten, die mich beobachten, als ich aus meinem Wagen steige und die Tür schließe. Normalerweise unterdrücke ich meine Raubtiernatur, aber jetzt lasse ich sie durchscheinen und lege ein wenig mehr Bedrohung hinein. Menschen reagieren im Allgemeinen auf die Pheromone, die Vampire aussenden. Im Moment habe ich keinen Zweifel daran, dass sich niemand mir oder meinem Wagen nähern wird, während ich mich an den Tatort begebe.

Eine Menschenmenge hat sich versammelt, was es mir leicht macht, nicht aufzufallen. Ava schaut von ihrem Handy auf und mustert die Gegend. Als ihr Blick auf mir landet, ist es wie ein Schlag in die Magengrube. Nach der Nacht, die wir miteinander verbracht haben, hätte ich erwartet, dass sie mich anlächelt. Mein Instinkt drängt mich dazu, zu ihr zu gehen und sie in meine Arme zu heben, sie mit nach Hause zu nehmen und ihr beizubringen, wie man mich richtig begrüßt.

Aber sie ist keine unterwürfige Frau und das würde sie nur noch mehr verärgern. Also nicke ich ihr zu und fahre mit meiner Einschätzung der Umgebung fort. Da ich besser sehen kann als Menschen, kann ich die tote Frau hinter Ava und ihrer Partnerin erkennen.

Es gibt kein Blut am Tatort oder an der Kleidung des Opfers, was mir sagt, dass Ava recht hat: die Frau wurde ausgesaugt. Und ja, es handelt sich um die Frau, die letzte Nacht mit Malik zusammen war, aber er hat nicht in die linke Seite ihres Halses gebissen. Er hat von der rechten Seite getrunken. Dennoch sind auf beiden Seiten der Wunde leichte Einkerbungen in ihrem Fleisch zu erkennen, was darauf hindeutet, dass dies getan wurde, um einen Vampirbiss zu verbergen.

Der Speichel von Vampiren hat heilende Eigenschaften, sodass solche Vorsichtsmaßnahmen unnötig sind. Es sei denn, der Vampir tötete die Frau, während er von ihr trank. Unter diesen Umständen würde der Biss nicht heilen.

Ich entdecke etwas an ihrem linken Arm und frage mich, was es ist. Von dort, wo ich stehe, scheint es ein Kaktusstachel zu sein. Ich schnuppere in der Luft und versuche, die Gerüche des Windes aufzufangen, aber ich bin inmitten von zu vielen Menschen, um etwas Brauchbares zu finden.

Ich schleiche mich an die Seite, wo keine Polizisten sind, und kann dort den Geruch von Erde und Salbeibusch wahrnehmen. Jemand, der in den letzten Tagen hier war, war auch in der Wüste. Angesichts des Kaktusstachels würde ich sagen, dass es das Opfer war.

Mein Telefon piept mit einer Nachricht, was die Aufmerksamkeit eines Polizisten in der Nähe auf sich zieht. Er schaut hinüber und kommt auf mich zu. Ich starre auf das Gerät in meiner Hand und sehe, dass die Nachricht von Ava stammt.

Warte auf mich. Wir müssen über den Vampir sprechen, der mit ihr zusammen war. Ich habe dem Besitzer des Club Toxic eine Nachricht hinterlassen. Ich treffe ihn in einer Stunde.

Ich reiße den Kopf hoch und schaue Ava an. Sie deutet auf etwas in der Nähe des Parkplatzes. Was zum Teufel denkt sie sich dabei? Ich sage ihr, dass sie sich von Lucius fernhalten soll, und sie geht daher und fordert ein Treffen mit ihm?

Sie kann von Glück reden, wenn ich sie nicht übers Knie lege, bevor diese Nacht vorbei ist. Sie geht ein inakzeptables Risiko mit ihrem Leben ein. Der König wird nicht zögern, ihre Erinnerungen zu löschen, um dieses Problem loszuwerden. Oder noch Schlimmeres tun.

Ich möchte gern glauben, dass er sie nicht töten wird, weil sie eine FBI Agentin ist und es zu viel Aufmerksamkeit auf sich ziehen würde. Aber ich kann mir nicht sicher sein. Lucius könnte sie einfach umbringen und jede Verbindung zum Club Toxic im FBI System und bei ihren Kollegen auslöschen. Er ist einer der mächtigsten Vampire, die es gibt. Er kann das und noch so viel mehr.

Der Polizist kommt näher und ich sehe, wie er ins Stocken gerät, als er meine aggressive Ausstrahlung spürt. „Wie heißen sie?", fragt er.

„Ich warte auf Agentin DeLeon. Sie brauchen sich um mich keine Sorgen zu machen." Ich lasse etwas Manipulation in meine Worte einfließen. Es funktioniert wunderbar und er dreht sich um und geht weg.

Ich schreibe Ava zurück, dass ich auf sie warte und mit ihr gehen werde. Dann lasse ich sie wissen, was ich gesehen und gerochen habe. Zwei Männer machen sich gerade daran, die Leiche hochzuheben und in einen großen schwarzen Sack zu packen, als Ava sie aufhält.

Sie deutet auf den linken Arm des Opfers. Bria schießt ein paar Fotos, bevor einer der Männer etwas mit einer Pinzette aus ihrem Arm zieht. Ava hält ihm eine Plastiktüte hin und er wirft es hinein.

Sie beendet ihre Arbeit am Tatort akribisch, bevor sie zu mir hinüberkommt. Einige Teile ihrer Persönlichkeit erklären sich mir nun. Ich verstehe endlich, dass sie sich nach Unterwerfung sehnt, aber nicht wirklich in der Lage ist, dies vollständig zu tun. Sie wird großartig sein, wenn sie mir irgendwann vertraut und die volle Kontrolle übergibt. Zumindest in den Sessions. Ich kann mir nicht vorstellen, dass sie sich mir unter anderen Bedingungen beugen wird.

„Was zum Teufel machst du hier? Ich bearbeite einen Mordfall, der von einem deiner Freunde begangen wurde. Wir haben eine Menge zu besprechen", sagt sie. Ihr sinnlicher Duft kitzelt meine Nase. Mir läuft das Wasser im Mund zusammen und mein Schwanz zuckt in meiner Hose. Ich brauche diese Frau, aber sie hat eine Distanz zwischen uns geschaffen.

„Ich bin hier, um zu helfen. Triff mich bei mir zu Hause", sage ich und beuge mich vor, um ihr einen Kuss auf die Wange zu drücken.

Sie seufzt, als ich mich zurückziehe. „Ich gehe in den Club Toxic." Bevor ich etwas erwidern kann, entfernt sie sich bereits von mir.

Bria beobachtet uns mit finsterem Blick. Ava bedeutet mehr Ärger, als alle anderen, denen ich jemals begegnet bin. Zum ersten Mal frage ich mich, ob es meine Zeit wert ist, Dinge mit ihr weiterzuverfolgen. Sie hat recht. Hierher zu kommen war ein Fehler. Um nicht zu sagen impulsiv. Ich denke sonst immer über meine Handlungen nach. Ich habe kein Verlangen danach, im Rahmen einer FBI Ermittlung ins Visier genommen zu werden. Außerdem will ich auch nicht, dass Lucius sauer auf mich ist und mich auf die Liste der Probleme setzt, die er beseitigen muss. Es wäre am klügsten für mich, mich nach Avas Treffen mit dem Vampirkönig von ihr abzuwenden.

KAPITEL SIEBEN

Corbyn

„*D*as ist keine gute Idee", zische ich Ava an, als ich ihr von ihrem Wagen zum Club folge. Ich habe die ganze Fahrt über versucht, sie anzurufen, aber sie hat sich geweigert, zu antworten. „Er ist ein gefährlicher Vampir und du bist dem nicht gewachsen, Agentin."

Ava bleibt stehen und wirbelt zu mir herum. Sie wirft mir einen tödlichen Blick zu und ich zucke zusammen. Ich habe keine andere Wahl, als meine Stimme zu erheben. Sie begibt sich auf eine Mission, die sie ihr Leben kosten könnte. Als FBI Agentin ist sie mächtig und wahrscheinlich daran gewöhnt, dass man auf sie hört, aber sie hat es nicht länger mit Menschen zu tun. Dort mit der Mission hineinzuplatzen, Lucius in Stücke zu reißen, wird ihr zum Verhängnis werden.

„Ich weiß, dass er gefährlich ist. Die tote Frau ist Beweis genug dafür. Ich weigere mich, mich abzuwenden, während deinesgleichen unschuldige Menschen ermordet. Es ist mein Job, sie zu beschützen. Wenn du nicht auf meiner Seite stehen kannst, dann geh mir gefälligst aus dem Weg." Ihre wütenden Worte verblüffen mich lange genug, dass sie über die Pflastersteine den Bürgersteig hinunter zum Eingang stapfen kann.

Kopfschüttelnd hohle ich sie ein und winke Maximus zu, der unter der Markise vor dem Eingang steht. Der gut gekleidete Vampir gehört im Club Toxic zum Inventar. Dies ist ein verdammt großer Fehler – und ich werde nicht erlauben, dass sie ihn allein macht.

Ich schaue mich um und suche nach einem Zeichen von Malik. Es zeugt davon, wie wütend Ava ist, dass sie Maximus durch den Club gefolgt ist, ohne sich wirklich umzusehen. Das sieht ihr gar nicht ähnlich. Seit ich sie das erste Mal gesehen habe, hat sie stets innerhalb von Sekunden nach Betreten eines Raumes eine gründliche Bestandsaufnahme vorgenommen.

Ich möchte nicht mehr Aufmerksamkeit auf uns lenken als nötig, also gehe ich weiter und an der Theke vorbei. Die gewöhnlichen Kellner wuseln um uns herum und nehmen Bestellungen auf. Unter ihnen auch die Dunkelhaarige, die stets in Korsetts gekleidet ist und ihren Blick fast nie von Armando am Eingang des Verlieses abwendet. Der Geruch von Erregung mischt sich mit Schweiß, Parfüm und Alkohol. Das alles trägt zum Hauch von Verzweiflung bei, der diesem oberen Stockwerk anhaftet.

Im Stillen verfluche ich mich dafür, dass ich mich mit Ava eingelassen habe, und folge ihnen in den hinteren Gang. Diesen Bereich habe ich noch nie betreten. Zum Glück gab es dafür noch nie einen Grund. Ich muss nicht weitergehen. Ich könnte umkehren und zu meinem einfachen Leben im Labor zurückkehren.

Maximus bleibt neben einer Tür stehen, an der er einen Code eingibt. Ein Piepton hallt durch den Raum, bevor er die Tür aufreißt und den Weg zu einer Treppe nach oben eröffnet. Ein schwacher, aber angenehmer Geruch steigt mir in die Nase. Ich atme ein und versuche, zu bestimmen, was genau das ist. Mir gelingt jedoch nur zu sagen, dass er mich an Selene und Lucius erinnert, bevor Ava bereits die Treppe hinaufsteigt und die Tür sich schließt.

Das ist meine Chance. Ich bewege die Hand und verhindere, dass die Tür zuklappt. Bevor ich blinzeln kann, befinde ich mich auf der untersten Stufe. Ich kann mich nicht von ihr abwenden. Eine Bewegung erregt meine Aufmerksamkeit und schon starre ich auf Avas Hintern, während sie die Treppe erklimmt. Ihr sanftes Dahingleiten ist faszinierend und der Weg durch den Korridor vergeht viel zu schnell. Meine Reißzähne kribbeln, weil sie in Avas saftiges Fleisch versenkt werden wollen.

Maximus klopft an eine Tür am Ende des Flurs und hält dann inne. Ich bleibe ganz dicht neben Ava stehen und lehne mich näher an sie. Ich spüre, wie sie sich vor mir versteift und lache leise über ihre Verärgerung. Gestern Abend war das noch ganz anders. Diese Frau konnte nicht genug von mir bekommen. Ich bete, dass unsere gemeinsame Zeit nicht schon zu Ende ist.

Ich weiß, ich sollte nicht noch mehr verlangen. Sie ist ein Mensch und ich bin ein Vampir. Wir passen nicht wirklich zusammen. Es wäre möglich, sie in einen Vampir zu verwandeln, damit wir die Ewigkeit zusammen verbringen können, aber das würde ich niemals tun.

„Herein." Lucius' tiefe Stimme klingt eher wie ein Befehl als ein Angebot.

Maximus stößt die Tür auf und tritt zur Seite.

„Corbyn." Der Vampirkönig erhebt sich von seinem Sessel hinter dem riesigen Schreibtisch. Es überrascht mich überhaupt nicht, dass er etwas so Extravagantes besitzt. Wenn man Lucius kennenlernt, merkt man sofort, dass er es vorzieht, verschwenderisch zu leben. An diesem Mann ist nichts billig. Und dieses kunstvoll geschnitzte Mahagonimö-belstück, das auf Hochglanz poliert ist, passt perfekt zu ihm. Ich wette, es ist viele hundert Jahre alt. Solche Dinge werden heute nicht mehr oft hergestellt.

„Ich wusste nicht, dass du die reizende FBI Agentin begleiten würdest. Das war nicht Teil der Forderung, die sie für dieses Treffen gestellt hat", sagt Lucius.

Ich schließe den Abstand zu Ava und bleibe neben ihr stehen, als Lucius die Augen zusammenkneift. Ich erkenne die Schärfe seiner Macht, als er mich begrüßt.

Ava schwankt von einem Fuß auf den anderen. Ihre Absätze klappern auf den mexikanischen Fliesen. Ihre Haltung versteift sich und aus dem Augenwinkel bemerke ich ihre geballten Fäuste. Menschen spüren die Gefahr, die von Lucius ausgeht. Vor allem, wenn er seine Macht auf diese Weise ausströmen lässt. Hinzu kommt die Art und Weise, wie sich Selene gegen die verzierte Holzvertäfelung der Wände lehnt. Ihre Haltung täuscht über ihre Wildheit hinweg. Es ist verlockend, in Avas Geist einzudringen und zu sehen, wie sehr sie gegen ihren Kampf- oder Fluchtinstinkt ankämpft.

„Das liegt daran, dass sie keine Ahnung hatte, dass ich sie begleiten würde, als sie Euch anrief." Ich unterdrücke jeden Beschützerinstinkt, der mich drängt, für etwas Sicherheit zu sorgen.

„Er ist nicht Teil meiner Ermittlungen", unterbricht Ava, bevor einer von uns noch etwas anderes sagen kann. Ich erschaudere angesichts der Bosheit in Selenes Blick und weiche zurück. Ava rührt sich jedoch nicht von der Stelle. „Wie ich Sie in meiner Nachricht habe wissen lassen, unter-suche ich den Tod von mehreren Frauen und ein Dutzend weitere, die vermisst werden. Ich weiß, was Sie sind, und ich glaube einer Ihrer Vampire hat gestern Abend mein Opfer getötet."

Ein Knurren hallt durch den Raum und ich bin mir nicht sicher, von wem es kam. Ein Blick über meine Schulter eröffnet mir, dass Maximus immer noch im Türrahmen steht. Lucius winkt mit der Hand und Maximus geht. Mit drei mächtigen übernatürlichen Wesen in einem Büro eingeschlossen zu sein, sollte Ava zu denken geben. Wie ich langsam feststelle, hat diese Frau kein Gefühl für ihre eigene Sterblichkeit. Wahrscheinlicher ist, dass sie nicht versteht, in welcher Gefahr sie sich befindet.

„Wenn Sie wissen, was ich bin, dann müssen Sie sich auch bewusst sein, dass es nicht klug ist, mich zu verärgern", knurrt Lucius. „Ich habe nichts mit dem Tod von irgendwelchen Menschen zu tun. Was meine Leute angeht, so kann ich sie nicht kontrollieren, aber vertrauen Sie mir, wenn ich sage, dass ich herausfinden werde, wer dafür verantwortlich ist. Und ich werde ihn dafür bezahlen lassen."

Ich schließe den Abstand und stelle mich wieder neben Ava. Lucius ist wütend. Ich verstehe es. Aber ich habe mich schon seit Wochen für die Sicherheit von Vampiren eingesetzt, obwohl ich mich zu Ava hingezogen fühlte. Deshalb habe ich sie gedrängt zu gehen, noch bevor sie einen Grund hatte, Verdacht zu schöpfen.

„Bei allem Respekt, Ava macht nur ihren Job. Sie hätte ihre gesamte Einheit mit einbeziehen und einen Durchsuchungsbefehl erwirken können. Dann würde es hier jetzt von FBI Agenten nur so wimmeln. Ihr könntet dabei Euren Club verlieren, aber ich habe ihr erklärt, dass Ihr derjenige seid, der Antworten haben wird, wenn es welche gibt. Bitte hört Ihr zu", sage ich zum Vampirkönig.

Selene stößt sich anmutig und sexy von der Wand ab, an der sie gelehnt hat. Mir fällt das diamantbesetzte Halsband an ihrem Hals auf. Sie hat es jedes Mal getragen, wenn ich sie gesehen habe. Unabhängig davon, was es symbolisiert, steht sie an Macht und Status nicht unter Lucius. Sie ist seine Königin und er behandelt sie auch so.

„Es gibt nichts mehr zu hören. Ich schlage vor, ihr beide geht jetzt. Was glaubt ihr denn, welche Informationen wir haben? Lucius wird herausfinden, wer es getan hat, und sich darum kümmern", entgegnet Selene.

Ava schüttelt den Kopf. „Eine Frau hat ihr Leben verloren. Ihr wurde das Blut ausgesaugt und als sie das letzte Mal gesehen wurde, trank ein Vampir von ihr, den sie in diesem Club getroffen hat. Und Sie stehen hier und sagen, es gäbe nichts zu besprechen? Es gibt verdammt viel zu besprechen. Entweder tun Sie es freiwillig oder, Corbyn hat recht, ich komme mit zwei Dutzend Agenten und einem Durchsuchungsbefehl zurück, um alles zu durchforsten. Sie wollen doch nicht, dass wir die Vampirbereiche finden, oder doch? In diesem Moment bitte ich Sie lediglich um jegliches Überwachungsmaterial, das Sie haben."

Ich lege meinen Arm um ihre Schultern und ziehe sie an meinen Körper. „Du musst aufhören, schlafende Hunde zu wecken, kleiner Stern. Das wird nicht ungestraft bleiben. Wenn du so weitermachst, bringst du uns beide um." Alle Vampire im Raum können mich hören, aber es gibt keinen Grund, die Fakten zu verbergen. Sie müssen sehen, dass ich versuche, Ava zu beschützen, und trotzdem auf ihrer Seite stehe.

Ava reißt ihren Kopf herum und schaut mich mit großen verängstigten Augen an. Sie verbirgt ihre Angst blitzschnell und verzieht dann den Mund. „Du bist nicht in Gefahr. Du hast mit diesem Fall nichts zu tun. Du hast mir sogar gesagt, ich solle die Sache ruhen lassen." Ich sehe ihr an, dass sie glaubt, ihre Aussage würde mich vor Vergeltungsmaßnahmen schützen. Diese Frau hat keine Ahnung, in welch dunkle tiefe Gewässer sie gerade geschwommen ist. Wenn sie nicht schnell die Regeln lernt, wird sie darin ertrinken.

Dann schreit Ava auf und greift sich an den Kopf, bevor sie zu Boden fällt. Ich hocke mich zu ihr hinunter.

„Genug", knurrt Lucius, als er den Abstand zwischen uns verringert. Ich schaue von meiner Position neben Ava auf dem Boden auf. „Warum bist du mit ihr hierher gekommen?"

Es ist mir unmöglich, Lucius zu antworten, wenn Ava neben mir vor Schmerzen schreit. Ich habe keinen Zweifel daran, dass er in ihrem Geist herumwühlt. Ich muss ihn schnell aufhalten, bevor sie einen dauerhaften Hirnschaden erleidet.

Ich hole tief Luft, obwohl das völlig unnötig ist. „Ich habe sie begleitet, weil ich ihr versprochen habe, ihr zu helfen, den Täter dieser Verbrechen zu finden. Sie ist mit unserer Welt nicht vertraut. Sie ist überzeugt, dass ein Vampir für den Tod letzte Nacht verantwortlich ist, aber ich habe ihr erklärt, dass sie keine Vermutungen anstellen darf. Nur weil sie gesehen hat, wie er von dem Opfer trank, heißt das noch lange nicht, dass er sie getötet hat. Ich habe vorhin Beweise entdeckt, denen wir ebenfalls nachgehen werden. Im Grunde bin ich ihr inoffizieller Partner in diesem Fall."

Lucius neigt den Kopf und Selene tritt neben ihn, sodass sie sich gegen die Kante seines Schreibtisches lehnen kann. „Du beschützt unsere Art?"

Ava hört auf zu schreien und ihr Körper erschaudert neben mir. „Ja. Ihr und Eure Männer habt schon genug um die Ohren. Ich dachte mir, dass es das Mindeste ist, was ich tun kann. Außerdem kann ich nicht leugnen, dass ich mich zu ihr hingezogen fühle."

Lucius fährt sich mit der Hand über den Kiefer, während Ava aufsteht und mich von sich wegstößt. „Wirklich?", knurrt er mich an, bevor sie sich wieder an Lucius wendet. „Ich weiß, dass einer Ihrer Vampire dafür verantwortlich ist. Informationen vor einer FBI Ermittlung zurückzuhalten ist illegal. Und es macht Sie zu einem Komplizen. Ich muss das

Videomaterial Ihrer Sicherheitskameras sehen. Die anderen Opfer waren hier, bevor sie starben. Es ist wichtig, dass wir alle kennen, mit denen sie Kontakt hatten. Und ich brauche Maliks vollen Namen. Wie oft besucht er den Club? Mussten Sie ihn schon einmal disziplinieren?"

„Das wird nichts nützen. Wir sind auf normalen Video-aufzeichnungen nicht zu sehen, also werden dir alle Bänder, die wir haben, nichts nützen. Vampire haben keine Spiegel-bilder und außer mit Thermotechnik ist es unmöglich, uns auf einer Aufnahme zu erwischen." Das war nicht gerade die klügste Antwort. Ich hätte den Mund halten sollen. Sie hat es mit meiner Existenz sowieso schon schwer genug.

„Was?" Ava stolpert plötzlich und bricht fast zusammen, sodass ich mich in ihre Richtung stürze und sie auffange, bevor sie mit dem Gesicht auf dem Boden landet.

Hat der Vampirkönig ihr Schmerzen zugefügt? Ich fürchte, er hat einen Teil ihres Gedächtnisses gelöscht. In einem Sekundenbruchteil überlege ich, ob ich ihn fragen soll. Ihr Wohlbefinden ist ihm scheißegal. Ich habe nicht darüber nachgedacht, dass er vielleicht nicht will, dass eine FBI Agentin so viele Informationen über unsere Art hat. Natür-lich könnte sie im Moment auch einfach nur überfordert sein.

Die Art und Weise, wie Ava mich mit dem Ellbogen in den Bauch stößt und Abstand zwischen unsere Körper zwingt, sagt mir, dass sie schon wieder stinksauer ist. Ganz ehrlich, ich sollte es lassen und ihr den Rücken zukehren. Für mich wäre das viel einfacher. Ich habe mein ganzes Vampir-leben außerhalb jeglicher politischer Auseinandersetzungen verbracht. Es gab noch nie eine Situation, in der ich mich einmischen und meinen Kopf hinhalten wollte, wodurch ich meine Existenz riskiere. Das Problem ist, dass sich meine verdammten Füße nicht bewegen wollen. Ich kann sie nicht an die Haie verfüttern.

„Wer ist dieser Vampir?", fragt Lucius.

„Sie ist Malik und dem Opfer letzte Nacht gefolgt und hat gesehen, wie er von ihr getrunken hat", informiere ich den König.

„Das bedeutet gar nichts. Es beweist nicht, dass er die Frau getötet hat. Meine Vampire wissen es besser", sagt Lucius zu Ava.

Sie schüttelt den Kopf und fährt sich mit der Hand über das Gesicht. „Schauen Sie. Ich verstehe, dass Sie glauben, er würde nicht gegen Ihre Regeln verstoßen. Aber meine Erfahrung sagt mir, dass es kein Zufall ist. Ich habe gesehen, wie Malik von ihr getrunken hat, und Stunden später ist sie tot. Das ist zu viel des Zufalls." Mit einem letzten Blick in meine Richtung stürmt Ava aus dem Büro und knallt die Tür zu.

Ich drehe mich um und halte inne, um den Vampirkönig anzusehen. „Soll ich sie zurückholen?" Jede Zelle in meinem Körper ist gegen diese Option, aber ich würde es tun, wenn es bedeutet, ihr Leben zu retten. Ich muss glauben, dass Lucius tun wird, was für alle am besten ist.

Lucius kneift die Augen zusammen. „Mach dir nicht die Mühe. Ich will Malik sprechen. Ich werde ihn dazu bringen, mir zu sagen, was er getan hat."

„Ich bin mir nicht so sicher, ob er derjenige ist, der es getan hat. Es gab Anzeichen dafür, dass sie kürzlich in der Wüste war, obwohl sich der Ort, an dem wir beobachtet haben, wie er von ihr trank, mitten in der Stadt befand. Ich kann nicht mit Gewissheit sagen, dass ein Vampir dafür verantwortlich ist."

„Deine Menschenfrau tut es aber schon." Lucius' Tonfall ist neckend, aber ein Hauch von Macht schwingt darin mit, der mich wissen lässt, dass er die Situation überhaupt nicht lustig findet.

„Ava ist hartnäckig und entschlossen." Ich mache mir keine Mühe, den Stolz in meiner Stimme zu verbergen. Sie gibt nicht klein bei, nicht einmal im Angesicht eines Raubtieres.

„Als ich ihr vor ein paar Wochen unten begegnet bin, wusste ich sofort, dass sie anders ist. Ich habe sie ein paar Mal weggeschickt und sie kam immer wieder zurück. Ich weiß inzwischen genug über sie, um mir sicher zu sein, dass sie niemals aufgeben wird, wenn es darum geht, herauszufinden, wer diese Frauen getötet hat. Es ist mehr als nur ihr Job."

„Ich will, dass ihr Gedächtnis gelöscht wird und alles verschwindet, was das Opfer mit meinem Club in Verbindung bringt", verlangt Lucius. Ich möchte fluchen und dem verdammten König ins Gesicht schlagen.

Vampire sind im Allgemeinen kein besonders warmherziger Haufen. Nur wenige von uns sind wirklich loyal, es sei denn, es geht um ihren auserwählten Gefährten. Avas Erinnerungen sitzen zu diesem Zeitpunkt so tief, dass der Versuch, sie zu entfernen, sie in ein sabberndes Häufchen Elend verwandeln würde. Ich muss diese Situation so gut es geht retten. Die Tatsache, dass Lucius ihre Erinnerungen nicht selbst löscht, ist vielversprechend.

Ich verschränke die Arme vor der Brust und stelle mich breitbeiniger auf. „Wir brauchen ihre Erinnerungen nicht zu löschen. Aus mehreren Gründen. Ich habe vor, sie eine Weile in meiner Nähe zu behalten. Ich kann nicht jedes Mal, wenn ich von ihr trinke, ihr Gedächtnis löschen. Es ist jedoch noch wichtiger, dass wir jemanden vom FBI auf unserer Seite haben. Auf diese Weise erhalten wir Informationen, bevor wir mit einer solchen Ermittlung konfrontiert werden. Es wird uns Zeit geben, uns um die Dinge zu kümmern. Sie wird eine wertvolle Verbündete für uns sein."

Lucius geht zu Selene hinüber und schließt sie in die Arme. „Da ist etwas dran. Aber wenn du wirklich glaubst, dass sie als Verbündete wertvoll sein wird, solltest du aufhören, sie zu vögeln. Frauen mögen es nicht, wenn man sie benutzt. Ich werde keine Partnerschaft mit ihr pflegen, nur um sie dann zu verlieren, wenn du sie schließlich verlässt. Bis auf weiteres bist du für Ava verantwortlich. Wenn sie sich daneben benimmt oder noch einmal so in meinen Club hereinplatzt, werde ich mich persönlich um sie kümmern."

„Ja, Sir. Ich werde dafür sorgen, dass diese Ermittlung reibungslos abläuft." Ich drehe mich um und verlasse das Büro, bevor er seine Meinung ändern kann. Ich habe eine Menge Arbeit vor mir. Plötzlich fühle ich mich von Müdigkeit erdrückt und frage mich, ob es die Mühe wert ist, mich für Ava so ins Zeug zu legen. Es ist ja schließlich nicht so, dass ich mich mit der Frau verpaaren will, verdammt noch mal.

KAPITEL ACHT

Ava

Als ich am nächsten Morgen das Büro betrete, schaut Bria von ihrem Schreibtisch auf. „Hast du im Club etwas herausgefunden?", fragt sie.

Ich unterdrücke das Knurren, das aus meinem Mund entweichen will, und mache mich auf den Weg in den Pausenraum, um mir die zweite Tasse Kaffee zu holen, die ich jetzt dringend brauche.

Nachdem ich aus dem Büro des Vampirkönigs gestürmt war, stieg ich in meinen Wagen und fuhr an die Stelle, an der ich den Vampir Malik am Vorabend von unserem Opfer trinken sah.

Normalerweise konzentriere ich mich ganz auf den Fall und kann mich immer auf alles fokussieren, egal was in meinem Leben gerade vor sich geht. Aber im Moment lenkt mich alles Mögliche ab und das führt dazu, dass ich am liebsten auf etwas einschlagen will.

Der gestrige Abend hat mich mehr beunruhigt, als mir lieb ist. Corbyn war kalt und gefühllos. Das sagt mir alles, was ich wissen muss. Für ihn bin ich nichts weiter als ein Abendessen. Ein Fünf-Gänge-Menü noch dazu.

Ich hasse es, wie schnell und heftig ich mich in ihn verliebt habe. *Vampir*. Ich dachte, wir hätten etwas Besonderes zwischen uns. Als er mich ansah, war es, als wäre ich die einzige lebende Frau auf der Welt. Und als er mich berührte, entzündete es meine Haut. Eine Macht zog mich zu ihm wie ein Magnet zu Metall. Er verdient einen Oscar. Seine Zuneigung war so glaubhaft, dass ich meine Schutzschilde senkte und mehr von ihm wollte.

Mir gingen so viele Erklärungen dafür durch den Kopf, warum er mir vorgemacht hat, dass ich ihm wichtig bin, dass ich die ganze Nacht wach war. Ich kann nicht glauben, dass ich mich so sehr in ihm getäuscht habe. Sicher, er ist ein Vampir, aber das bedeutet nicht, dass meine Fähigkeit, die grundlegende Persönlichkeit eines Individuums zu spüren, nicht mehr funktioniert. Ich bin stolz darauf, immer genau bestimmen zu können, ob eine Person von Natur aus gut oder schlecht ist.

Und ich weiß mit jeder Faser meines Seins, dass ihm die Nacht, die ich in seinem Bett verbracht habe, etwas bedeutet hat. Corbyns Lippen waren weich und doch leidenschaftlich, als sie über mein Fleisch glitten. Seine Reißzähne fühlten sich gut an und er gab mehr, als er von mir nahm. Er hielt mich mit Fürsorge in den Armen. Und er schaute mich an, als wäre ich ein unbezahlbarer Schatz. Aber vielleicht irre ich mich und Vampire sind nichts weiter als ein herzloser Haufen übernatürlicher Wesen, die zu Täuschungen fähig sind, die mein Verständnis übersteigen.

Dieser Gedanke gefällt mir nicht. Ich kann nicht jeden Vampir aufgrund der Taten einiger weniger verurteilen. Ich glaube, dass ein Wesen, egal was es ist, durch seine einzigartigen Erfahrungen und seine genetische Veranlagung geprägt wird. Ich glaube weder *nur* an Natur noch *nur* an Erziehung, sondern eher an beides. Unsere genetische Veranlagung beeinflusst, wer wir sind, und unsere Erfahrungen tragen dazu bei, wer wir werden.

Ich schüttle den Kopf und konzentriere mich darauf, den Kaffee in den Pappbecher zu gießen. Mich in meinen Gedanken immer wieder im Kreis zu drehen, macht, dass mir schwindlig wird. Ich komme nicht weiter. Ich brauche mehr Informationen.

Ich konzentriere mich auf Bria, was mir erlaubt, mich von meinen obsessiven Gedanken abzulenken. „Ich habe die Besitzer um Überwachungsmaterial gebeten, aber ich bezweifle, dass uns das viel weiterbringen wird. Sie haben mir seinen Vornamen genannt. Er heißt Malik. Mehr Informationen haben sie mir nicht über ihn gegeben", sage ich zu ihr. Ich hatte gefragt, aber während des Treffens mit Lucius schwankte ich zwischen Schmerz und Schwindelgefühl hin und her, sodass es mir entfallen war, nachzuhaken, bevor ich hinausgestürmt bin.

Später hatte ich überlegt, Corbyn anzurufen und ihn um weitere Informationen über Malik zu bitten, die Idee jedoch wieder verworfen. Ich war nicht bereit, mit ihm zu reden, aber ich war mir auch nicht sicher, ob er mir viel erzählen würde. Ich muss es selbst herausfinden. Vampire leben jahrhundertelang. Den Namen zu kennen, den Malik im Moment trägt, wird mir nicht viel verraten. Wer weiß, ob ich mit diesem Namen überhaupt eine aktuelle Adresse finden könnte?

Ich bezweifle doch sehr, dass sie ihre echten Namen verwenden oder offizielle Stellen darüber informieren, wo sie wohnen. Ich kann mir nicht vorstellen, dass die Aktualisierung von Kfz-Zulassungen und Führerscheinen für sie eine Priorität darstellt. Haben sie überhaupt gültige Ausweise oder Führerscheine? Lucius besitzt ein Unternehmen und ich konnte seine Kontaktinformationen auf der

Grundlage dieser Informationen herausfinden, daher bin ich mir ehrlich gesagt nicht sicher.

Dies ist eine von zwei Millionen Fragen, die ich Corbyn stellen werde, wenn ich ihn das nächste Mal sehe. Ein Teil von mir möchte ihm und dieser ganzen beschissenen Situation den Rücken zukehren, aber das wird nicht möglich sein. Er hat nicht nur die Informationen, die ich brauche, sondern er kann mir auch sagen, wie ich mit einem Vampir umgehen muss. Sie sind schneller, stärker und Gott weiß was noch alles. Bewaffnet zu sein, scheint in dieser Situation völlig unzureichend. Ein Blick von Lucius und seiner Frau und ich musste das Zittern in meinen Gliedern und meiner Stimme verbergen. Sie könnten mir das Genick brechen, bevor ich auch nur eine Bewegung registriert hätte. Ich glaubte ignoranterweise, dass ich mit dem Vampirkönig fertig werden könnte.

Ich habe mir fast in die Hose gemacht, als ich dort stand und gegen meine Instinkte ankämpfte, die mir befahlen, ich solle abhauen und mich so weit wie möglich von ihm entfernen. Ich habe mich geweigert, mich von ihm schikanieren zu lassen, und ich habe es vielleicht auch geschafft, mich für meine Opfer einzusetzen. Aber die Art und Weise, wie Lucius sich in meinem Kopf festgebissen hat, war Beweis genug dafür, dass er mich eliminieren wird, wenn er glaubt, dass ich eine Bedrohung für seine Existenz darstelle.

Bria wirft ein Foto des letzten Opfers auf ihren Schreibtisch. „Das sagt uns nicht viel."

Ich zwinge mich, mich wieder auf das Wesentliche zu konzentrieren. Bei der Arbeit schweifen meine Gedanken selten ab, also habe ich keine Erfahrung darin, mich zur Konzentration zwingen zu müssen. „Wir haben keine weiteren Informationen. Ich weiß nur, dass dieser Kerl mit unserem Opfer gegangen ist, aber das ist alles. Wir werden den entscheidenden Beweis nicht bekommen, selbst wenn sie uns die Aufnahmen geben. Ich werde ein paar Nachforschungen anstellen, um herauszufinden, wer er ist."

„Scheiße. Ich hatte gehofft, du würdest deine Superkräfte einsetzen und mit einem gelösten Fall hereinspazieren. Sag mir Bescheid, wenn ich etwas recherchieren soll, ansonsten schaue ich mir mal die Autopsie an", antwortet Bria und lehnt sich dann näher zu mir heran. „Bevor ich gehe, möchte ich aber noch wissen, wie deine Verabredung gelaufen ist. Du hast mich nicht angerufen, was mich vermuten lässt, dass es sehr gut war." Sie wackelt mit den Augenbrauen.

Ich kichere. „Corbyn ist ... verwirrend", gebe ich zu. „Wir hatten eine tolle Zeit. Er ist anders als alle anderen, die ich bisher kannte. Aber ich bin mir nicht sicher, ob ich ihn jemals wiedersehen werde."

Bria klopft mir auf die Schulter und wackelt mit dem Finger. „Warum solltest du ihn nicht wiedersehen? Es klingt, als wäre er ein guter Kerl, und ihr hattet Spaß zusammen. Du weißt so gut wie ich, dass es heutzutage fast unmöglich ist, so etwas zu finden. Du solltest dich auf ihn stürzen und ihn noch eine oder zehn Runden lang genießen."

„Du bist unverbesserlich. Ich werde dich auf dem Laufenden halten, wenn ich etwas herausfinde. Lass mich wissen, wie die Autopsie verläuft", sage ich zu ihr, bevor ich ihr winke und zu meinem Schreibtisch gehe.

Ich setze mich und drücke die Taste am Turm meines Desktopcomputers. Der Flachbildschirm blinkt auf und zeigt den Startvorgang an. Wo soll ich mit diesem ganzen Scheiß überhaupt anfangen? Natürlich muss ich immer wieder an Corbyn denken, also beginne ich mit ihm.

Ich klicke auf das Google-Symbol, öffne eine Suchleiste und gebe *Inovius*, Corbyns Unternehmensnamen, ein. Die Ergebnisse sind verblüffend. Ich weiß nichts über Wissenschaft und Forschung, aber nach dem Dutzend an Auszeichnungen für hervorragende Leistungen zu urteilen, scheint er wirklich gut in dem zu sein, was er tut.

Die FDA hat ihm vor vier Jahrzehnten die erste Studie am Menschen für seine Forschungen über Arthritis genehmigt. Aber das war nicht einmal der Anfang. Personen, die mit seinem Unternehmen verbunden sind, reichen in Europa Jahrhunderte zurück. Mir wird klar, dass *er* all diese Leute selbst war. Er hätte sein Geheimnis nicht bewahren können, wäre er nicht ständig umgezogen und hätte seinen Namen geändert.

Aus einem Dokument geht hervor, dass er das Unternehmen von seinem Vater geerbt hat, welcher in verschiedenen Bereichen der Forschung große Fortschritte machte. Natürlich war es nicht sein Vater, sondern Corbyn selbst, der sich als sein eigener Erbe neu erfand, um die Tatsache zu verbergen, dass er ein unsterblicher Vampir ist. Fasziniert klicke ich auf verschiedene Artikel und erfahre mehr, als ich je erwartet hätte.

Offenbar hatte er Anfang 1900 große Fortschritte gemacht, als er entdeckte, dass Gold ein therapeutisches Mittel ist. Es ging um Goldpartikel, kolloidales Gold und ein lösliches Salz, das von den Alchimisten hergestellt wurde. Wenn ich das alles richtig sehe, war Corbyn der Vordenker bei der Anwendung von Trinkgold als Allheilmittel gegen verschiedene Krankheiten.

Corbyn ist nicht der Vampir, für den ich ihn gehalten habe, nachdem ich seine Äußerungen gegenüber Lucius hörte. Er hat mehr Zeit als jeder andere damit verbracht, Autoimmunkrankheiten und verschiedene andere menschliche Leiden zu erforschen und zu versuchen, Heilmittel und bessere Behandlungen zu entwickeln. Ein skrupelloser Mörder würde sich nicht so viel Mühe geben, um Menschen nicht nur zu retten, sondern ihr Leben auch zu verbessern.

Ich gehe zurück zur Inovius-Webseite und erfahre dort,

dass das Unternehmen in mehreren Bundesstaaten Nieder-
lassungen hat, in denen ich Frauen entdeckt habe, die auf
ähnliche Weise ermordet wurden wie unsere Opfer in
Arizona. Nachdem ich mit dem Fall betraut worden war,
vermutete ich, dass mehr hinter der Geschichte steckte, als
auf den ersten Blick erkennbar war. Ich führte eine Suche
nach Frauen durch, die blutleer und mit aufgeschlitzter
Kehle aufgefunden wurden. Die Ergebnisse waren
erschütternd.

Zunächst entdeckten wir in mehr als der Hälfte aller
Bundesstaaten Fälle, die diesem Profil entsprachen. Bis auf
die Fälle in New Jersey, Kansas, Mississippi und Arizona
konnten wir alle anderen Fälle ausschließen, da sie mindestens einhundert Jahre zurücklagen. Die Morde in diesen vier
Staaten ereigneten sich in den letzten drei Jahrzehnten –
unsere angenommen Zeitlinie. Jetzt wird mir klar, dass wir
die anderen Staaten nicht hätten außer Acht lassen dürfen.

Ein scharfer Schmerz sticht hinter meinen Augen und
bringt mich dazu, mich übergeben zu wollen. Das Leben war
noch nie so schwierig für mich. Ich hatte noch nie einen so
schwierigen Fall. Und die eine Sache, die mich fühlen lässt,
als stäche jemand einen Eispickel in meine Schläfe, ist die
Existenz von Vampiren.

Ich konzentriere mich wieder auf Corbyns Firma und
suche nach Beschwerden, entweder von früheren Mitarbei-
tern oder von Verbrauchern. Ich finde nur heraus, dass es
eine Handvoll Patienten gab, die in einer Studie für ein
Chemotherapeutikum berichtet haben, dass ihr Tumor
davon schneller wuchs. Das ist nichts, was für mich ein
Grund zur Sorge wäre.

Noch mehr über Corbyn zu erfahren, was ich mögen
würde, war wirklich das Letzte, was ich heute wollte. Ich
bemühe mich sehr, in meinem Kopf ein Argument dafür zu
finden, diesen Mistkerl zu hassen. Ich hasse, was er gestern

Abend zu Lucius gesagt hat, weil ich mich dadurch benutzt und wertlos gefühlt habe. Aber das macht ihn noch lange nicht zu einem Mörder.

Ich konzentriere mich auf Malik und versuche, irgendwelche Informationen über ihn zu finden. Ich überprüfe sein Nummernschild und stelle fest, dass der Wagen auf eine dreiundvierzigjährige hispanische Frau zugelassen ist, die in der Catalina Wildnis lebt. Dieselbe Gegend, in der auch Corbyn wohnt.

Sind alle Vampire stinkreich? Ein Schnauben entweicht meinen Lippen, als mir klar wird, dass für sie Fünfhundert das neue Dreißig ist. Ich wäre auch ein Milliardär, wenn ich so lange leben würde. Oder ich würde einen neuen Rekord aufstellen, wie viele Paar Schuhe eine einzelne Person besitzen kann.

Schuhe sind mein Ding. Ich kann nicht genug davon bekommen, selbst von den hässlichen bequemen Schuhen, die ich zur Arbeit trage. Meine absoluten Lieblingsschuhe sind Riemchensandalen. Jetzt da ich in Arizona lebe, kann ich sie für den größten Teil des Jahres tragen. Ganz im Gegensatz zu meiner Zeit in Utah, wo es Anfang Oktober zu kalt wurde, um die Zehen zu entblößen. Das letzte Mal, als ich sie gezählt habe, hatte ich 219 Paare.

Seit ich an der Highschool war, habe ich kein einziges Paar meiner Schuhe weggeworfen. Mein Vater hat jahrelang versucht, mich dazu zu bringen, mich von ihnen zu trennen. Jedes Mal, wenn er mir bei einem Umzug hilft, beschwert er sich und versucht, mich davon zu überzeugen, dass ich sie nicht mehr brauche. Aber ich weigere mich. Sie sind meine Babys.

Und die Mode mag sich ändern, aber Trends kommen immer wieder – das hat zumindest meine Großmutter gesagt, als sie mir mit vier Jahren mein erstes paar Designerstöckelschuhe zum Verkleiden spielen schenkte.

Ich öffne eine neue Seite und suche nach den Keilsandalen mit Pythonaufdruck, auf die ich schon seit Monaten ein Auge geworfen habe. Bottega Venetas haben einen stolzen Preis.

Ich habe mich entschieden, in einem schäbigeren Teil von Tucson zu wohnen, damit ich es mir ein paarmal im Jahr leisten kann, teure Schuhe zu kaufen. Ich habe mir im März ein Paar Garavani Rockstud Riemchenstilettos gekauft, also sollte ich mir die hier überhaupt nicht ansehen. Aber ich brauche die Ablenkung. Zum ersten Mal in den letzten achtundvierzig Stunden denke ich nicht wie besessen an Vampire.

Leider können mich auch die Python-Schuhe nicht lange ablenken. Es bringt mich fast zum Weinen. Ich will jemanden umbringen. Wer auch immer für das Töten dieser Frauen verantwortlich ist, wird dafür bezahlen, wenn ich ihn finde. Schuhe waren immer mein einziger Weg, Stress abzubauen. Und jetzt funktioniert nicht einmal das mehr.

Scheitern ist hier keine Option. Ich glaube, dass ein Vampir für diese Morde verantwortlich ist und schon seit Jahrhunderten Frauen umbringt.

Ein düsteres Lachen entweicht meinen Lippen, als mir klar wird, wie lächerlich dieser Gedanke ist. Zweifellos gibt es Hunderte, wenn nicht Tausende von Vampiren, die schon länger Menschen töten, als ich es mir vorstellen kann. Es gibt nichts, was ich an der Vergangenheit ändern kann, aber ich kann dafür sorgen, dass das abscheuliche Wesen, das die Frauen in Arizona terrorisiert, gestoppt wird.

* * *

Corbyn

. . .

AVA STEIGT aus ihrem Wagen und schließt die Tür zu ihrem kleinen Haus von der Garage aus auf, während ich wie ein Widerling ein Stückweit die Straße hinunter in meinem Auto sitze. Ein Teil von mir ist überrascht, dass sie nicht bemerkt hat, dass ich ihr gefolgt bin. Ich hätte nicht gedacht, dass ich in der Lage wäre, die sexy intelligente Agentin zu überlisten. Doch irgendwie habe ich es geschafft, hinter ihr zu bleiben, als sie ihr Büro verließ. Das Garagentor schließt sich und ich steige aus meinem Hummer.

Mein Herz rast, als ich mich der Eingangstür nähere. Das Licht geht an, als ich sehe, wie sie sich ihren Weg durch das kleine Wohnzimmer bahnt. Ist es eine gute Idee? Das letzte Mal, als ich sie sah, war sie stinksauer auf mich. Hierher gekommen zu sein, könnte nach hinten losgehen.

Seit sie aus Lucius' Büro gestürmt ist, habe ich ein mulmiges Gefühl. Es mag nichts zwischen uns sein, aber ich will nicht, dass sie mich hasst. Ich hebe meine Hand und klopfe an die Tür. Zu meiner großen Überraschung dreht sich mir der Magen um. Ich war schon seit Jahrhunderten nicht mehr nervös oder unsicher, aber diese Frau hat mein Herz gefesselt.

Sie sollte diejenige sein, die gefesselt und meiner Gnade ausgeliefert ist. Der Gedanke schickt meine Fantasie in tausend schmutzige Richtungen auf einmal. Das Bild, das am hellsten strahlt, ist Ava auf Händen und Knien, während ich ihr von hinten die Muschi versohle. Nässe quillt aus ihrem Inneren und benetzt meine Hände.

Ich höre einen Riegel an der Tür, bevor sie sich öffnet. Ava steht mit einem Lächeln im Gesicht dort. Das ist nicht die Reaktion, die ich erwartet habe, aber ich nehme, was ich kriegen kann. Ich lächle zurück und strecke ihr die Weinflasche entgegen.

„Genau der Vampir, den ich zu sehen gehofft habe." Sie verschränkt die Arme vor der Brust. „Ich habe heute nichts von dir gehört und war mir nicht sicher, ob du dich wieder bei mir melden würdest." Sie neigt den Kopf zur Seite und spitzt die Lippen ganz kurz. „Bevor ich vergesse zu fragen: bist du tagsüber wach? Oder musst du schlafen? Kannst du in die Sonne gehen?"

Ich schmunzle über den Ansturm von Fragen und drücke ihr die Flasche in die Hand.

„Vampire sind tagsüber wie bewusstlos. Ältere Vampire können wach bleiben, aber sie können nicht viel tun, außer vielleicht ein Buch zu lesen. Ich bin erleichtert, dass du mich sehen willst. Ich dachte, du wärst nach dem Gespräch mit Lucius immer noch sauer auf mich."

Ava schnaubt und dreht sich um, um in ihr Haus zu gehen, während sie mir über ihre Schulter zuwinkt. „Ich bin sauer auf dich, aber ich brauche deine Hilfe bei meinen Ermittlungen."

Ich schiebe meine Hände in die Taschen und versuche, mich nicht zu sehr auf ihren verführerischen Hintern zu konzentrieren. Der Anblick lenkt mich ab, um es gelinde auszudrücken. „Du musst mich hereinbitten."

Ava wirbelt herum, was ihr Haar zum Fliegen bringt. „Was? Ist das so eine Vampirsache oder so etwas?"

„Ja. Ohne Einladung können wir nicht eintreten", erkläre ich.

„Gut zu wissen. Heute Morgen habe ich mich gefragt, ob es irgendwo einen Ort gibt, der vor eurer Art sicher ist. Komm herein." Sie beobachtet, wie ich über die Schwelle schreite. „Ich würde dir etwas zu trinken anbieten, aber ich stehe nicht auf der Speisekarte."

Meine Reißzähne kribbeln bei der bloßen Erwähnung ihres Blutes und ich muss tief Luft holen, während ich die Tür schließe. Als ich mich wieder umdrehe, bin ich nicht mehr in Gefahr, sie zu verführen. Ich muss mich ihr

115

vorsichtig nähern, wenn es um unsere Beziehung geht. Vertrauen ist für sie das A und O.

Ich gehe den kurzen Flur entlang und finde sie in der Küche. Sie zieht sich den Blazer aus und schüttelt ihre Schuhe ab. Ich bemerke, dass sie sie in einen Bereich schiebt, in dem sich mindestens zwei Dutzend Paar Schuhe übereinanderstapeln.

Ich schiebe die Hände in die Taschen und lasse die Schultern hängen. „Es bedeutet dir vielleicht nichts, aber ich möchte dir sagen, dass alles, was ich gestern Abend zu Lucius gesagt habe, nur dazu diente, dir zu helfen. Ich habe ihn darüber informiert, dass ich vorhabe, dich in meiner Nähe zu behalten, damit niemand kommt und deine Erinnerungen löscht. Gefährten sind das Einzige, was andere Vampire zu respektieren pflegen. Oh, und ich habe ihm auch gesagt, dass ich dir in diesem Fall helfen werde. Bevor du deswegen sauer wirst, solltest du wissen, dass der Vampirkönig sich keine Scheiße gefallen lässt. Er würde niemals zulassen, dass eine Situation wie diese ignoriert wird. Er hätte jemand anderen damit betraut und ich kann nicht garantieren, dass du das mit intaktem Verstand überlebt hättest. Ich werde nicht zulassen, dass dir etwas zustößt", verspreche ich ihr.

Sie kneift ihre atemberaubenden blassgrünen Augen einen Moment lang zusammen, bevor sie eine Schublade öffnet und einen Korkenzieher herausnimmt. Ich beobachte, wie sie den Korken herausdreht, bevor sie nach einem Glas aus dem Schrank greift. Mir entweicht ein leises Knurren, bevor ich es unterdrücken kann.

Sie zieht eine Augenbraue hoch und lässt ihren Blick langsam über meinen Körper schweifen. Es fühlt sich an, als würde sie mit der Hand über meine Haut streicheln. Mein Schwanz wird sofort hart und ihre Lippen zucken an einem Mundwinkel, als sie es bemerkt. Das halbe Lächeln ist immer noch da, als sie sich selbst ebenfalls ein Glas Wein einschenkt.

„Ich weiß nicht genau, ob ich mich bedanken oder beleidigt sein sollte, dass du glaubst, ich könnte nicht auf mich selbst aufpassen." Sie trinkt einen Schluck und senkt einen Augenblick lang die Augenlider. „Das ist der beste Cabernet, den ich je getrunken habe. Wow, ich schätze, man kann Glückseligkeit doch mit Geld kaufen. Wie dem auch sei. Ich habe eine Menge Informationen und gleichzeitig gar nichts entdeckt. Was mir am meisten aufgefallen ist, ist die Tatsache, dass du dein ganzes Leben lang eine Behandlung von Krankheiten anstrebst, die dich nicht mehr betreffen. Warum tust du das?"

Ich mache die drei Schritte in ihr Wohnzimmer und setze mich auf ihr graues Sofa. Ihre Wohnung ist sauber und gemütlich. Die Möbel sind neutral, nichts Ausgefallenes. Sie scheinen nicht zu ihrer dynamischen Besitzerin zu passen. Ganz anders als der Stapel Schuhe. Die sind so vielfältig und komplex wie Ava selbst.

Ich stütze meinen Arm auf die Rückenlehne ihrer Couch. „Ich habe nie vergessen, woher ich komme. Ich bin mit einer kranken Mutter in der Arbeiterklasse Griechenlands aufgewachsen. Es hat sich darauf ausgewirkt, zu wem ich wurde. Meine Verwandlung in einen Vampir hat das nicht völlig ausgelöscht. Es gab eine Zeit, in der ich auf die schiefe Bahn geriet und Dinge tat, auf die ich nicht stolz bin, bevor es mir gelang, meine Triebe unter Kontrolle zu bringen."

Ava setzt sich ans andere Ende der Couch und nippt an ihrem Getränk. Sie ist mir so nah und doch meilenweit entfernt. „Was hatte deine Mutter?"

„Damals hatte ich keine Ahnung. Wir glaubten, dass ihr Blut im Ungleichgewicht war. Der Versuch, ihre Probleme zu beheben, bedeutete, sich darauf zu konzentrieren, dieses Gleichgewicht wiederherzustellen. Erst viel später habe ich die Ursachen von Krankheiten im menschlichen Körper entdeckt. Ich will dich nicht mit den Einzelheiten des medizinischen Fortschritts langweilen, aber ich sage dir, dass ich mit meinem heutigen Wissen glaube, dass sie an Arthritis gelitten haben könnte."

Ava neigt den Kopf und kaut auf ihrer Unterlippe. „Und daran ist sie gestorben? Ist das nicht eine Krankheit für alte Menschen? Ich erinnere mich, dass meine Oma nicht gut laufen konnte, weil sie Arthritis im Knie hatte."

Ich lache leise und schüttle den Kopf. „Es gibt verschiedene Arten dieser Krankheit. Ich spreche von einer Autoimmunkrankheit, bei der sich der Körper selbst angreift. Bei Arthritis sind vor allem die Gelenke betroffen, aber auch das Herz und die Lunge können in Mitleidenschaft gezogen werden. Deshalb müssen Patienten mit dieser Krankheit ihre Symptome unter Kontrolle behalten. Wenn nicht, kann es zum Tod führen."

Ava erhebt sich leicht und schiebt eines ihrer Beine unter ihren Hintern. „Du bist in Bezug auf deine Arbeit sehr leidenschaftlich. Wenn ich jahrhundertelang Agentin gewesen wäre, würde es mir wahrscheinlich nicht mehr gefallen. Ist Lucius wirklich so dumm? Meine Kollegen würden ihn niemals damit durchkommen lassen, mir etwas zu tun. Wir haben Waffen, wie du weißt. Ich kann schießen, bevor sie überhaupt daran denken, mich zu verletzen." Der abrupte Themenwechsel ist erschreckend. Ich würde es bevorzugen, weiterhin intime Details miteinander zu teilen.

„Sage das niemals irgendwo, wo dich ein anderer Vampir hören könnte. Manche von uns sind Lucius gegenüber so loyal, dass sie sich daran stören würden. Aber, um deine Frage zu beantworten: Lucius würde tun, was immer nötig ist, um zu verhindern, dass du Informationen über uns ausplauderst. Vampire können Erinnerungen löschen. Es wäre nicht schwer für ihn und es ist für das Opfer ein gefährlicher Prozess. Jeder, dessen Gedächtnis ausgelöscht wird, könnte einen dauerhaften Hirnschaden davon tragen oder sogar sterben."

Ava atmet scharf aus und kneift die Augen zusammen. „Ich bin mir nicht sicher, ob ich dich mag, aber ich weiß es zu schätzen, dass du mich beschützt. Wie soll ich diesen Fall lösen, wenn ich keine Ermittlungen durchführen kann? Wer auch immer diese Frauen tötet, tut dies schon seit sehr langer Zeit. Ich habe im letzten Jahrhundert Fälle in mehr als der Hälfte aller Bundesstaaten gefunden. Ich muss ihn aufhalten." Alles an ihr schreit in diesem Moment Entschlossenheit. Von ihren Handgesten über ihre Augen bis zum Tonfall ihrer Stimme hin.

Ich streiche mit den Fingern einer Hand über den weichen Stoff des Sofas. „Deshalb bin ich hier. Ich werde dir dabei helfen, aber du musst mir versprechen, dass du dich ohne mich keinem Vampir nähern wirst. Du bist nicht sicher und noch nicht einmal deine Waffen werden dich schützen."

Ava leert den Rest ihres Weinglases und stellt es dann auf dem Couchtisch ab. „Ich kann dir nur versprechen, dass ich dich anrufen werde, wenn ich mit jemandem spreche, den ich für einen von euch halte."

„Dann muss ich wohl in deiner Nähe bleiben. Am besten ganz nah, wie in deinem Bett", sage ich mit leiser Stimme. Ich lache mit ihr und rutsche auf der Couch näher zu ihr heran.

Sie hebt die Hand, um mich wissen zu lassen, dass sie nicht bereit ist, mich in ihr Bett einzuladen.

Gut dass ich mich von solchen Dingen nicht abhalten lasse. Ich werde sie wieder unter mir haben. Ich muss mich mit meiner Verführungskunst einfach nur mehr anstrengen.

KAPITEL NEUN

Corbyn

In meinem Körper spüre ich jedes einzelne Jahr meines sechs Jahrhunderte langen Lebens. Es ist nicht so, dass ich Schmerzen hätte, aber nachdem ich heute nicht wirklich geschlafen habe, bin ich doch ziemlich erschöpft. Ich bin ein verdammt alter Vampir und besitze ein großes Unternehmen, das sich mit Forschung und bahnbrechenden Medikamenten beschäftigt. Ich hätte wach sein und an den neuesten Problemen arbeiten müssen, die ich ins Visier genommen habe. Normalerweise würde ich darüber nachdenken, wie ich sie trotzdem bewältigen kann, aber das war nicht der Fall.

Es ist ja nicht so, dass du sonst je wach bleibst, wenn du Probleme bei der Arbeit hast.

Zunächst nahm ich an – oder ich hoffte es, besser gesagt –, dass ich eine weitere Stufe meiner Entwicklung als Vampir erreicht hätte und nun einfach stärker wäre, um einigen der Auswirkungen der Sonne besser widerstehen zu können. Sehr schnell erkannte ich jedoch meine Torheit.

Alte Vampire sind nicht in der Lage, wachzubleiben, nur weil sie stärker sind. Irgendwann gibt unser Körper nach und wir verlieren das Bewusstsein.

Es sei denn natürlich, eine Verführerin wie Ava sucht uns im Traum heim. Die Unruhe, mit der ich mich tagsüber hin und her wälzte, war einfach zum Verrücktwerden. Ich muss etwas trinken, um wieder klar denken zu können, weshalb ich jetzt in den Club Toxic gehe. Ich sehe Liam, der die Tür bewacht, und habe plötzlich keine Lust mehr, ins Verlies hinabzusteigen und eine Spenderin zu suchen.

Im Vergleich zu Ava wird jede andere fad schmecken. Ihr süßes, komplexes Blut ist zu frisch auf meiner Zunge und in meinen Adern. Und dieser Gedanke ist lächerlich. Der einzige wirkliche Unterschied zwischen Menschen ist ihre Blutgruppe. So etwas Mystisches wie Komplexität gibt es nicht.

Ich bin ein verdammter Wissenschaftler! Ich weiß, dass ihre Eigenschaften alle relativ ähnlich sind und keine großen Abweichungen im Geschmack verursachen sollten. Aber meinen Verstand dazu zu bringen, das zu glauben, ist eine ganz andere Geschichte.

Ich gehe auf den anderen Vampir zu. „Hey Liam. Wie geht's?"

Liam ist einer der Guten. Ich verbringe nicht gerne zu viel Zeit mit anderen Vampiren. Tatsächlich verbringe ich nur selten Zeit mit jemandem außerhalb des Clubs. Abgesehen von der Suche nach einem Spender oder einem Glas Blut, das es bei Lucius vom Fass gibt, nutze ich die Zeit, um Kontakte zu knüpfen. Liam nickt anerkennend mit dem Kopf. „Noch ein ruhiger Abend. Mir macht es nichts aus, aber wir brauchen mehr Menschen, die in den Club kommen, sonst haben wir bald ein Problem. Nicht genug, um den Rest von uns zu ernähren."

Liam hat vor nicht allzu langer Zeit eine Frau gefunden,

nachdem ein paar Gestaltwandler versucht hatten, den Club zu infiltrieren. Ich habe ihn ein paar Mal davon erzählen hören, aber er hat nie viele Details verraten, außer dass er sie vor einem verrückten Ex gerettet hat. Er musste nichts sagen, um mich verstehen zu lassen, dass diese Frau ihm alles bedeutet. Die Art, wie sein Gesicht strahlt und wie er lächelt, wenn er von ihr spricht, verrät alles.

Zum ersten Mal, seit Liam mir von seiner Harper erzählt hat, frage ich mich, wie es ist, auf Lebenszeit mit einem anderen Wesen verpaart zu sein. Ich habe tatsächlich nie innegehalten, um über so etwas nachzudenken. Aber es überrascht mich nicht, dass meine Begegnung mit Ava diese Gedanken auslöst. Es passt zu allem anderen mit ihr. Die Tatsache, dass mich die Vorstellung nicht völlig abstößt, bringt mein Herz zum Klopfen und treibt mir Schweißperlen auf die Stirn.

Ich bleibe einen Meter entfernt von ihm stehen. „Hat Lucius dir von der FBI Agentin erzählt?"

Liam nickt, hält jedoch den Mund, während ein paar Frauen auf ihren hohen Stöckelschuhen zur Tür staksen. Ich beobachte, wie sie ihre Ausweise zeigen, den Eintritt bezahlen und Liam sie hereinwinkt.

Liam schaut sich auf der Straße um, während er sich gegen das Gebäude lehnt. Seine Lederjacke quietscht bei der Bewegung. „Lucius hat uns alle informiert, dass die Agentin eine Gefahr für unsere Art darstellt. Ich habe den Befehl erhalten, sie vom Betreten des Clubs abzuhalten."

Ich schiebe meine Hände in die Hosentaschen und kneife die Augen zusammen. „Lucius irrt sich in Bezug darauf, dass Ava eine Gefahr darstellt. Wenn sie unsere Existenz aufdecken wollte, hätte sie es längst getan." Wut kocht in meinem Bauch hoch, während ich sie verteidige. „Ich hoffe, Lucius hat auch betont, dass wir den Vampir finden müssen, der für diese Morde verantwortlich ist. Es gibt unwiderlegbare Details, die auf einen von uns hindeuten."

Liam wendet seinen Blick in meine Richtung. „Warum interessiert dich das so? Du hast dich noch nie in etwas eingemischt."

Ich zwinge mich, den Türsteher nicht anzugreifen. Er hat recht. Ich habe mich außerhalb meines Labors noch nie in irgendwelche Sachen verwickeln lassen. „Mein Überleben ist genauso in Gefahr wie deins. Und ich gebe zu, Ava hat meine Aufmerksamkeit erregt. Aus vielerlei Gründen kann ich ihr nicht den Rücken zukehren, ohne ihr zu helfen."

Liams Mundwinkel verziehen sich zu einem Grinsen. „Es geht nicht um die Opfer, sondern um deinen Wunsch, die Frau zu beeindrucken. Das ergibt Sinn."

Ich möchte ihm widersprechen, aber es gibt nichts, was ich sagen kann, das auch nur annähernd plausibel klingt. Liam würde mich sofort durchschauen. „Ehrlich gesagt, ist sie anders als alle anderen, die ich kenne. Und sie wird sich mit diesen Ermittlungen selbst umbringen, also helfe ich ihr. Auch wenn sie meine Hilfe nicht will. Sie hat einfach etwas an sich. Aber das ist im Moment nicht wichtig. Hast du irgendetwas Verdächtiges gesehen?"

Liam schnaubt und schüttelt seinen Kopf von einer Seite zur anderen. „Verdächtiges? Vampire trinken von Menschen, daran gibt es nichts Verdächtiges."

Ich stoße einen schweren Seufzer aus. Er hat recht. Es scheint unmöglich zu sein. „Sind die meisten Menschen bezirzt, die mit Vampiren zusammen gehen?"

Er neigt den Kopf zur Seite. „Eigentlich nicht. Die meisten Vampire trinken im Verlies und gehen allein nach Hause. Ich sage nicht, dass sie *immer* allein gehen, aber in den meisten Fällen tun sie es."

„Wenn man bedenkt, wie zurückgezogen die meisten von uns leben, ergibt es Sinn. Kannst du mir einen Gefallen tun und mir Bescheid sagen, wenn dir etwas auffällt, das nicht ganz richtig erscheint?"

Liam verlagert sein Gewicht und kreuzt einen gestiefelten Fuß über den anderen. „Ich bin mir nicht sicher, ob ich etwas für dich haben werde, aber ja. Ich habe geschworen, Lucius zu beschützen, und ich werde tun, was auch immer nötig ist. Wenn es einen Vampir gibt, der den Club Toxic als Jagdrevier benutzt, um eines unserer Gesetze zu brechen, werde ich alles tun, was nötig ist, um ihn aufzuhalten."

„Ein loyaler Vampir? Wie überraschend."

Ich schwöre, mein totes Herz beginnt zu schlagen, als ich Avas Stimme hinter mir höre.

Eine Sekunde später explodiert die Hitze in meinem Blut und ich wirble herum, um sie anzusehen. Es ist umwerfend, wie das Mondlicht auf ihrem schwarzen Haar schimmert. Es lässt ihre blassgrünen Augen wie aus einer anderen Welt erscheinen. Für den Bruchteil einer Sekunde sieht sie überweltlich aus. Ich nehme ihre Hand, hebe sie zu meinem Mund und küsse ihren Handrücken. „Ava, schön dich zu sehen. Was führt dich heute Abend hierher?"

Liam richtet sich auf. „Lucius sagt, du darfst nicht mehr in den Club."

Sie stemmt die Hände an die Hüfte und zeigt sich trotzig. „Warum das? Weil er einen Mörder in seinem Lokal versteckt und Angst hat, dass ich ihn entlarven könnte?"

Ich lasse meinen Blick über ihre Figur und zu dem tief ausgeschnittenen bernsteinfarbenen Oberteil schweifen, das ihr Dekolleté enthüllt. Sie ist verdammt perfekt.

„Ava", warne ich. „Lucius versteckt niemanden. Vampire sind mit Mord und Tod vertraut, aber wir haben Schritte unternommen, um unser Verhalten zu ändern. Lucius steht an der Spitze dieser Bewegung. Er hat versprochen, den Schuldigen zu finden und sich der Sache anzunehmen."

Liam macht einen Schritt auf Ava zu. Sofort stelle ich

mich zwischen die beiden und knurre den Vampir an, bevor ich meine Reaktion stoppen kann. Liam gluckst. „Corbyn hat recht. Lucius wird nicht dulden, dass jemand in seiner Stadt mordet. Und ich werde tun, was ich kann, um zu helfen. Aber ich glaube, du bist hier auf dem Holzweg. Du wirst im Club nichts finden, was deinen Verdacht bestätigt."

Ava winkt mit der Hand. „Dann macht es dir doch nichts aus, wenn ich auf ein Getränk hineingehe, oder?"

„Tu dir keinen Zwang an", zischt Liam, bevor er sich ihrem Gesicht auf wenige Zentimeter nähert. „Aber wenn du aus der Reihe tanzt, werde ich dich persönlich vom Grundstück begleiten."

Seine Drohung lässt mich zusammenzucken. Das Einzige, was mich davon abhält, ihm ins Gesicht zu schlagen, ist die Tatsache, dass Ava bereits davonmarschiert ist.

Ich drehe mich um und sehe, wie sie den Club betritt. Meine Lust blendet alles aus, nur nicht die Art und Weise, wie sich ihr Hintern unter der engen schwarzen Hose, die sie trägt, hin und her bewegt. Ich möchte ihr den Stoff vom Leib reißen und in ihrem Körper versinken. Der Gedanke daran, wie sich ihr Inneres anfühlt, wenn es mich heiß und eng umschließt, lässt meinen Schwanz hinter meinem Hosenschlitz hart werden.

Als sich die Tür hinter ihr schließt, wird mir bewusst, dass sie allein dort drinnen ist und dazu neigt, den Mund aufzumachen und etwas zu sagen, das sicher jeden Vampir in ihrer Nähe verärgern wird. Ich stoße einen Seufzer aus und folge ihr. Maximus wird nicht so nett zu ihr sein, wenn er sie entdeckt. Früher hätte ich dasselbe über Liam gesagt. Aber es scheint, als hätte Harper den Vampir weicher und weniger reizbar gemacht.

„Sag mir Bescheid, wenn du etwas siehst." Ich nicke Liam zu und folge Ava.

Als ich eintrete, sehe ich sie an einer Seite der langen Bar sitzen. Sie bestellt ein Getränk, während sie den Raum mustert. Zweifellos ist das wieder ein Mineralwasser, aber ich bin dieses Mal zu weit weg, um es zu hören. Mir fällt einmal mehr auf, wie gut sie darin ist, ihre Umgebung einzuschätzen, ohne Verdacht zu erregen. Ich frage mich, ob ihr das in der Ausbildung beigebracht wurde oder ob es in ihrer Natur liegt. Ich habe ihre Freundin nicht oft genug beobachtet, um festzustellen, ob sie genauso geschickt ist.

Ich setze mich auf den Hocker neben Ava und schließe den Abstand zwischen uns. „Was hoffst du, dieses Mal zu finden?", flüstere ich ihr zu.

Sie dreht den Kopf leicht und funkelt mich unter ihren langen Wimpern an. „Ich bin auf der Suche nach einem Mörder, Corbyn. Mein Bauchgefühl sagt mir, dass er seine Opfer hier findet."

„Überlasse den Club mir. Du kannst deinen Spuren woanders nachgehen, während ich mich hier um die Dinge kümmere. Ich verspreche dir, dich zu informieren, wenn ich etwas entdecke, was für den Fall relevant ist."

Sie nimmt ihr Getränk entgegen und trinkt einen Schluck, bevor sie mir antwortet. Einmal schnuppern und mein Verdacht wird bestätigt. Ich bewundere ihre Beherrschung. In ihrer Situation bräuchte ich einen Drink. „Wie es scheint, benutzt du deine vampirische Fähigkeit der Gedankenkontrolle nicht, denn ich habe keine Lust, wegzulaufen und zu tun, was du sagst. Ich werde den Vampir finden, der die Frauen tötet, und dafür sorgen, dass er bestraft wird."

Roxy, die Barkeeperin, dreht sich um, wirft einen Blick auf Ava und sieht mich dann kopfschüttelnd an. Ich weiß, dass sie ein Vampir ist und sich regelmäßig in diesem Stockwerk des Clubs aufhält. Aber ich habe noch nie ein richtiges Gespräch mit ihr geführt. Vor Ava habe ich nur sehr wenig Zeit in diesem Bereich verbracht. Die Blutcocktails werden nur im Verlies serviert. An dieser Bar sind Lucius vertrauenswürdigste Vampire beschäftigt, was bedeutet, dass sie eine potenzielle Bedrohung für Ava darstellt.

Ich starre Ava an, weil sie so begriffsstutzig ist. Sie ist keine dumme Frau. Sie muss doch wissen, dass sie das umbringen wird. Versucht sie, Lucius zu provozieren? „Du musst leiser sprechen. Verdammt noch mal. Ich dachte, du verstehst die Gefahr, in die du dich begibst. Sie werden dich töten. Ich werde nichts tun können, um das zu verhindern."

Avas Gesicht ist jetzt nur noch Millimeter von meinem entfernt und ich spüre ihren wütenden Atem an meinen Lippen. Mein Zahnfleisch kribbelt und ich möchte sie über die lange verwitterte Holztheke beugen und sie auf der Stelle drannehmen. Es würde sich so gut anfühlen, ihr zu zeigen, wer das Sagen hat. Jede dominante Zelle in meinem Körper brennt darauf, sie zu unterwerfen. Und doch weigere ich mich, zu unterdrücken, was mich an ihr anzieht.

Ava knurrt und fletscht ihre Zähne. „Ich kenne die Gefahr sehr gut. Du bist ein blutsaugender Vampir, der zweifellos schon unzählige Male getötet hat. Und keiner von euch tut etwas, um zu verhindern, dass unschuldige Frauen ermordet werden."

Roxys Rücken versteift sich, aber sie fährt fort, das Getränk für den Gast gegenüber zuzubereiten, also fahre ich in meinem Versuch fort, Ava zu überzeugen. „Ich bin ein Vampir und ich trinke Blut. Aber keine dieser Tatsachen schmälert meinen Wunsch, dir bei diesem Fall zu helfen. Ich habe Talente, die du nicht hast. Ich bin deine beste Chance, diesen Kerl zu stoppen."

Ava richtet sich auf und bringt etwas Abstand zwischen uns. Es ist sowohl eine Erleichterung als auch ein Ärgernis. Ich möchte sie in meiner Nähe haben, aber ein wenig Distanz zwischen uns ist besser, bevor ich etwas tue, was ich später bereue.

Ein Grinsen huscht über ihr Gesicht, bevor sie wieder

nach ihrem Getränk greift. „Welche Talente glaubst du, können hier helfen?" Ihr offensichtlicher Unglaube, dass ich ihr bei ihren Ermittlungen helfen kann, tut mir mehr weh, als er es sollte. *Lass es verdammt noch mal bleiben!* Nichts von alledem sollte mir wichtig sein und doch bin ich hier und wie in ihren Bann gezogen. Wenn ich es nicht besser wüsste, würde ich sagen, dass sie eine Hexe ist, die mich verzaubert hat.

Ich streiche mit dem Finger über die Maserung der hölzernen Theke. „Ich habe bereits Dinge am Opfer bemerkt, die du nicht gesehen hast. Außerdem bin ich der Einzige, der dich beschützen kann. Du kannst weiter deinen Kopf in den Sand stecken, aber du hast weder genügend Kraft noch Geschwindigkeit, um einen von uns zu bekämpfen."

Sie verschränkt die Arme vor der Brust. „Wir wären in der Lage gewesen, alle Informationen zu sammeln, sobald wir sie im Leichenschauhaus hatten."

„Aber konntest du den Geruch der Wüste wahrnehmen, der ihrer Haut anhaftete?", frage ich.

Ava kneift die Augen zusammen und schüttelt langsam den Kopf. „Nein. Menschen haben keine Supernasen. Du bist also bereit, uns mit deiner übernatürlichen Spürnase zu helfen?" Es klingt fast wie ein Scherz und lässt die Muskeln in meinem Rücken leicht entspannen. „Unter anderem." Meine Worte triefen nur so vor Anspielungen.

Ich brauche diese Frau fast so sehr, wie ich das Blut meines Schöpfers brauchte, nachdem ich verwandelt wurde. Diese Tage waren ein einziger langer Rausch aus Blutgier und Trinken. Ich war geistlos und scherte mich um nichts anderes außer um meine nächste Mahlzeit. Ich habe Hunderte von Menschen getötet, bevor ich wieder zur Besinnung kam, und Ava macht mich fast genauso wahnsinnig.

Und der eigentliche Tritt in die Eier ist, dass ich mich

genauso sehr nach ihrem Körper sehne wie nach ihrem Blut. Der Drang, ihren Geist zu kontrollieren und sie zum Schweigen zu bringen, während ich mich jedem meiner Wünsche hingebe, zehrt an meiner Kontrolle. Wenn ich in meinem Labor bin, vergesse ich leicht, dass ich ein bösartiges Raubtier bin – bis zu Momenten wie diesen, in denen es mir unter die Nase gerieben wird.

„Unwahrscheinlich. Vielleicht versuchst du nur, deine Spuren zu verwischen. Vielleicht hast *du* sie in der Wüste getötet und wusstest deshalb von dem Dorn."

Ein langsames Lächeln breitet sich auf meinem Gesicht aus. „Du weißt, dass ich nicht der Verantwortliche bin. Mein Gesicht war zu dieser Zeit zwischen deinen Schenkeln vergraben. Und auch wenn du es im Moment nicht zugeben willst, kennst du mich doch besser als das. Gib es zu. Du brauchst mich in dieser Sache. Dies ist eine Angelegenheit, die *wir* gemeinsam bewältigen müssen. Wenn ich dabei bin, kannst du wenigstens weiter ermitteln."

Röte breitet sich auf ihren Wangen aus. „Warum solltest du deinen Hals für mich riskieren?"

Eine Lüge liegt mir auf der Zunge, aber ich verkneife sie mir und bleibe bei der Wahrheit. Ich werde sie nie wieder ins Bett kriegen, wenn ich die Wahrheit vor ihr verberge. „Weil ich noch nicht mit dir fertig bin. Ich will dich wieder in meinem Bett haben. Und ich werde alles tun, um deine Bedenken mir gegenüber zu zerstreuen."

Sie seufzt und ihre Schultern sacken nach unten. „Ich hätte wissen müssen, dass es nur darum geht, mich wieder flachzulegen."

„Ich kann nicht leugnen, wie sehr ich dich begehre, aber das ist nicht alles. Frauen werden getötet und es scheint, dass du recht hast, dass ein Vampir dafür verantwortlich ist. Anfangs habe ich bezweifelt, dass jemand so dumm wäre, Lucius' Club als Jagdrevier zu benutzen. Aber schlussendlich läuft es darauf hinaus, dass es dich dein Leben kosten wird, wenn du es allein tust. Und das kann ich nicht zulassen."

Avas Rücken versteift sich, als ihr Blick durch den Raum schweift. Ich folge ihren Augen und sehe, dass Malik den Club betreten hat. Sie beobachtet ihn mit zusammengekniffenen Augen, als er sich einer Gruppe von Frauen im Sitzbereich nähert.

„Ich kann nicht glauben, dass er hier ist. Ich hätte nicht erwartet, dass er heute Abend hierher zurückkommt. Ich werde mit ihm reden."

„Du bist also meinetwegen hier", stichle ich, woraufhin sie kichert und in meine Richtung schaut.

Sie rollt mit den Augen, aber ein Grinsen huscht über ihr Gesicht. „Da ist aber jemand von sich eingenommen."

Ich fahre mit meinen Fingern über ihre Schulter und genieße es, wie ihr Körper erschaudert. „Das magst du doch an mir. Gib es zu." Meine Lippen sind an ihrem Ohr. „Ich kann deine Erregung riechen. Lass mich dich zum Essen einladen. Es wird zwar nicht deinen ganzen Hunger stillen, aber es ist immerhin etwas. Mach dir keine Sorgen, dass Malik jemandem etwas tut. Liam, Maximus und die anderen werden mit ihm plaudern und ihn im Auge behalten."

Ava schüttelt den Kopf. „Ich muss hierbleiben."

Ich öffne den Mund und bemerke ihre zusammengepressten Lippen. Sie wird nicht weggehen, solange sie denkt, dass Malik etwas tun könnte. In dieser Sekunde wird es mir klar: Sie ist sauer auf mich, weil ich sie neulich Abend mitgenommen habe. Ich glaube, sie denkt, dass das Opfer noch leben würde, wenn sie im Park geblieben wäre.

Ich bestelle einen Whisky bei Roxy. „Also, erzähl mir von deinen Schuhen."

Ava dreht sich kurz zu mir um, bevor sie ihren Blick wieder auf Malik richtet. „Was ist damit?"

Ich zeige auf die Stöckelschuhe an ihren Füßen. „Du hast

Dutzende von ähnlichen Paaren. Trägst du sie überhaupt alle?"

Jetzt starrt sie mich direkt an und schlägt mit der Hand auf die Theke. „Ist das wichtig? Man kann nicht zu viele haben. Ich brauche eine Auswahl, die zu dem passt, was ich trage. Außerdem ist es meine Therapie, neue Schuhe zu kaufen. Es geht über eine gewöhnliche Einkaufstherapie hinaus. Eigentlich hasse ich Einkaufen im Allgemeinen. Es sei denn, ich bin auf der Suche nach neuen Flipflops oder Keilabsätzen."

Ich schmunzle über die Vorstellung. „Ich habe genug. Ich brauche nicht mehr als vier, vielleicht fünf Paare. Ich trage meistens Halbschuhe. Ein schwarzes Paar und ein braunes. Abgesehen von Stiefeln und Laufschuhen ist das alles."

Ava klappt die Kinnlade auf und sie schüttelt den Kopf. „Du weißt gar nicht, was dir fehlt! Du brauchst wenigstens noch ein paar lässige Turnschuhe, die du zu Jeans tragen kannst. Ich muss dir beibringen, wie man Schuhe kauft."

„Abgemacht. Solange ich dich zum Essen einladen darf."

Wir lachen und ich ziehe sie über ihre Besessenheit auf. Ein paar Minuten vergehen, in denen sie mir von ihrem Auswahlprozess für Schuhe erzählt. Während dieser Zeit staune ich, wie gut sie ihre Aufmerksamkeit zwischen mir und Malik teilen kann. Es gelingt ihr mühelos und ich fühle mich nicht ignoriert. Es wird sehr schnell klar, dass wir nichts bedeutendes sehen werden, während wir ihn beobachten.

Malik flirtet mit mehreren Frauen und plaudert mit ein paar anderen Vampiren, bevor er schließlich geht. Glücklicherweise verpasst Ava den Moment, als er den Garderobenbereich betritt. Von unserer Position aus ist es unmöglich, den kleinen Raum zu sehen. Nach einer Sekunde atmet sie aus und schüttelt den Kopf.

Einen Moment lang fühle ich mich schuldig, weil ich ihr

nicht sage, dass er ins Verlies hinuntergeht. Das Gefühl verfliegt, als mir klar wird, dass sie dann auch diesen Bereich erkunden wollen würde. Wenn ich es ihr sage und sie dorthin mitnehme, wird sie noch mehr Vampire verärgern – etwas, das ich um jeden Preis verhindern muss. Wer auch immer diese Frauen tötet, findet seine Opfer nicht im Verlies.

Ava zieht einen Zwanziger aus ihrer Handtasche und legt ihn auf den Tresen, bevor sie aufsteht. „Wir haben es gar nicht bis zum El Merenderos geschafft. Ich werde mir von dort etwas zu essen holen. Wir treffen uns dann im Aqua Caliente Park, wo wir unter vier Augen reden können. Und ich stehe heute Abend nicht auf der Speisekarte, das kannst du also vergessen."

Ich folge ihr und überlege, ob ich ins Verlies gehen soll, um einen Schluck zu trinken, bevor ich mich mit ihr treffe. Die Begierde, die in mir nagt, kommt nicht daher, dass ich Blut brauche, sondern weil ich Ava mit einer Intensität begehre, die sie sicher erschrecken würde. Zum ersten Mal in meinem Leben weiß ich nicht, wie ich mit einer Frau umgehen soll. So unmöglich es auch scheint, verliebe ich mich in die sexy FBI Agentin. Und es scheint nicht in meiner Macht zu stehen, es aufzuhalten.

Ich bin am Arsch. Ava ist ein Mensch und sie vertraut meiner Art nicht, was angesichts des Serienmörders, den sie jagt, verständlich ist. Es kann keine echte Beziehung zwischen uns geben und doch kann ich mich nicht davon abhalten, auf eine weitere Stunde mit ihr zu hoffen. Ich werde an ihr verbrennen und ich kann mir keinen besseren Abgang vorstellen.

KAPITEL ZEHN

Ava

Ich kann nicht glauben, dass ich einen Vampir in einen abgelegenen Park der East Side eingeladen habe. *Darüber machst du dir keine Sorgen. Du ärgerst dich, dass du wieder einmal versagt hast.* Ich hoffe, dass ich Malik dabei erwische, wie er ein weiteres Opfer in den Tod lockt. Ich bin mir immer noch nicht sicher, ob Corbyn im Bezug auf Maliks Unschuld recht hat. So etwas wie Zufälle gibt es nicht. Die einfachste Erklärung ist meist die richtige. Was bedeutet, dass Malik der Serienmörder ist, nach dem wir gesucht haben.

Und doch hat er, während ich ihn beobachtet habe, nichts getan, was auch nur einen Hauch von Verdacht erregen könnte. Jeder im Club verbrachte seine Zeit damit, mit unzähligen Menschen zu flirten und zu versuchen, sie ins Bett zu kriegen. Einsicht liegt nicht in meiner Natur, aber ich hatte keine andere Wahl, als Malik allein ging.

Ich rufe das Restaurant an und gebe meine Essensbestellung auf, während ich dorthin fahre. Es ist genau die Art von Lokal, in die ich gewöhnlich gehe, aber es scheint nicht zu Corbyn zu passen. *Das liegt daran, dass er ein Vampir ist, der Blut trinkt.* Aber das ist nicht der einzige Grund.

Ich kann ihn mir vorstellen, wie er so tut, als würde er in fünf Sterne Restaurants speisen. Ich habe ihn noch nie in etwas anderem als Gucci, Breitling oder House of Bijan gesehen. Und er besitzt vielleicht nicht viele Schuhe, aber die, die er trägt, sind von Berluti Scritto. Ich frage mich, ob er die Marken kennt, oder ob er sie nur kauft, weil es sie in teuren Läden gibt.

Die Straßen sind Gott sei Dank leer, während ich fahre. Ich hole mein Essen ab und mache mich auf den Weg in den Ostteil der Stadt. Aqua Caliente ist ein schöner Park, in dem sich tagsüber viele Menschen aufhalten. Ich habe überlegt, ob ich an einen öffentlicheren Ort gehen soll, aber ich vertraue Corbyn und möchte nicht, dass jemand unser Gespräch belauscht und uns für verrückt hält. Der Park schließt um zehn, sodass wir etwas weniger als zwei Stunden Zeit für unsere Unterhaltung haben.

Wir hätten zu ihm oder zu mir nach Hause gehen können, aber ich traue mir selbst nicht über den Weg, mit ihm allein zu sein, wenn ein Bett in der Nähe ist. Außerdem ist Caliente einer meiner Lieblingsorte zum Entspannen und heute Abend brauche ich das. Ich bin entschlossener denn je, den Dreckskerl zu finden, der für die Morde verantwortlich ist, aber meine Gedanken schweifen in eine Million verschiedene Richtungen. Eine Gelegenheit, einen klaren Kopf zu bekommen und mich wieder zu konzentrieren, ist genau das, was ich brauche.

Nichts wird mich davon abhalten, meinen Job zu erledigen. Nach allem, was ich gehört und gesehen habe, bin ich zu dem Schluss gekommen, dass Vampire im Allgemeinen nicht viel Moral haben, die sie im Zaum hält. Es sind die Regeln und die Androhung der Vernichtung durch die Mächtigen – wie Lucius –, die sie in Schach halten.

Vampire sind so anders als Menschen. Sie denken und handeln nicht so wie ich oder irgendjemand anderes, den ich kenne. Gedanken an Corbyn drängen sich mir auf, so wie es schon seit Tagen alle paar Minuten passiert. Ich möchte unsere Beziehung weiter erforschen und sehen, ob sie zu etwas führen kann. Aber ich gehe auf dieses Verlangen nicht ein. Stattdessen unterdrücke ich es und verursache Chaos.

Ich könnte mit ihm zusammen sein. Aber dazu müsste ich die Tatsache ignorieren, dass er sich dafür einsetzt, seine Art auf Kosten von Menschenleben zu verstecken und zu schützen. Niemand, der mir nahe steht, würde wissen, was er getan hat. Ich aber schon. Es ist leicht, das Richtige zu tun, wenn man beobachtet wird. Einer der aufschlussreichsten Aspekte von Leuten ist es jedoch, was man tut, wenn niemand hinsieht.

Ich biege auf einen Parkplatz und die Spannung, die mich durchströmt, beruhigt sich, während meine Libido einen Höhepunkt erreicht. Bevor ich aus dem Wagen steige, schimpfe ich mit mir selbst. Ich bin nicht hier, um mich zu vergnügen. Ich bin hier, um über einen Mörder zu sprechen und darüber, wie ich mit meiner Ermittlung fortfahren kann, die eine unmittelbare Gefahr für mein Wohlbefinden darstellt.

Die Nacht fühlt sich warm an, als ich aus dem klimatisierten Wagen steige. Ich wünschte, ich hätte Wechselkleidung in meinem Auto. Normalerweise hätte ich das, aber ich habe meine Sporttasche zu Hause gelassen, als ich mich vorhin umgezogen habe. Die Hose war eine gute Idee, um einen gewissen Abstand zwischen mir und Corbyn zu schaffen, aber im Moment ist mir verdammt heiß darin. Ganz zu schweigen davon, dass meine Stöckelschuhe nicht für das Gelände gemacht sind.

Ich nehme die Tüte mit dem Essen und das Getränk aus dem Becherhalter, stelle beides auf der Motorhaube meines Autos ab und beobachte, wie Corbyn seinen Ferrari in die Parklücke neben meinem Wagen lenkt. *Schönes Auto. Schöne Lippen. Schöner Körper. Nein!*

Ich ziehe den Styroporbehälter aus der Plastiktüte und ignoriere das Verlangen, das Corbyn in mir weckt, während er einfach nur da steht. Jeder Anschein von Kontrolle, den ich vor dem Verlassen meines Fahrzeugs hatte, ist jetzt dahin. Dieser Vampir ist tödlich für mein Gleichgewicht.

Corbyn schaut sich in der Gegend um. „Dieser Park ist großartig. Ich war noch nie hier."

„Ich kann mir nicht vorstellen, dass du oft in der Wildnis unterwegs bist", sage ich zu ihm und nehme einen Bissen von den gebratenen Bohnen auf meinem Teller. Der cremige Geschmack mit einem Hauch von Speck und Kreuzkümmel explodiert auf meiner Zunge. Köstlich.

„Warum? Weil ich ein Vampir bin?" Seine Stimme jagt mir einen Schauer über den Rücken. Dieses Mal erschaudere ich nicht, weil es mich erregt. Sein Tonfall sagt mir, dass ich ihn wütend gemacht habe. Es ist keine gute Idee, einen Vampir zu verärgern, aber ich kann einfach nicht anders. Er denkt, ich würde die Bedrohung, die Lucius und seine Art für mich darstellen, nicht verstehen. Aber die Wahrheit ist, dass ich es nur zu gut weiß. Ich werde mich nur nicht davon abhalten lassen. Es ist meine Pflicht, Risiken einzugehen und andere zu beschützen.

Als ich in diesem Raum voller Vampire stand, schrie mich mein Kampf- oder Fluchtinstinkt zum ersten Mal an, wegzulaufen. Lucius war der schlimmste von ihnen. Ich zitterte und konnte mein rasendes Herz während des Treffens nicht beruhigen. Ich hörte kaum, was gesagt wurde. Ich konnte nur daran denken, verdammt noch mal von dort wegzukommen.

Aber so viel Angst ich auch hatte, wusste ich doch, dass es seinen Raubtierinstinkt geweckt hätte, wäre ich abgehauen. Und er hätte mich gejagt. Das hätte für einen hilflosen Menschen wie mich nicht gut geendet. Ich glaube Corbyn, wenn er sagt, dass meine Waffen gegen einen Vampir, der so mächtig ist wie Lucius, wenig ausrichten werden. Ich wünschte nur, das hieße, ich wäre aus dem Schneider und könnte den Fall ignorieren.

Ich schüttle den Kopf, um mich erneut zu konzentrieren, und denke über seine Frage nach. „Nein. Du bist zu kultiviert für jemanden, der sich im Freien aufhält. Deine schicke Kleidung schreit nicht gerade ‚Abenteurer'. Und ich habe in deinem Haus nichts gesehen, was darauf hindeutet, dass du gern wanderst oder paddeln gehst. Den Mikroskopen, Bechergläsern, Objektträgern und wissenschaftlichen Zeitschriften nach zu urteilen, schätze ich, dass du die meiste Zeit in einem Labor verbringst. Trotzdem musst du auch Sport machen, du hast Muskeln im Überfluss."

Ein Lachen entweicht ihm und er verändert seine Haltung, was meinen Blick auf seine schlanke Gestalt lenkt. *Lecker.* Ich will die Beule hinter seinem Reißverschluss kosten. „Du hast dich also endlich entschlossen, zuzugeben, wie sehr du mich begehrst. Ich wette, es fühlt sich gut an, dir dein Verlangen einzugestehen." Er hebt seine Hand an seinen Unterleib und spannt ihn an. Ein Lächeln huscht über mein Gesicht, als sich seine Muskeln unter dem makellosen Hemd kräuseln.

Er schiebt seine Hände in die Hosentaschen, während ich einen Bissen Reis esse. „Ich habe akademische Herausforderungen immer dem Abenteuer vorgezogen. Die Entdeckung eines neuen Behandlungsansatzes bringt mein Adrenalin schneller in Wallung als ein Fallschirmsprung. Du musst aufhören, mich so anzusehen. Ich versuche hier, mich zu benehmen. Aber wenn du mich noch eine Sekunde länger mit diesen Komm-Fick-mich-Augen ansiehst, werde ich dich auf meine Motorhaube setzen und bis zu den Eiern in dir stecken, bevor du blinzeln kannst."

Mein ganzer Körper errötet bei seinen Worten. Ich schließe die Augen, um mein Verlangen zu verbergen, denn ich kann es einfach nicht abstellen. Ich will das, was er gerade beschrieben hat, zu sehr. Aber jetzt ist nicht der richtige Zeitpunkt, dieser Lust nachzugeben. Ich habe es vor zwei Nächten getan und eine unschuldige Frau hat mit ihrem Leben bezahlt.

Ich mache mir keine Vorwürfe, aber wenn ich meinem Instinkt gefolgt wäre und eingegriffen hätte, als Malik sie gebissen hat, wäre sie jetzt noch am Leben. Ich hätte sie nach Hause gebracht und mich vergewissert, dass es ihr gut geht. Stattdessen habe ich zugelassen, dass Corbyn mich vom Tatort wegführt. Dann hatte ich die besten Orgasmen meines Lebens, während sie im Sterben lag.

„Stopp." Ich hebe meine Hand und schlucke mit trockener Kehle. „So etwas darfst du nicht sagen."

„Warum?" Ich spüre seinen Atem an meiner Wange. Er ist nur wenige Zentimeter von mir entfernt und wartet auf ein Signal, um den ersten Schritt auf dem Weg zu tun, den er angekündigt hat.

Ich kneife die Augen zusammen und balle meine Hände zu Fäusten. „Weil wir keinen Sex haben werden. Das habe ich dir doch schon gesagt."

„Vorerst", räumt er ein und die Hitze, die mich zu ersticken droht, lässt ein wenig nach. Zum ersten Mal seit seiner Ankunft bin ich in der Lage, einen Atemzug zu nehmen, der nicht von seinem berauschenden Duft erfüllt ist. Ich atme mit zusammengepressten Lippen wieder aus. Ich drehe mich um und öffne meine Augen.

Dann greife ich nach meiner Horchata und trinke einen Schluck der kalten Flüssigkeit. Sie beruhigt mich weiter, aber ich wende Corbyn weiter den Rücken zu, während ich den Behälter mit meiner Mahlzeit vor mir hochhebe. Ich nehme einen Bissen, bevor ich mich wieder zu ihm umdrehe.

Ich schmecke die Tomate und die Zwiebeln kaum, bevor ich schlucke und das Thema wechsle. „Du hast gesagt, du würdest mir helfen. Wie genau willst du das tun?"

„Ich kann Gerüchen folgen, die deine menschliche Nase nicht wahrnehmen kann. Du hast mir gesagt, dass sie nicht in diesem Park getötet wurde. Würdest du den Tatort nicht gern finden?" Er schaut mir zu, wie ich einen der Carne Asada-Tacos auf meinem Teller esse.

Sein Blick klebt an mir, während ich jeden Bissen kaue. „Isst du überhaupt jemals?", platze ich heraus. Ich liebe es zu essen und kann mir nicht vorstellen, wie es wäre, es nie wieder zu tun.

Er beugt sich vor und schließt seine Lippen um einen Teil des Tacos in meiner Hand. Fast berührt er meine Finger mit den Lippen. „Ich kann es tun, aber es ist nicht nötig. Lebensmittel nähren mich nicht so wie Blut. Ich kann aber auch andere Flüssigkeiten als Blut trinken. Ab und zu genieße ich einen guten Whisky. Warum? Ich liebe den Geschmack deines ... Tacos." Corbyns Stimme ist heiser und lässt meine Weiblichkeit zittern.

Er ist so nah, dass ich spüre, wie seine Erregung gegen meinen Bauch drückt. Die Art, wie er *Taco* sagt, erinnert mich daran, wie er mit seiner Zunge über meine Falten leckt, bevor er an meiner Klitoris saugt. Das kleine Nervenbündel pulsiert als Antwort.

Seine Nasenlöcher beben. Als seine Lippen meine Finger berühren, denke ich, ich hätte ihn an seine Grenzen getrieben, aber er schließt seinen Mund nur um den Rest des Tacos in meiner Hand. Er lässt Essen sinnlich erscheinen. Ich halte die Horchata in meiner zitternden Hand und atme so schnell, dass mir schwindlig wird.

Wäre es denn so schlimm, nachzugeben und mich auf der Motorhaube seines schönen Autos von ihm ficken zu lassen? *Ja!* Ich schüttle den Kopf, stelle mein Getränk ab und drücke ihm den Teller in die Hand. Ich werfe einen Blick auf meine Wagentür und überlege, ob ich abhauen soll. „Probier mal die Bohnen und den Reis. Die sind köstlich. Und sag mir, wie ich deine Superschnüffelnase in diesem Fall einsetzen kann."

Corbyn nimmt einen Bissen, während er einen Schritt zurücktritt. Meine Beine schwanken und mein Herz scheint zu versuchen, den Rekord des Indy 500 zu brechen. Dieser Vampir überrascht mich ständig aufs Neue. Ich erwarte, dass er sich einfach nimmt, was er will, oder vielleicht sogar seine Fähigkeit zur Manipulation einsetzt, damit ich nachgebe. Aber er tut es nicht. Er drängt mich immer weiter an meine Grenzen.

Und ich kämpfe mit jedem Atemzug gegen mich selbst. Es gibt viele Gründe dafür und nicht alle sind edel. Ich habe keine Ahnung, wie ich mit mehr umgehen soll. Frühere Erfahrungen haben gezeigt, dass Dinge schiefgehen werden und ich am Ende verletzt dastehe. Wie kann ich das hinter mir lassen und eine andere Entscheidung treffen?

„Das Essen dort ist immer köstlich." Corbyns Stimme reißt mich aus meinem Nebel.

Ich lehne mich gegen die Fahrertür. „Ich kann nicht glauben, dass du ein solches Lokal besuchst. Ich dachte, du wärst ein Vampir vom Typ Fleming's oder Core." Ich winke mit meinem Becher herum, trinke einen Schluck und genieße die süße, cremige Flüssigkeit.

Er zeigt mit der Gabel in meine Richtung. „Wie es scheint, hast du eine Menge vorgefasster Meinungen über mich. Ich bevorzuge zwar schöne Dinge, aber bei den Gelegenheiten, bei denen ich mich entschließe, richtiges Essen zu essen, ziehe ich authentische Aromen einer schicken Umgebung vor." Er hebt die Gabel an seine Lippen und leckt sie sauber.

„Das ergibt Sinn. Ich muss sagen, es beeindruckt mich, dass du Ansprüche an dein Essen stellst, wenn man bedenkt, dass du jeden Tag Blut von unwissenden Opfern stiehlst." Mein Ton ist schärfer, als ich es beabsichtigt habe.

Corbyn stellt das Essen ab und reibt sich die Hände. „Ich werde das jetzt ignorieren und darauf zurückkommen, wie ich dir helfen kann. Dein Opfer wurde höchstwahrscheinlich in der Wüste getötet. Ich kann dir helfen, das Gebiet zu lokalisieren. Und ich denke, du solltest wissen, dass Malik, als wir ihn vorhin gesehen haben, die gleichen Schuhe trug wie in der Nacht, als er mit deinem Opfer zusammen war. Ich habe keinen Schmutz an ihnen gesehen und auch keine Spur von ihrem Blut daran entdeckt."

Ich stoße mich von meinem Wagen ab und schaue ihn seitlich an. Dies kommt einer Entlastung von Malik doch schon sehr nahe. Ich bezweifle, dass er in der Lage gewesen wäre, alle Spuren des Verbrechens von seinen Schuhen und seiner Kleidung zu entfernen. Niemand tötet so sauber, egal, wie sehr er sich bemüht.

Wenn Malik jedoch unschuldig ist, stehe ich wieder am Anfang. Meine Ermittlungen bewegen sich bereits auf dünnem Eis. Dies könnte der Grund dafür sein, dass sie komplett untergehen. Ich habe noch nie einen Fall nicht abgeschlossen und will jetzt auch nicht damit anfangen.

„Das heißt aber nicht, dass er unschuldig ist. Er wurde zuletzt gesehen, als er riesige Reißzähne in ihren Nacken bohrte. Es ist möglich, dass du nichts riechen kannst, weil er sie gereinigt hat. Besorge mir die Schuhe und ich werde sie untersuchen."

Corbyn lächelt und schließt den Deckel des Essens, bevor er hinübergeht und den Behälter wieder in die Tüte schiebt. „Es besteht eine geringe Chance, etwas Nützliches zu finden. Nur wenige Vampire machen sich die Mühe, ihre Schuhe jede Nacht zu reinigen. Wir erwarten, Blut aneinander zu riechen, und würden uns nichts dabei denken. Und wer auch immer dieser Killer ist, er hat keine Ahnung, dass er von einem seiner eigenen Leute gejagt wird. Also würde er sich nicht die Mühe machen. Außerdem habe ich kein Bleich- oder ein anderes Reinigungsmittel gerochen, was zur Beseitigung von Spuren verwendet worden sein könnte. Du selbst hast gesagt, dass immer irgendwelche Spuren zurückbleiben."

Ich nicke zustimmend mit dem Kopf. „Du hast recht. Okay, wir müssen also die Wüste prüfen. Die Frage ist nur, wo sollen wir anfangen? Es gibt eine ganze Reihe von Gegenden, die dafür infrage kommen." Ich schaue mich um, während ich den letzten Schluck meines Getränks austrinke. „Wenn ich einen Verdächtigen hätte, würde ich vorschlagen, dass wir in der Nähe seines Hauses anfangen. Das wäre der logischste Ort, wo man ohne weitere Informationen beginnen würde."

Corbyn schaut sich um und zuckt mit den Schultern. „Wir können es hier in der Nähe versuchen, da wir bereits in der Gegend sind. Aber wenn man von deiner Logik – und der Annahme – ausgeht, dass ein Vampir diese Frau und alle anderen getötet hat, halte ich es für wahrscheinlicher, dass wir in den Catalina Ausläufern fündig werden. Die meisten von uns leben in dieser Gegend."

Mein Herz beginnt zu rasen, als der Nervenkitzel der Jagd überhandnimmt. Jedes Mal, wenn ich eine wichtige Spur finde, treibt mich das an, die zermürbenden Nachforschungen fortzusetzen. „Wir können am Ventana Canyon-Wanderweg beginnen. So haben wir einen einfachen Ausgangspunkt, um unseren Fortschritt zu verfolgen. Bei einem so großen Gebiet, das wir abdecken müssen, wollen wir sicherstellen, dass wir in einem Raster vorgehen."

Er lächelt mich an und streicht mit dem Finger über meine Wange. „Ich gehe alles mit Präzision an. Das hier wird nicht anders sein. Komm her", ermutigt er mich mit einer Handbewegung.

„Ich fahre dorthin", sage ich. Ich muss den Abstand zwischen uns wahren.

Er zieht eine Augenbraue hoch und mustert mich. „Ich kann uns viel schneller dorthin bringen, als wir fahren können." Er zieht mich an sich und schließt seine Arme um meine Taille. „Schlinge deine Arme um meinen Hals." Ich folge seinen Anweisungen. Ein Schrei entweicht mir, als wir uns in die Luft erheben.

„Du kannst fliegen?", schreie ich ihn an. „Nein, ich werde fahren. Bitte lass mich runter." Ich schrecke nicht davor zurück zu betteln. Das Herz schlägt mir bis zum Hals und ich kann ihn nicht einmal anknurren, als er lacht.

Er schließt seine Arme fester um mich. „Wir werden in Nullkommanichts da sein. Schließ einfach die Augen und halte dich an mir fest."

Ich kann keinen einzigen Muskel bewegen. Mein Magen überschlägt sich und Galle steigt in meiner Kehle auf, als die Welt unter uns vorbeizieht. Als die Flüssigkeit meinen Rachen füllt und ich spüre, wie mein Abendessen in meiner Speiseröhre Klimmzüge macht, schaue ich stattdessen zu Corbyn auf. Sein attraktives Gesicht schreit danach, geküsst zu werden, und lenkt mich von meiner Gewissheit ab, dass ich gleich in den Tod stürzen werde. Ich versuche, einen Plan zu schmieden, während er mit mir in seinen Armen durch die Luft rauscht.

Ich kann nur daran denken, dass er mich besser nicht fallenlassen sollte. *Er kann verdammt noch mal fliegen!* Ich weiß nicht, wie ich mich überhaupt zu ihm hingezogen fühlen kann. Wir sind so verschieden. Er ist ein über sechshundert Jahre alter Vampir und ich bin ein Mensch. Er hat Kräfte, die ich nicht einmal begreifen kann. Wir kommen aus völlig verschiedenen Welten und nichts unterstreicht diese Tatsache mehr, als dass ich gerade in seinen Armen über die Wüste fliege. Wie kann das jetzt mein Leben sein?

Er landet und ich falle sofort auf die Knie. Mein Kopf schwirrt und ich muss den sauren Geschmack aus meinem Mund spucken. Ein paar tiefe Atemzüge später bin ich bereit, einen Mörder zu finden. Okay, das ist etwas übertrieben. Aber ich bin nicht länger in unmittelbarer Gefahr, mich zu übergeben und ohnmächtig zu werden.

Eine Hand reibt kreisend über meinen Rücken. Corbyn steht in meiner Nähe und versucht, mich zu beruhigen. „Gib mir eine Minute." Ich atme noch einige Male tief durch.

Mein Herzschlag wird langsamer und der Schweiß tropft mir nun nicht mehr über den Rücken hinunter. Ich stehe auf, putze meine Hose ab und schaue auf meine Stöckelschuhe hinunter. Ich habe sie mir letztes Jahr zu Weihnachten gegönnt und liebe die beigefarbenen Pumps.

Mit finsterer Miene hebe ich einen Fuß. „Verdammt. Ich kann damit nicht durch die Wüste staksen. Diese roten Sohlen sind für die Straßen der Stadt und die Tanzfläche gedacht. Nicht für einen Hindernisparcours von Felsbrocken, Salbeibüschen und Kakteen."

Corbyn lacht und streicht über meine Wange. Seine Augen sind wie flüssiges Silber, bevor er mir entgegenspringt und mich in seine Arme hebt. Mein Schrei erstickt in meinem Mund, als ich mich erneut in seiner Umarmung wiederfinde.

„Was machst du denn jetzt?" Ich bin bereit, sein Angebot,

mich noch irgendwo sonst hinzufliegen, abzulehnen. Mein Magen kann im Moment nicht mehr verkraften.

„Ich trage dich, damit deine Schuhe nicht ruiniert werden. Ich kann doch nicht zulassen, dass du dir deine Therapie kaputtmachst."

Ich schnappe nach Luft und klopfe gegen seine Brust. „Lass mich runter. Ich habe eine bessere Idee."

Er senkt meine Beine hinab, während er den anderen Arm noch immer um meinen Rücken schlingt. Meine Beine gleiten an ihm hinunter. Ich ignoriere das Brennen in meinem Unterleib und entziehe mich seiner Umarmung, um hinter ihn zu treten. Ich lege meine Hände auf seine Schultern, springe und schwinge meine Beine um seine Hüfte. Dann schlinge ich meine Arme um seinen Hals. Jetzt drückt meine Vorderseite gegen seinen harten Rücken. Sein maskulines Stöhnen wird von seinen beiden Händen begleitet, mit denen er nach hinten greift, um meinen Hintern zu packen.

Corbyn stößt ein schallendes Lachen aus. Ich habe ihn noch nie zuvor eine solche Freude ausdrücken hören. Ich drücke mich hoch und neige mich so weit nach vorn, dass ich das Gefühl habe, ich könnte über seine Schulter fallen, nur um einen Blick auf sein herrliches Lächeln zu erhaschen. Natürlich verwandelt es ihn völlig. „Du überraschst mich immer wieder aufs Neue, kleiner Stern", sagt er. „Bist du bereit?"

Ich nicke und schaue mich in der Umgebung um. Erde, Felsen und Büsche, aber nichts sticht mir ins Auge, während er sich anmutig über das unwegsame Gelände bewegt. Seine Nähe schwächt meinen Willen, mich von ihm fernzuhalten.

Und es wird mit jedem Schritt, den er macht, immer schlimmer. Die Bewegung lässt meine Schamlippen über seine harten Muskeln reiben. Jeder Schritt lässt mehr Lust in mir aufsteigen. Es kommt mir vor, als wären wir schon eine Ewigkeit unterwegs, und doch nicht lange genug. Meine

Aufmerksamkeit springt wie ein Pingpongball, zwischen den Kakteen und meiner Lust hin und her.

Erst als er zum dritten Mal anhält, wird mir bewusst, dass ich ihm mit meinen Stöckelschuhen in die Seiten trete und jedes Mal aufstöhne. Er gluckst nur, schnuppert in der Luft herum und ändert dann seinen Kurs. Er verfolgt etwas, das ich weder sehen noch riechen kann. Ich kann im Moment nichts anderes tun, als zu beten, dass wir etwas entdecken, was den Fall löst.

Innerhalb weniger Minuten keuche ich und bin bereit, zu explodieren. Ich spanne meine Schenkel an und schaffe so viel Raum wie möglich zwischen seinem Rücken und meiner empfindlichen Perle.

Gerade als ich ihm sagen will, dass ich nicht mehr kann und zurückgehen will, bleibt er stehen und setzt mich ab. „Ich rieche sie. Ich bin mir sicher, dass die Stelle, an der sie getötet wurde, ganz in der Nähe ist. Der Geruch ist stark."

Ich schnappe nach Luft und versuche, zu erfassen, was er wahrnimmt. Aber ich spüre nichts. Der Mond ist fast voll und strahlt über den Sand, aber meine Augen sind nicht scharf genug. Er packt mich bei der Taille und geht von der Stelle, an der wir stehen geblieben sind, in Richtung Westen. Mehrere Minuten lang stolpere ich neben ihm her, während er an Kakteen und Salbeibüschen vorbeigeht.

Nach wenigen Minuten bleibt er stehen und zeigt auf einen dunklen Fleck im Sand ein paar Meter vor uns. „Dort", sagt er.

Ich beuge mich vor und schaue mir den Fleck genauer an. Ich habe keinen Zweifel, dass es sich um Blut handelt. Den Blutspritzern nach zu urteilen, war der Angriff überaus brutal. Wenn ich mich an die Verletzungen des Opfers erinnere, weiß ich, dass sie sich nicht gewehrt hat. Der kranke Wichser hat das getan, um seine Macht über sie auszuüben.

„Hast du eine Ahnung, wo wir hier sind? Ich muss

morgen eine Einheit der Spurensicherung anfordern, um Beweise zu sammeln."

„Ich weiß nicht, wo genau wir hier sind, aber wie willst du erklären, dass du diesen Ort gefunden hast?" Corbyn nähert sich einem nahe gelegenen Kugelkaktus. „Ich glaube, das ist ein Teil ihrer Kleidung."

„Ihre Kleidung war intakt und ihre Arme waren weder zerschrammt noch aufgeschnitten", sage ich zu ihm, als ich mich der Stelle nähere. Am Ansatz der Pflanze hängt ein Stück lila Baumwolle. „Das ist von einem der anderen Opfer." Mein Puls rast, während meine Brust heiß wird und es mir die Kehle zuschnürt. Das sind mehr Beweise, als wir an allen anderen Tatorten zusammen gesammelt haben. Ohne Corbyn hätte ich das niemals gefunden.

Ich möchte ihm gebührend für seine Hilfe danken.

„Dann haben wir den Ort entdeckt, an dem deine Opfer ermordet wurden. Es gibt vier – nein, fünf – verschiedene Gerüche in diesem Gebiet. Ich habe keine Ahnung, ob ich hier finden werde, was du brauchst ..." Seine Worte verstummen und ich blicke zu ihm auf.

„Was ist los?"

Er schüttelt den Kopf und fährt sich mit der Hand durch sein kurzes Haar. „Es liegt etwas Vertrautes in der Luft. Aber ich kann nicht genau sagen, was es ist. Lass mich unseren Standort festhalten, damit du ihn morgen mit deinem Team finden kannst. Du musst allerdings erklären, wie du ihn entdeckt hast."

Ich tippe mit einem Finger gegen mein Kinn, während ich mir ein plausibles Szenario ausdenke. „Ich werde ihnen sagen, dass ich auf das Blut gestoßen bin, als wir zusammen wandern waren."

„Gut, dass deine Freunde mich nicht kennen. Das ist der letzte Ort, der mir für eine romantische Verabredung einfallen würde. Obwohl es wunderschön hier ist", gibt er zu.

Wir sind in einem Gebiet mit mehreren Kugelkakteen und Salbeisträuchern. „Du solltest öfter das Labor verlassen. Es gibt hier draußen eine Menge zu entdecken."

Er hebt einen Fuß und zieht einen Aufkleber aus seinem Hosenbein. „Mit dir zu ermitteln, ist etwas ganz anderes als alles, was ich je gemacht habe."

„Dem kann ich nur zustimmen. Ohne die Regeln und Erwartungen meines Jobs, die mir in die Quere kommen, ist es einfacher, den Hinweisen zu folgen. Und ich habe das Gefühl, dass deine Sinne uns besser leiten könnten als unser forensisches Team. Wie dem auch sei, lass uns von hier verschwinden. Ich muss ein paar Anrufe tätigen."

„Lässt du mich dich zurückfliegen?"

Seine Bitte erschüttert mich, aber ich beschließe, ihm nachzugeben. Es wird das letzte Mal sein, dass ich so gefährlich lebe. Außerdem habe ich keine Lust, hierzubleiben und auf ein Taxi zu warten, dass mich vom Wanderweg abholt. „Sicher doch, aber kann ich dieses Mal auf deinem Rücken sitzen? Ich wollte schon immer einmal einen Hengst im Rodeo reiten."

Sein Glucksen antwortet mir, bevor er sich vor mich hockt. „Du kannst mich jederzeit reiten. Du brauchst nur zu fragen." In seinen Worten steckt so viel sinnliches Versprechen, dass es mir den Atem raubt. Die ständige Erregung ist mir inzwischen so vertraut, dass ich nicht einmal mehr um Fassung ringen muss, bevor ich mich an seinen Rücken klammere, wie eine Muschel an die Bordwand eines Schiffes.

Sein Duft umgibt mich und steigt mir direkt zu Kopf. Ehe ich mich versehe, wandern meine Hände über seine Schultern und seine Brust. Ich spiele mit seinen Brustwarzen und entlocke ihm ein Stöhnen.

Sekunden später entweicht mir ein Schrei, als wir in Richtung Boden stürzen. Der Schrecken verzerrt alle Gedanken in meinem Kopf bis auf einen: Vielleicht kann ich mich bei der Landung auf seiner Erektion aufspießen. Ich kann den Gedanken nicht abschütteln und das Verlangen auch nicht verbannen, das in mir brennt wie die Waldbrände, die vor nicht allzu langer Zeit durch die Ausläufer von Catalina wüteten.

KAPITEL ELF

Corbyn

Ich habe das Verlangen meiner Reißzähne im Zaum gehalten. Mehr als ein Dutzend Mal bin ich in dieser Nacht schon fast über Ava hergefallen wie ein Bär über einen Lachs. Der Duft ihrer Erregung umgibt uns wie eine berauschende Wolke und macht es mir fast unmöglich, an etwas anderes zu denken.

Jetzt geht mir nichts anderes mehr durch den Kopf, als dass diese Frau mir gehört. Und es wird verdammt noch mal Zeit, dass ich ihr zeige, was das bedeutet.

Als sie mit den Händen über mein Hemd geleitet und mir in die Brustwarzen kneift, verliere ich jeglichen Rest an Geduld, den ich noch hatte. Mein Knurren hüllt uns ein, als ich meine Fähigkeit zu fliegen verliere. Ihr Schrei dringt laut an mein Ohr und wir stürzen mehrere Meter tief, bevor ich mich schließlich zusammenreißen kann.

Verdammt! Dieser Frau muss eine Lektion erteilt werden.

„Reize einen Vampir niemals mitten im Flug", warne ich

sie. „Du bist mir ausgeliefert und ich werde dir zeigen, was passiert, wenn du mit dem Feuer spielst."

Wir landen in einem Wirrwarr von Gliedmaßen, wobei ich die Hauptlast des Sturzes abfange. Zum Glück habe ich sie vor schweren Verletzungen bewahrt. Sie mag vielleicht leugnen, dass sie jetzt in der Stimmung ist, aber ich muss ihr eine Lektion erteilen und die kann nicht warten.

„Au", jammert Ava, als sie sich von mir abrollt und seitlich an den Kopf greift. Ohne zu zögern stehe ich auf und packe sie bei der Taille. Ava hat keine Chance, einen Einwand zu äußern, bevor ich sie vornüber beuge und ihre dehnbare Hose bis zu ihren Oberschenkeln hinunterreiße.

Ihre Erregung umgibt mich und verdrängt die Gerüche der Wüste. Ich hebe die Hand und sehe, wie ihre Muschi bebt und vor Verlangen tropft. Als meine Handfläche auf ihren Arsch und ihre Muschi trifft, zuckt Ava nach vorn und ein heiseres Stöhnen entweicht ihrem Mund.

Ich schlage noch einige Male zu, wobei ich den Winkel jedes Mal leicht verändere, um sicherzugehen, dass ich dabei ihre Klitoris treffe. Sie stöhnt, windet sich und greift durch ihre Kleidung an ihre Brüste.

Beim nächsten Schlag bewege ich den gesamten Arm, sodass ich eine pralle Arschbacke treffe. Meine Reißzähne schießen heraus, als ihr Herz schneller schlägt und sich das Fleisch rosa färbt. Unfähig, mich zurückzuhalten, streiche ich ihr Haar beiseite und küsse ihren Rücken.

Ihre Hitze verbrennt mein Fleisch und lässt mich alles an ihr begehren. Es kostet mich jedes Quäntchen Willenskraft, meine Zähne jetzt nicht in ihrer Vene zu versenken und ihr Blut zu verschlingen.

Ein zitternder Atemstoß entweicht ihrer Kehle. „Corbyn."

Ich lecke ihr über die Ohrmuschel und presse mich ganz nah an ihren Körper. „Was brauchst du, kleiner Stern?"

„Ich brauche ..." Ihre Worte verstummen und ich muss

nicht in ihre Gedanken eindringen, um zu wissen, was sie denkt.

Sie zeigt ihre innere Debatte klar und deutlich. Es ist nicht überraschend, dass sie immer noch damit kämpft, was ich bin. Was mich schockiert, ist, wie gut sie ihren inneren Aufruhr vor mir verborgen hat. Ich wusste, dass sie Bedenken hat, aber mir war nicht bewusst, dass diese auch sie selbst betreffen.

Als mächtiger Vampir verlasse ich mich auf meine überlegenen Sinne. Ich zweifle an meinen Fähigkeiten, als ich feststelle, dass ich den Hauch von Selbstzweifeln, die Ava überkommen haben, nicht aufgeschnappt habe. Sie ist anders als alle anderen. Ihre tapfere Fassade in Lucius' Büro huscht durch meine Gedanken und erinnert mich daran, dass sie eine Meisterin darin ist, eine Maske aufzusetzen. Und sie gibt sich selbst die Schuld daran, dass sie diese Frau neulich Nacht verloren hat.

Ich bin im Begriff, mein Verlangen nach ihr zu zügeln, als sich ihre Gedanken wieder verändern. Unabhängig von allem anderen will sie noch eine Nacht mit mir verbringen, bevor sie geht. Mein Herz krampft sich zusammen. Ich will nicht, dass sie geht. Aber das sind Sorgen für einen anderen Moment.

Ich schiebe ihr Oberteil hoch und streiche über ihre Wirbelsäule. Sie sinkt auf die Knie und erlaubt mir, den Stoff zu entfernen. Ich ziehe ihr den BH aus und wickle ihn um ihre Handgelenke. Ava hebt den Kopf und sieht mich mit großen Augen an.

„Hier draußen kannst du mich nirgends anbinden."

Ich streiche mit einem Finger über ihr Schlüsselbein und an ihrem Hals entlang. „Beug dich nach vorn und bewege deine Hände nicht."

Sie öffnet den Mund und schließt ihn wieder, bevor sie sich in der Umgebung umsieht. Ich schärfe meine Sinne und bemerke die Tiere, die nicht weit von unserer Position entfernt sind. Sie werden nicht näherkommen. Die meisten Kreaturen spüren die Gefahr, die ich für sie darstelle, und halten Abstand. Menschen, Vampirjäger nicht mitgerechnet, sind die Ausnahme von dieser Regel. Auch Gestaltwandler, aber aus einem ganz anderen Grund.

Menschen werden durch die Pheromone, die wir verströmen, von meiner Art angezogen. So sorgt die Natur dafür, Opfer zu uns zu locken, damit wir uns ernähren können. Die biologischen Mechanismen, die dabei im Spiel sind, sind faszinierend und haben den größten Teil meiner Forschungen über meine Existenz bestimmt. Ich habe mich nicht so intensiv mit Vampiren beschäftigt wie Desmond, aber ich weiß genug, um sagen zu können, dass auch magische Kräfte im Spiel sind.

Gestaltwandler hingehen verabscheuen uns im Allgemeinen. Offensichtlich fällt Selene nicht in diese Kategorie, wenn man bedenkt, dass sie sich mit Lucius verpaart hat. Andererseits ist sie halb Vampir. Garrett, der Anführer des örtlichen Gestaltwandlerrudels, toleriert uns. Er hat eine Art Abkommen mit dem Vampirkönig. Garrett mischt sich nicht in die Angelegenheiten der Vampire ein, solange wir niemanden töten und die Aufmerksamkeit auf unsere Existenz lenken. Wenn Garrett von diesem Killer Wind bekommt, wird er wahrscheinlich stinksauer sein.

Als Ava gehorcht und ihre Hände wieder auf den Boden drückt, belohne ich sie mit einem Lächeln. Ich fahre erneut mit dem Finger durch ihre Schamlippen, bevor ich sie weiter versohle. Sie lächelt jetzt. Ich wünschte, ich hätte gewusst, dass sie mir nachgeben würde, dann hätte ich einen Analplug oder einen Dildo mitgebracht, damit ich sie ficken kann, während ich ihr den Hintern versohle. Sie krümmt den Rücken und ihr Stöhnen ist Beweis genug, dass sie mehr will.

Sobald ihre Haut rot ist und pulsiert, beuge ich mich vor

und küsse an ihrer Wirbelsäule entlang. Als ich mich erhebe, schaut sie mich mit halb geschlossenen Augen über ihre Schulter an. Ich streichle ihren Hintern und schiebe meine Finger zwischen ihre Beine, als ich mir meinen Weg zu ihren Mundwinkeln küsse.

Mit der Zunge necke ich ihre Lippen, während ich ihren glitschigen Schlitz mit der Hand bearbeite. Ihre Säfte tropfen über meine Finger und ihr Körper ist starr vor Anspannung. Sie sehnt sich danach, zu kommen. Ich schiebe zwei Finger in sie hinein.

Ein Lufthauch entweicht über ihre geschmeidigen Lippen. Ihr Arsch ist rot von meiner Berührung und ihre Muschi tropft für mich, aber ihr Mund ist viel zu einsam. Ich presse meine Lippen auf ihre und lecke an der Naht entlang, um in ihren Mund einzudringen.

Ava hat die Augen geschlossen und reißt den Kopf hin und her. Sie ist umwerfend, wenn sie sich der Lust hingibt, die wie ein Inferno zwischen uns tobt. Mit ihrer Zunge leckt sie über meine Unterlippe und dringt dann in meinen Mund ein. Sie streicht über meine Zunge und imitiert das, was ich mit ihrem Körper machen will.

Ich lasse jedes Fünkchen Verlangen, das ich für sie empfinde, in unseren Kuss fließen. Ich habe noch kein anderes Wesen je so begehrt wie Ava. Mein Verstand ist auf niedere Gefühle reduziert. Ich kann nicht über die Tatsache hinaus denken, dass ich mehr von ihr will und dass sie *mir* gehört. Sie inspiriert mehr als das, aber meine Gedanken sind im Moment leer.

Ich schiebe einen weiteren Finger in sie hinein und ficke sie langsam. Jedes feuchte Hinein- und Herausgleiten in ihren Körper quält mich ein wenig mehr. Ava keucht jetzt und stemmt sich mir entgegen, während sich ihr Rücken vor Lust krümmt.

Ich hebe meine freie Hand zu ihren Brüsten und zwicke

und schnippe an ihren Brustwarzen. Die Geräusche der Wüste verschwinden und ich kann nichts anderes hören als ihr Wimmern und Stöhnen an meinem Mund. Ich unterbreche den Kuss, gleite mit meinen Lippen über ihre Wange und sauge an ihrem Hals.

Sie erschaudert, als meine Reißzähne über ihr Fleisch kratzen. „Mehr."

Will sie, dass ich sie beiße?

Ich atme sie tief in meine Lunge ein. „Ich werde dir alles geben, was du brauchst." Ich schüttle den Kopf und schaue ihr in die Augen. Sie sind von der Lust, die ihren Verstand vernebelt, ganz glasig und ich weiß, wie sehr sie ihren Orgasmus braucht.

Ich hebe die Hand von ihrer Brust zu ihrem Haar und schlinge die Strähnen um meine Faust. Mit den Fingern stoße ich weiter in sie hinein. Indem ich die Position meiner Hand leicht drehe, kann ich mit dem Daumen bei jedem Stoß gegen ihre Klitoris drücken. Sie fängt an um meine Finger herum zu zucken. Als ihre Muskeln sich fester zusammenziehen, höre ich auf zu stoßen und krümme meine Finger in ihr, um ihren G-Punkt zu treffen, während ich weiterhin ihre Klitoris reibe.

Sie wirft den Kopf zurück und schreit auf, als ihr Höhepunkt sie überwältigt. Auf allen vieren und mit dem Mondlicht, das ihre Haut in seinem Glanz schimmern lässt, ist sie eine atemberaubende Kreatur. Mein Schwanz pulsiert genauso beharrlich wie meine Reißzähne.

Noch bevor ich ihr Zeit gebe, sich zu erholen, reiße ich meine Hose auf und ziehe meine Erektion heraus. Einen rasenden Herzschlag später stecke ich bis zu den Eiern in ihrer zuckenden Muschi. „Fuck, du fühlst dich gut an." Diese eine Bewegung treibt mich fast zu meinem eigenen Höhepunkt.

Sie bewegt ihren Körper vor und zurück und versucht,

mich zu zwingen, mich zu bewegen. Ich halte ihre Taille eine Sekunde lang fest, um sie zu beruhigen, während mein Drang so weit nachlässt, dass ich außer Gefahr bin. „Du wirst mich mit Orgasmen umbringen", sagt sie.

Ich reiße ihren Kopf zurück und knurre in ihr Ohr. „Du wirst nicht sterben. Ich werde nicht zulassen, dass dir jemals etwas passiert." Ich wollte keine solch kühne Behauptung aufstellen. Zum Glück scheint sie zu sehr in unser sich steigerndes Vergnügen vertieft zu sein, dass sie meinen Schwur, sie zu beschützen, nicht bemerkt hat. Hätte sie es registriert, würde sie mir sagen, dass sie sehr wohl in der Lage ist, auf sich selbst aufzupassen.

Ich ziehe meine Hand aus ihrem seidigen schwarzen Haar und lege sie wieder an ihre Hüfte. Als sie erneut versucht, schneller zu werden, schlage ich ihr seitlich auf den Hintern. Ihr Fleisch zuckt und ihr inneres krampft sich um meinen Schwanz.

„Mmmm", stöhnt sie zusammenhanglos. Ihre Ellbogen zittern und sie versucht, sich aus ihren Fesseln zu befreien. Als es ihr nicht gelingt, ihre Hände daraus zu lösen, drückt sie ihre Wange gegen den Boden und lässt mich aufschreien, als sie meine Eier mit ihren gefesselten Händen packt.

Ich erlaube ihr, meine Hoden und meinen Damm einige Sekunden lang zu reizen, bevor ich an ihrer Schulter ziehe und sie vom Boden hochhebe. Jetzt habe ich sie vor mir und meine Stöße werden flacher, während wir unsere Körper gegeneinanderdrücken.

Ich schlinge meine Hand um ihre Kehle und zeige ihr mit sanftem Druck, wer hier das Sagen hat. Ich schneide ihr nicht die Luft ab und verletze sie auch nicht. Sie lehnt sich nach vorn und stranguliert sich für eine Sekunde lang selbst, während sie ihren Hintern an meinen Körper presst. Ich stöhne auf, weil sie mir damit ihre Auflehnung zeigt.

Zu meiner Überraschung lässt sie den Kopf an meine

Schulter sinken und erschlafft in meinem Griff. Einen einzigen Herzschlag lang befürchte ich, dass ich zu viel Kraft eingesetzt habe und sie ohnmächtig geworden ist. Aber ihr Stöhnen geht weiter und sie wackelt mit der Hüfte. Ich fühle mich, als hätte ich in der verdammten Lotterie gewonnen.

Sie hat sich mir hingegeben. Ich möchte sie fragen, warum sie schließlich nachgegeben hat, traue mich aber nicht, die Leidenschaft zu stören. Ich greife um ihren Körper herum und streiche mit meinen Fingern über den Ansatz meines Schwanzes, um ihn mit der Feuchtigkeit ihrer Erregung zu benetzen. Dann gleite ich zu ihrer Klitoris vor. Meine andere Hand behalte ich an ihrem Hals, während ich ihr Nervenbündel reize und sie dazu bringe, in meinen Armen zu zucken und sich zu winden.

Das Vertrauen, das sie mir entgegenbringt, lässt die Verbindung, die ich zu ihr spüre, noch weiter auflodern. Ich schwöre, wenn ich aufhöre, mich auf irgendetwas anderes zu konzentrieren als auf sie, kann ich die Verbindung zwischen uns beiden rot pulsieren sehen. Die warme Brise trifft auf unsere heiße Haut und lässt die Luft um uns herum flimmern.

Ich hebe sie von meinem Schwanz, drehe sie um und lasse sie wieder auf meine Erektion sinken. Ich sinke auf meine Fersen zurück und sie bewegt sich auf meinem Schwanz. Sie schlingt ihre Arme um meinen Hals und ich streiche ihr die Haare aus dem Nacken.

Mit der Zunge wandere ich über ihre Haut und sie wimmert als Antwort. Ich stoße in ihren Körper und lenke ihre Aufmerksamkeit von meinem Mund ab, während ich mich in der Art, wie sie mich reitet, verliere. Meine Eier ziehen sich zusammen und meine Wirbelsäule kribbelt.

Mit einer Hand halte ich ihren Kopf zur Seite, während ich die andere um ihre Hüfte schlinge. Ich öffne den Mund und beiße zu. Ihr süßes Blut strömt auf meine Zunge und meine Kehle hinunter. Ich schlucke ihre Lebenskraft und beschleunige mein Tempo.

Ava bewegt ihre Arme und packt eine Handvoll meiner Haare. Ihre Muschi zuckt um meinen Schwanz und ich muss meinen Mund anheben, als mein Höhepunkt wie ein Vulkan aus mir herausschießt.

Ich werfe den Kopf zurück, als mein Samen in heißen, cremigen Strömen aus meinem Schwanz in ihre Gebär-mutter fließt. Sie wimmert in meinen Armen, als ihr Orgasmus den meinen begleitet. Nach einigen Sekunden ebbt mein Höhepunkt ab und meine Stöße werden flacher.

Ava senkt den Kopf auf ihre Brust hinunter. Der reichhal-tige, kupferne Geruch erinnert mich daran, dass ich die Wunden schließen muss. Mit langen gründlichen Zügen lecke ich das Blut von ihrem Fleisch. Dann steche ich mir mit einem Reißzahn in die Zunge und lasse das Blut aus meiner Verletzung über die Bisswunde laufen.

Einem Teil von mir gefällt der Gedanke, dass sie, selbst wenn ihre Wunde verheilt ist, immer meinen Biss ertragen wird. Okay, es gefällt nicht nur einem Teil, sondern *jedem* Teil von mir, dass ich sie markiert habe. Ich drücke einen Kuss auf die Stelle, hebe meinen Kopf und lächle über den zufriedenen Ausdruck auf ihrem Gesicht.

Sie schließt die Augen. „Das war unerwartet."

Ich knabbere an ihrem Ohrläppchen. „Ich hoffe, du hast gelernt, dass man einen Vampir niemals mitten im Flug reizen sollte."

Sie schnaubt und erhebt sich von meinem immer noch steifen Schwanz. Ich möchte sie noch einmal nehmen und denke auch darüber nach, genau das zu tun, entscheide mich aber dagegen. Als sie sich von mir zurückzieht, trifft mich dies wie ein Vorschlaghammer. Sie baut eine Mauer zwischen uns auf. Ich hasse es und möchte sie einreißen, aber ehrlich gesagt ist es besser so.

Sie dreht sich und stützt ihre gefesselten Hände auf meine Schulter. Ihre Beine schwanken, als sie aufsteht. Sie neigt den Kopf und verdreht die Arme, um einen Weg zu finden, den BH zu öffnen.

„Hier. Lass mich das machen", sage ich.

Sobald sie frei ist, schiebt sie die Arme durch die BH-Öffnung und schließt ihn hinten. Dann beugt sie sich hinunter, um ihre Hose hochzuziehen. Mein Samen tropft an ihren Beinen hinunter und sie zuckt zusammen, bevor sie den Stoff an seinen Platz zerrt. „Ich muss mich wirklich frisch machen."

Ich habe gerade den Mund geöffnet, um zu antworten, als ein Geräusch meine Aufmerksamkeit erregt. Kälte kribbelt auf meiner Haut und ich springe auf. Aus südlicher Richtung nähern sich mehrere Kojoten. „Darum wirst du dich später kümmern müssen."

Ich spüre, wie sie ihren Körper an meinen Rücken presst und merke, dass sie stark zittert. „Was ist los?" Ihre Stimme ist kaum lauter als ein Flüstern, aber jedes Tier kann sie leicht hören. Ich will nicht, dass sie wissen, wie verängstigt sie im Moment ist. Ich wäge unsere Situation ab, bevor ich handle.

Die Tiere sind nah genug, dass ich sie wittern kann, und die Intelligenz in ihren Blicken ist unübersehbar. Das sind keine wilden Tiere, die auf der Jagd nach Nahrung sind. Es sind Mitglieder des örtlichen Kojotengestaltwandlerrudels.

„Wir werden beobachtet", erkläre ich. „Wir müssen hier verschwinden. Nimm dein Oberteil."

Ihr Glucksen dringt an mein Ohr, als sie zur Seite tritt und den Kopf schüttelt. „Du bist ein Vampir und hast Angst vor ein paar wilden Kojoten? Du hast doch Superkräfte. Du bist kein schwacher Mensch wie ich."

„Das sind keine normalen Tiere."

Knurren und Kläffen hallt durch die Wüste. Das

Geräusch ist beängstigend. Ich erwarte, dass Ava nach ihrer Waffe greift und auf die Neuankömmlinge zielt, aber sie tut das Gegenteil. Die Farbe weicht aus ihrem Gesicht und ihr Zittern wird stärker.

Sie atmet tief durch und zieht sich das Oberteil an. „Was? Was meinst du damit, nicht normal? Sind das Vampirwesen oder so?" Ihre Stimme ist jetzt flach. Sie ist nicht mehr nur ängstlich, sondern völlig verstört und versteckt alle äußeren Anzeichen dafür, dass sie alles andere als selbstbewusst ist. Diese Frau hat einen ausgezeichneten Überlebensinstinkt.

„Das sind Wandler." Ich ziehe meine Hose an und schlinge meine Arme um ihre Taille. Sie kreischt, als wir uns in die Luft erheben, bevor die Wandler angreifen können. Ich befinde mich eindeutig in ihrem Revier und habe keine Lust, sie noch weiter zu reizen. „Was genau meinst du mit Wandler?", fragt sie, während ich uns durch die Lüfte fliege.

„Gestaltwandler. Menschen, die sich in Tiere verwandeln. Es gibt in dieser Gegend Wölfe und Kojoten und wir waren in ihrem Revier."

Während unseres ersten Fluges klammerte sie sich an mich und zitterte vor Angst. Aber jetzt wirft sie den Kopf zurück und lacht. Das Geräusch ist leicht hysterisch und lässt mich um ihren Geisteszustand bangen. „Natürlich sind sie das. Warum sollte es auch keine Menschen geben, die sich in verdammte wilde Tiere verwandeln können? Wo ist die Treppe, die aus dem Kaninchenbau führt?"

„Du bist einer der wenigen Menschen, die von der Existenz übernatürlicher Kreaturen wissen. Es ist ein Segen und ein Fluch. Du darfst niemandem erzählen, was du heute Nacht gesehen hast. Du schwebst jetzt auch wegen der Gestaltwandler in Gefahr." Ich hasse es, wie sie sich in meinen Armen versteift und den Kiefer zusammenbeißt. Ich weiß, dass mir die Warnung später in den Hintern beißen wird, aber ich kann es nicht verschweigen. Gestaltwandler sind tagsüber nicht von der Sonne eingeschränkt. Wenn sie den Mund nicht hält, werde ich ihr die Hälfte der Zeit nicht helfen können.

Sie presst die Zähne so fest zusammen, dass ich sehen kann, wie ihr Kiefermuskel zuckt. „Mach dir keine Sorgen. Ich werde niemandem etwas sagen. Mir würde sowieso niemand glauben. Als verrückt angesehen zu werden, ist das Letzte, was ich will. Sie würden mich in eine Anstalt sperren."

Es gibt nichts, was ich darauf antworten könnte. Sie hat recht. Die Menschen weigern sich meistens zu glauben, was direkt vor ihrer Nase ist, und würden sie bestenfalls für schizophren halten. Ich halte sie so fest, wie ich kann, und sage das Einzige, was mir einfällt. „Du hast die Koordinaten des Tatorts. Tagsüber werde ich dir nicht helfen können, aber sobald die Sonne untergeht, bin ich da."

Ich tröste mich mit der Tatsache, dass sie den Schuldigen erst nach Einbruch der Dunkelheit finden wird. Nachdem ich den Tatort selbst gesehen habe, bin auch ich überzeugt, dass ein Vampir für die Morde verantwortlich ist. Niemand sonst würde so wenig Blut zurücklassen.

„Ich brauche deine Hilfe nicht mehr. Danke, dass du den Ort gefunden hast, aber von jetzt an übernehme ich es selbst." Ihre Ablehnung schmerzt, aber das ist es nicht, was sich wie ein Schreibstock um mein Herz schlingt.

Hinter ihren Worten verbirgt sich so viel. Die Müdigkeit ist offensichtlich, aber auch etwas, was ich als Abscheu empfinde. Sie ist überfordert und zieht sich von mir zurück. Ich sollte sie mit zu mir nach Hause nehmen und sie einsperren. Niemand weist mich zurück.

Sie will mich nicht wiedersehen. Es zerstört etwas in mir. Ich habe mir eingeredet, dass sie nicht die Richtige für mich ist, und jeden Instinkt, sie in Besitz zu nehmen, verleugnet. Nichts davon hat funktioniert. Ich habe mich in Ava verliebt.

Ein Schraubstock zieht sich um meine Brust zusammen und ich frage mich, ob ich zum ersten Mal Herzschmerz erlebe. Der Gedanke ist absurd. Ich habe noch nie jemanden geliebt und obwohl sie mir wichtig ist, kenne ich Ava nicht wirklich.

Ich werde zurück in mein Labor gehen und mein Leben weiterleben. Ein scharfer Stich raubt mir den Atem, den ich für eine Antwort brauche, und beweist, dass ich lüge. Ich kann sie dazu zwingen, mich zu wollen. Ein einziger Befehl reicht aus. Aber will ich sie so an meiner Seite haben?

Nein, verdammt, das will ich nicht. Unabhängig davon, was ich will oder denke, werde ich ihren Wunsch respektieren, die Dinge zwischen uns zu beenden. Wenn ich irgendetwas anderes tue, wird es sie und das, was mich von Anfang an zu ihr hingezogen hat, ersticken. Aber das bedeutet nicht, dass ich beabsichtige, sie der Gefahr des mordenden Vampirs in der Gegend auszusetzen. Sie wird nicht sein nächstes Opfer werden. Dafür werde ich sorgen.

KAPITEL ZWÖLF

Ava

Ich springe in meinen Wagen und drücke den Knopf, um unsere Entdeckung zu melden. Doch bevor ich etwas sende, halte ich inne. Die Nacht ist ruhig und Dunkelheit hüllt mich ein. Ich muss das anders angehen. Niemand wird glauben, dass wir mitten in der Nacht über den Tatort gestolpert sind. Wer macht um diese Zeit schon einen Spaziergang in der Wildnis? Kein vernünftiger Mensch, so viel ist sicher.

Der gesunde Menschenverstand hat mich verlassen. Ich schiebe es darauf, über einen Abgrund gestürzt und in offensichtlichem Irrsinn aufgewacht zu sein. Es ist an der Zeit, in meine Welt zurückzukehren und den Rest hinter mir zu lassen. Vampire und Gestaltwandler sind real! Zum millionsten Mal frage ich mich, wie ich das schaffen soll. Es ist unmöglich, alles zu vergessen, was ich erfahren habe.

Es ist viel einfacher für mich zu glauben, dass Vampire existieren. Ich habe ihre Reißzähne und sie trinken gesehen. *Ich habe gespürt, wie Corbyn von mir getrunken hat.* Die Entdeckung, dass blutsaugende Kreaturen der Nacht kein Mythos sind, hat mich nicht so aus der Bahn geworfen. Das war etwas ganz anderes.

Mein Magen dreht sich um und macht mir deutlich, wie übel mir ist. *Es gibt verdammte Menschen, die sich in Tiere verwandeln!* Das ist einfach zu schwer zu glauben. Es ist physikalisch nicht möglich. Nun, es sollte nicht möglich sein. Die Körperstrukturen von Menschen und Tieren, und die Art und Weise, wie sie funktionieren, sind völlig unterschiedlich. Wenn ich darüber nachdenke, dass Kojoten viel kleiner sind als der Durchschnittsmensch, kommen mir Zweifel an dem, was Corbyn mir erzählt hat.

Es muss daran liegen, dass ich noch niemanden gesehen habe, der sich verwandelt hat. *Mit Magie ist alles möglich! Vampire sind der Beweis, dass es sie gibt.* Der Gedanke, dass etwas Mystisches dafür verantwortlich ist, hilft mir dabei, mir vorzustellen, wie Knochen schrumpfen und sich mit lautem Knacken neu anordnen.

Ich nicke. Wenn man einen übernatürlichen Grund annimmt und nicht versucht zu verstehen, wie sich ein Körper so drastisch verändern kann, bevor ihm ein Fell wächst, wird die Vorstellung von völlig unmöglich zu machbar. Und dann ist da noch die Tatsache, dass die Tiere eine Bedrohlichkeit ausstrahlten und viel größer waren als normale Kojoten. Sie waren wirklich Gestaltwandler.

Die Erschöpfung pulsiert in jeder Zelle meines Körpers. Ich möchte nur noch ins Bett kriechen und mir die Decke über den Kopf ziehen. Es wäre einfacher, so zu tun, als hätte ich nie etwas über das Übernatürliche erfahren. Ich möchte so tun, als wäre ich Corbyn oder irgendeinem anderen Vampir niemals begegnet. Das Problem ist jedoch, dass ich einen Vampir habe, der Frauen tötet, und es meine Aufgabe ist, ihn daran zu hindern, noch anderen etwas zu tun.

Ich will zwar nichts mehr mit Vampiren oder anderen

übernatürlichen Wesen zu tun haben, aber ich weigere mich, ihnen den Rücken zuzukehren, bevor ich das Arschloch gefunden habe, das für die Morde verantwortlich ist. Ein Stechen macht sich in meiner Brust bemerkbar. Ich habe meine Zeit mit Corbyn genossen. Er hat mir gezeigt, wie es ist, begehrt und wirklich gesehen zu werden. Vorher war mir nie bewusst, wie wenige Menschen wirklich hinter die Fassade blicken.

Ich hole tief Luft und schreibe Bria eine SMS, dass ich mich verspäten werde, weil ich am frühen Morgen eine Wanderung mit Corbyn machen will. Ich kann sie praktisch quietschen hören, wenn sie meine Nachricht liest. Ich verlasse den Parkplatz und mache mich auf den Weg nach Hause, bevor ich ihre Antwort erhalte.

Ich drücke die Taste auf meinem Handy und spiele ihre Nachricht ab, während ich fahre. *„Ich wusste doch, dass etwas zwischen dir und Mr. Sexy läuft. Ich hoffe, das bedeutet, dass er den Rest der Nacht bleibt. Es wird Zeit, dass du flachgelegt wirst."*

Ich kichere und schüttle den Kopf. Mein Auto fragt mich, ob ich ihr antworten möchte, und ich sage Ja. *„Nein, er wird nicht über Nacht bleiben. Nachdem ich ihm erzählt habe, dass ich gern wandern gehe, hat er mich gefragt, ob ich ihn begleiten will. Oh, und damit das klar ist: Ich muss nicht flachgelegt werden."*

Ich sende die Nachricht und habe es kaum bis zur Autobahn geschafft, als Brias Antwort kommt. Die Fähigkeit, mein Telefon mit dem Auto zu verbinden, ist eine der besten technologischen Errungenschaften des letzten Jahrzehnts. Es macht die Kommunikation super einfach und freihändig und ist die einzige Möglichkeit, wie ich mein Telefon im Auto benutzen kann.

„Liegt es daran, dass du schon flachgelegt wurdest?"

Ich ignoriere Brias Frage in meiner Antwort an sie. *„Wir sehen uns morgen."*

Bria schreibt mir zurück, aber dieses Mal ignoriere ich

die Nachricht. Ich bin zu sehr damit beschäftigt, darüber nachzudenken, wie ich meinen eigenen Schwur vergessen und noch einmal mit Corbyn schlafen konnte. Vampire müssen etwas an sich haben, das süchtig macht. Ich kann nicht genug davon bekommen, dass er mich beißt. Was höllisch wehtun sollte, ist geradezu orgastisch.

Ich hatte Sex mit einem Vampir. Und es hat mir gefallen. Tatsächlich will ich sogar noch mehr. Ich blinzle und fühle mich träge. Zum ersten Mal seit Jahren hat mich ein Mann dominiert und ich habe mich ihm unterworfen. Eine Weile hatte ich vermutet, dass ich einfach nur eine Masochistin bin, die beim Sex mehr Schmerzen mag als die meisten anderen Menschen. Aber das Zusammensein mit Corbyn hat mich erleuchtet.

Eine Welle von Schwindelgefühlen überschwemmt mich. Ich sehne mich nach seiner Dominanz und nach dem Versprechen des lustvollen Schmerzes, für den er steht. Diese Tatsache ist genauso schockierend wie die Existenz von Gestaltwandlern.

* * *

BRIA PARKT und steigt aus ihrem Wagen. „Wie ich sehe, hast du auch den örtlichen Sheriff gerufen. Warum genau sind wir hier?"

Ich lächle und winke mit der Hand zu der Ansammlung von Autos und Transportern, die in diesem Moment auf den Parkplatz fahren. „Das habe ich. Es ist ihr Zuständigkeitsbereich. Ich habe alle hierhergerufen, weil Corbyn und ich über den Ort gestolpert sind, an dem die Morde vermutlich begangen wurden. Ich schwöre, dass ein Baumwollfetzen mit einem der Oberteile eines Opfers übereinstimmt. Wenn das der Fall ist, müssen wir anwesend sein, wenn sie die Spuren sichern."

Bria rollt mit den Augen und holt ihre Tasche vom Rücksitz. „Sie werden uns berichten, wenn sie etwas finden. Wir müssen nicht hier sein."

Ich klopfe ihr auf die Schulter und gehe zu den Neuankömmlingen. „Hast du heute Morgen noch keinen Kaffee getrunken? Das ist unser Fall. Ich werde auf gar keinen Fall *nicht* hier sein. Oder willst du lieber im Büro sitzen und dich abstrampeln, weil wir keine wirklichen Spuren haben? Komm schon, wir können helfen."

Bria rückt den Taschenriemen auf ihrer Schulter zurecht und nickt. „In Ordnung, aber nur, weil du gesagt hast, dass es eine Verbindung zu unserem Fall geben könnte. Ich hasse die Wüste. Hier draußen gibt es Schlangen und Skorpione." Ihre Schultern und ihr Oberkörper zittern kurz, bevor ein Lächeln über ihre Lippen huscht und sie sich näher zu mir lehnt. „Also, wo ist deine heiße Verabredung? Und bitte sag mir, dass du nicht hier draußen inmitten dieser Staubwüste Sex hattest."

Ich kann mir ein Lächeln auf ihre Frage nicht verkneifen. Ich schiebe mein Handy in die kleine Reißverschlusstasche meiner Sporthose und wippe auf meinen Turnschuhen zurück. „Corbyn musste in sein Labor; irgendetwas wegen dem Zeitpunkt des nächsten Schrittes oder so. Was kümmert es dich, ob ich hier draußen Sex hatte? Es ist ja nicht so, dass irgendjemand hier wäre, der etwas sehen könnte."

„Oh mein Gott. Du hattest Sex!" Bria quietscht laut genug, um die Aufmerksamkeit des Sheriffs zu erregen.

Ich kneife die Augen zusammen und senke meine Stimme. „Psst! Verdammt noch mal, Mädel, du musst es nicht gleich jedem hier erzählen."

Bria reißt den Kopf herum und zieht einen Mundwinkel hoch. „Igitt. Ihr habt es hier draußen getrieben?"

„Hey, rede es nicht schlecht, bevor du es nicht selbst ausprobiert hast." Ich wackle mit den Augenbrauen, gehe zu den Autos und nähere mich der Gruppe. „Hallo zusammen. Ich bin Agentin DeLeon. Danke, dass Sie gekommen sind."

Einer der Polizisten hebt den Kopf und lächelt. „Officer Turner. Keine Ursache. Ich hoffe nur, Sie haben einen Tatort gefunden, der uns helfen kann, ein paar unserer Fälle aufzuklären. Sie sagten, wir brauchen ein komplettes Spurensicherungsteam?"

Ich nicke. Dann greife ich nach meiner Tasche, nur um festzustellen, dass ich sie nicht dabeihabe. Ich konnte nichts mitbringen, sonst hätte das hier nicht funktioniert. „Ja, Sir. Wir müssen Spuren sichern und Beweise sammeln. Ich habe mehrere Flecken gefunden, die wie Blut aussehen, und auch ein Stück Stoff. Es sind etwa zehn Minuten Fußweg von hier, also nehmen Sie Wasser mit, wenn Sie welches haben."

Bria und ich warten, während mehrere Beamte Taschen, große Koffer und andere Utensilien und Gerätschaften packen. Dann begeben wir uns in die Wüste. Vor ein paar Stunden bin ich dem GPS meines Handys zum Tatort gefolgt, nur um sicherzugehen, das ich ihn noch wiederfinde.

Erst als ich mich heute Morgen auf den Weg gemacht habe, habe ich mir Sorgen darum gemacht, dass die Kojoten über den Fundort gestolpert sein könnten, nachdem Corbyn und ich weggeflogen waren. Ich hatte keine Ahnung, ob sie sich für den Schauplatz eines Mordes interessieren würden, aber ich konnte meine Sorge nicht verleugnen, als mir diese Möglichkeit in den Sinn kam. Zum Glück scheint der Tatort ungestört zu sein.

Bria zieht sich den Blazer aus und drapiert ihn über die Tasche, die an ihrer Schulter hängt. „Gott, ist es heiß hier draußen. Du hast Glück, dass du eine kurze Hose und ein T-Shirt anhast. Ich schwitze hier gerade eimerweise."

Ich zucke mit den Schultern. „Ich würde für meine Wanderung heute früh ja keinen Hosenanzug tragen. Es ist Hochsommer und jetzt schon über fünfunddreißig Grad."

„Ich kann immer noch nicht glauben, dass er mit dir wandern gegangen ist und du Sex mit ihm hattest", zischt Bria leise. „Wer macht denn so was?"

Ich lächle sie an und gehe um einen großen Felsen herum. „Leute, die sich mögen und gern im Freien sind. Was ist denn deine Vorstellung von einer heißen Verabredung?" Ich erhebe meine Stimme am Ende der Frage, um die Aufmerksamkeit der Polizisten um uns herum zu erregen. Es ist unmöglich, zu übersehen, wie einer der Jungs von der Spurensicherung Bria immer wieder ansieht.

Der Typ könnte tatsächlich eine Chance bei ihr haben. Männer außerhalb der Strafverfolgungsbehörden haben kein Verständnis für unsere Arbeit und unsere Hingabe. Wir werden zu jeder Tages- und Nachtzeit gerufen und müssen reagieren, wenn es nötig ist.

Fälle nehmen unsere gesamte Aufmerksamkeit in Anspruch. Ganz zu schweigen von der Ausbildung, die wir absolvieren müssen. Wir können einem Typ in den Hintern treten, was die meisten Männer nicht mögen. Außerdem tragen wir Waffen und wissen, wie man sie benutzt.

Bria schaut in dem Moment zur Seite, als zwei Polizisten zu uns hinübersehen. Sie mustern sie offen mit interessierten Blicken. Sie ist jedoch eine Expertin darin, kühl zu wirken, und geht nicht darauf ein, als sie antwortet.

Sie tippt kurz mit einem Finger an ihre Lippen. „Hmmm. Eine heiße Verabredung? Nun, wenn es eine erste Verabredung ist, dann ein Abendessen im Vivace, gefolgt von Getränken und Tanzen. Von dort hat man die beste Aussicht. Wenn wir schon eine Weile zusammen sind, dann kann er mit mir nach Cabo fliegen. Ich könnte etwas Entspannung am Strand gut gebrauchen."

Ich starre sie an und frage mich, was sie für Erwartungen an einen Mann stellt, mit dem sie ausgeht. Plötzlich verstehe ich, warum sie Single ist. Das Vivace ist ein schickes Restaurant und eine Reise in ein anderes Land ist nicht gerade billig.

„Wenigstens hast du Ansprüche", stichle ich.

Bria kichert und wedelt mit einem Stück Papier vor ihrem Gesicht herum. „Warum soll ich einem Typ nicht im Voraus sagen, was ich will? Wenn ich es nicht tue, werde ich es nie bekommen. Du weißt doch, wie sich Leute an eine Routine gewöhnen, wenn sie schon lange zusammen sind. Bei so etwas spiele ich nicht mit. Niemand wird mich behalten können, wenn er mich nicht gut behandelt. Und ich werde mich nie dafür entschuldigen, was ich will."

Turner löst sich von den anderen und kommt zu uns hinüber. „Warum begleitet uns das FBI zum Tatort?"

Ich schließe den Deckel meiner Wasserflasche. „Wir wurden von Chief Hays hinzugezogen, um einige Morde zu untersuchen, weil er einen Serienmörder vermutet. Wir fanden Fälle außerhalb des Staates, also haben wir übernommen. Wir konnten schnell bestätigen, dass wir es tatsächlich mit einem Serienmörder zu tun haben. Jedenfalls fiel mir das Blut auf, als ich vorhin hier draußen war, aber darüber hinaus fand ich einen Fetzen Baumwolle. Er passt zu dem Oberteil, das eines unserer Opfer getragen hat. Ich kann mir natürlich nicht sicher sein, bis Ihr Team einen Blick darauf geworfen hat. Auf jeden Fall möchte ich hier sein, nur für alle Fälle."

Turner nickt und mustert die Umgebung. „Verstanden. Wir werden dieser Sache Vorrang einräumen. Wenn sich herausstellt, dass es Ihr Tatort ist, können wir danach alles übergeben."

„Genau das habe ich mir auch gedacht", sage ich zu ihm. Ich habe heute Morgen lange und intensiv darüber nachgedacht, wen ich anrufen soll. Wenn man außen vor lässt, dass Corbyn das Blut unseres Opfers am Tatort gerochen hat, gibt es oberflächlich betrachtet nicht genug, um es mit unserem

Fall in Verbindung zu bringen. Es ist das Beste, sie die Beweise selbst auswerten zu lassen und dann diese Schlussfolgerung zu treffen.

Ich zeige auf eine Stelle, die etwa drei Meter entfernt ist. „Es ist dort oben bei der Kakteengruppe."

Alle werden langsamer und fangen an, die Gegend Millimeter um Millimeter abzusuchen. Sekunden nachdem wir sie angezogen haben, sammelt sich bereits der Schweiß in unseren Gummihandschuhen. Bria reicht mir eine riesige Pinzette und einen Beweismittelbeutel. Ich sammle einen Zigarettenstummel ein. Ich bezweifle, dass er mit unserem Fall zu tun hat, aber ich kann mir nicht sicher sein. Und wir übersehen nie auch nur das kleinste Detail. Man kann nie wissen, ob nicht vielleicht doch etwas den Ausschlag gibt. Bria bückt sich in der Nähe einer Sukkulente und macht ein Foto von einem Schuhabdruck.

Turner senkt seine Kamera und zeigt auf einen rötlichbraunen Fleck. „Hier ist etwas."

Eine Technikerin kommt zu ihm hinüber und stellt ihren offenen Koffer ab. Sie wischt mit einem Tupfer über den Fund und träufelt dann Phenolphthalein-Reagenz darauf. Nach ein paar Sekunden gibt sie Wasserstoffperoxid zu der Probe. Die Spitze färbt sich sofort hellrosa.

Die Technikerin schaut auf. „Das ist eindeutig menschliches Blut."

Turner hebt die Kamera an. „Aufgepasst, Leute. Wir haben es hier mit dem Tatort eines möglichen Mordes zu tun. Es ist zu viel Blut, als dass es von einem verletzten Wanderer stammen könnte." Er schießt ein paar Fotos, bevor er weitergeht.

Während wir das Gebiet durchkämmen, sammeln alle weiter Beweise. Je höher die Sonne steigt, desto höher steigt auch die Temperatur. Schweiß tropft mir in die Augen und meine Haut brennt. Es ist schwierig, sich zu konzentrieren.

Ich finde weitere Blutstropfen auf der Erde und auf den Pflanzen in der Umgebung. Als wir den eigentlichen Tatort erreichen, bleibe ich stehen und schaue mich um, um zu sehen, ob es ein Muster gibt.

Bria kommt auf mich zu und zieht eine Wasserflasche aus ihrer Tasche. Sie dreht den Deckel ab und trinkt einen Schluck. „Was denkst du?"

Ich fahre mir mit dem Arm über die Stirn. „Ich frage mich, ob wir hier irgendetwas übersehen haben könnten. Warum sollte jemand den ganzen Weg hier hinaus fahren, um ein Opfer zu töten und es dann zurück in die Stadt zu karren?"

Bria dreht sich im Kreis. „Gute Frage. Ich würde sagen, das Gegenteil ist viel wahrscheinlicher. Normalerweise töten sie in der Nähe ihres Hauses und entsorgen die Leichen dort, wo sie nicht gefunden werden. Wenn sie hier getötet wurden, will er, dass seine Opfer gefunden werden. Das passt überhaupt nicht ins Schema."

Turner unterbricht uns, als er zu mir kommt und mir eine versiegelte Tüte mit dem Stück Stoff überreicht. „Hier ist das Material. Sieht es nach einer Übereinstimmung mit Ihrem Opfer aus? Dieses Muster sollte ziemlich leicht zu identifizieren sein."

Ich halte es hoch, damit Bria es auch sehen kann. „Das sieht definitiv aus wie das Muster, das sie trug, als sie gefunden wurde. Wir werden es jedoch erst mit Sicherheit wissen, wenn Tests durchgeführt wurden, um die Verbindung zu bestätigen."

Bria zieht ihr FBI-Diensthandy heraus und lädt ein Foto. Sie hält es neben die Tüte und nickt. „Ich würde sagen, es stammt von Sarahs Oberteil."

„In Anbetracht Ihrer Gewissheit werden wir dies bearbeiten und es gleich in Ihrer Obhut lassen. Sie wissen, was zu tun ist, wenn Sie feststellen, dass es doch nicht Ihr Fall ist.

Aber mir wäre es lieber, Sie hätten die Beweise sofort, damit Sie das Arschloch finden können, das in meiner Stadt Leute umbringt", sagt Turner, bevor er sich davonmacht.

Die Technikerin, die die Blutspur untersucht hat, hält inne und schaut zu uns hinüber. „Nach etwa drei Metern hört das Blut auf und dann sehen die Tropfen so aus, als kämen sie aus größerer Höhe, je weiter weg sie sind. So etwas habe ich noch nie gesehen. Es ergibt gar keinen Sinn."

Das liegt daran, dass es ein Vampir war und er sie von hier weggeflogen hat. Mir gefriert das Blut in den Adern und ich kämpfe gegen den Drang an, zu Corbyns Haus zu eilen – oder zu Lucius – und ihnen mitzuteilen, dass sie es definitiv mit einem Mörder zu tun haben. Lucius könnte den verantwortlichen Vampir finden, aber er wird ihn wahrscheinlich töten, und dann werde ich nicht in der Lage sein, Gerechtigkeit für die Opfer zu bekommen. Ganz zu schweigen davon, dass ich mit einem offenen Fall zurückbleiben werde, den ich nicht lösen kann.

Bria steckt die leere Wasserflasche in ihre Tasche. „Also, warum tötet dieser Typ hier draußen und bringt sie dann in die Stadt?"

„Ich habe keine Ahnung, aber wir werden es herausfinden", verspreche ich ihr. Ich bin mir nicht ganz sicher, was ich als Nächstes tun werde, aber irgendwie werde ich die Namen der in der Gegend lebenden Vampire herausfinden und gegen sie alle ermitteln, bis ich denjenigen gefunden habe, nach dem ich suche.

KAPITEL DREIZEHN

Corbyn

*I*ch kann es mir nicht verkneifen, die Nase zu heben und in der Luft zu schnuppern. Ich suche nach einem Hinweis darauf, dass Ava in den letzten Stunden hier gewesen ist. Zum ersten Mal seit ein paar Wochen bin ich heute Abend nach dem Aufwachen in mein Labor gegangen. Leider konnte ich mich nicht auf die anstehende Arbeit konzentrieren. Ich mache mir zu viele Sorgen um meine FBI Agentin, als dass ich über Genomkartierung oder zelluläre Reaktionen auf verschiedene Lösungen nachdenken könnte.

Also bin ich wieder im Club Toxic. In einer normalen Woche komme ich nur zwei oder dreimal hierher, um zu trinken. Ich brauche nicht täglich Blut. Trotzdem war diese Woche alles andere als normal. Ich war jede Nacht wegen Ava hier. Und jetzt bin ich es aus demselben verdammten Grund schon wieder. Der Einfluss, den diese Frau auf mich hat, ist einfach unglaublich. Ich habe vor, mich so bald wie möglich davon zu lösen. Sie hat ihre Wahl getroffen und wir müssen beide damit leben.

Maximus grinst. „Wieder da?"

Ich schenke ihm ein träges Lächeln. „Was soll ich sagen? Ich bin am Verhungern." Ich muss mich schwer zusammen-reißen, um die Spannung in meinem Bauch zu verbergen. Vampire haben einen sechsten Sinn und ich habe keinen Zweifel daran, dass Maximus mich zu Lucius bringen wird, wenn er etwas vermutet. Er weiß über die Situation mit Ava Bescheid und wird alles tun, um sicherzustellen, dass die Befehle des Königs befolgt werden.

Er sieht mich mit zusammengekniffenen Augen an. „Was ist mit deiner Polizistin passiert?"

„Sie ist zu schwach, um meinen ganzen Hunger zu stillen. Außerdem mag ich meine Frauen viel lieber unterwürfig." Das ist zwar nicht genau das, was er fragt, aber es wird ihn ablenken.

Er gluckst und nickt mit dem Kopf. „Ja. Ich glaube nicht, dass sie bereit ist, sich irgendjemandem zu beugen. Du wirst ein Süßblut finden, das dich im Verlies befriedigt."

Ich klopfe ihm auf die Schulter. „Deshalb bin ich herge-kommen." Ich schlendere in den Club.

Nachdem ich den oberen Barbereich durchsucht habe, gehe ich durch die Garderobe. „Viel los heute Abend?"

Armando, der spanische Türsteher, der oft den Eingang zum Verlies bewacht, zuckt mit den Schultern. „Es gibt heute Abend viele leckere Angebote." Er redet mit mir, hat dabei jedoch eine der Barkeeperinnen im Blick. Ich kann sehen, warum. Ihr Korsett bringt ihre vollen Brüste zur Geltung. Aber sie kann Ava nicht das Wasser reichen.

Als ich die Tür öffne, denke ich an die hochmoderne Überwachungsanlage im Club, die mit Infrarot-Nachtsicht-geräten und FLIR-Wärmebildkameras arbeitet. Es ist die einzige Möglichkeit, Vampire aufzuzeichnen. Ich überlege, ob ich mir die Aufnahmen ansehen soll, um zu sehen, ob das letzte Opfer mit jemand anderem zusammen war.

Das Verlies kann nur mit Einladung betreten werden, was bedeutet, dass Menschen nur in Begleitung eines Vampirs hinuntergehen können. Meine Schultern lockern sich und ich lasse mich auf meine vampirische Seite ein. Das Licht verschwindet, sobald sich die Tür hinter mir schließt, aber ich kann dank meiner Nachtsichtfähigkeit die Treppe ohne Probleme sehen. Ich höre die Musik, bevor ich die untere Tür zum Verlies erreiche. Zum ersten Mal seit Jahrzehnten gerät mein Blut bei dem Gedanken, den BDSM-Bereich zu betreten, in Wallung.

Dort spielen Dutzende von Leuten. Männer und Frauen sind an Ketten gefesselt, die von der Decke hängen, andere sind an Bänke oder Kreuze gebunden. Es gibt sogar einige, die sich in Käfigen winden. Ich atme tief ein und genieße den Geruch von Sex und Blut, der mich umgibt.

Ich wünschte, Ava wäre mit mir hier, damit ich ihr mehr von meiner Welt zeigen kann. Es geht nicht nur um Mord und Totschlag. Es gibt auch Vergnügen und Leidenschaft. Ich möchte sie zu einem der Andreaskreuze in dem großen Raum führen und sie an dem Gerät festbinden. Ich muss ihr zeigen, wer der Master ist.

Mein Schwanz wird bei diesem Gedanken hart ... Ich sollte mir ein Süßblut suchen, das meine Bedürfnisse befriedigt. Viele von ihnen genießen ein wenig Schmerz mit ihrem Vergnügen. Leider kann ich nur an Ava denken und daran, sie meinem Willen zu beugen. Ich gebe den Gedanken auf, eine Spenderin zu finden, und konzentriere mich auf die Suche nach einem Verdächtigen. Ich habe Ava versprochen, dass ich ihr helfen werde.

Die verschiedenen Spielstationen sind besetzt und alles ist in vollem Gange. Peitschen, Paddel und Rohrstöcke prasseln auf nackte Haut, während Analplugs und Dildos zum Einsatz kommen. Und überall, wo ich hinschaue, sehe ich Reißzähne, die sich in menschliches Fleisch bohren. Das ist nicht hilfreich. Ich sehne mich danach, Ava auf die Knie zu zwingen. *Du schuldest ihr immer noch ein Paar Nippelklemmen.*

Nein. Ich lasse den Blick weiter durch den Raum schweifen. Lucius' und Selenes Throne sind heute Abend leer. Auf dem Podium in der Mitte des Raumes ist niemand zu sehen. Malik nähert sich einer Frau in einem der Käfige. Zeit für ein kleines Gespräch.

Ich haste an seine Seite. „Malik."

Ohne auf das Knurren in meiner Stimme zu achten, dreht er sich um und lächelt mich an. Es ist nicht ungewöhnlich, dass sich Vampire im Verlies Frauen teilen. „Bist du gekommen, um dich mir anzuschließen, Corbyn? Ich glaube, wir können sie vor Vergnügen zum Singen bringen, nicht wahr?"

Die Frau erschaudert und lehnt sich gegen die Gitterstäbe, die sie umgeben. Ihre Hände wandern zu ihren prallen Brüsten und sie streichelt sich selbst. Maliks Augen glühen vor Verlangen, während er sie beobachtet. Er schiebt seine Hand durch die Gitterstäbe und zwischen ihre Beine. Sie stöhnt auf, als er mit einem Finger durch ihre Schamlippen fährt. Der Duft ihrer Erregung umhüllt uns. Sie ist verlockend, aber ich kann sie viel zu leicht ignorieren. Ava riecht mit ihrer sinnlichen Note viel süßer.

Ich schüttle den Kopf und verschränke die Arme vor der Brust. „Ich bin nicht hier, um sie oder irgendjemand anderen mit dir zu teilen. Wir müssen reden."

Er winkt mich weg und dreht mir den Rücken zu. Sein Interesse ist in dem Moment verschwunden, als er merkt, dass ich ihm mit der Frau nicht helfen werde. „Dann gibt es nichts zu besprechen."

Ich beuge meinen Mund an sein Ohr. „Du irrst dich. Jemand ist dir neulich abends in den Park gefolgt und hat beobachtet, wie du von einer Frau getrunken hast, die in derselben Nacht tot aufgefunden wurde."

Die Frau hat mich nicht gehört, aber mehrere Vampire in unserer Nähe drehen sich um und beobachten uns genau. Wir alle kennen die Konsequenzen, wenn man in Lucius' Territorium tötet. Malik wird noch blasser, als es für einen Vampir üblich ist, und holt tief Luft, was gar nicht nötig wäre. Jetzt habe ich seine Aufmerksamkeit.

Er packt mich beim Arm und zerrt mich weit weg von möglichst vielen neugierigen Ohren in eine Ecke. Ich überlege, ob ich mit ihm in eines der privaten Zimmer gehen soll, habe aber keine Lust, nachzusehen, ob sie besetzt sind. „Wir sollten draußen reden."

Nachdem er sich im Raum umgesehen hat, fährt er sich mit den Händen durch die Haare und nickt. Wenige Sekunden später sind wir die Treppe hinauf und hinaus gestürmt. Maximus stößt sich von der Wand ab und stellt sich uns in den Weg. „Alles in Ordnung?"

„Ich habe nur ein paar Fragen an Malik." Nachdem wir unseren Weg fortgesetzt haben, bleibe ich ein paar Meter von Maximus entfernt stehen, damit er hört, was Malik zu sagen hat.

Malik verschränkt die Arme vor der Brust. „Wovon zum Teufel sprichst du? Ich habe niemanden umgebracht."

Aus dem Augenwinkel sehe ich, dass Maximus aufmerksam wird. Liam schlendert in diesem Moment an seine Seite und ich höre, wie Maximus wiederholt, was Malik soeben gesagt hat. Ich bin froh, dass sie zuhören.

„So sieht es aber nicht aus. Du hast eine Frau mitgenommen, als du vorletzte Nacht den Club verlassen hast. Blondes Haar, grüne Augen, sie trug ein rotes Oberteil und einen schwarzen Rock. Anstatt mit ihr nach Hause zu gehen, bist du mit ihr in den Park gegangen und hast dort von ihr getrunken. Und bevor du es leugnest, ich habe dich gesehen. Eine FBI Agentin ist dir gefolgt und hat dich beim Trinken beobachtet, als ich mich näherte. Ich habe dich verteidigt und sie gezwungen zu gehen. Am nächsten Tag wurde die Frau tot in einem Park am anderen Ende der Stadt aufgefunden."

Malik reißt die Augen weit auf und schüttelt den Kopf. „Ich habe sie nicht getötet. Ich schwöre es."

Ich spotte. „Ich glaube dir nicht. Wenn es dir nur darum ging, von ihr zu trinken, hättest du mit ihr nach unten gehen können."

„Sie wollte draußen gefickt werden. Sie meinte, sie mag den Nervenkitzel, dass wir jeden Moment erwischt werden könnten. Ich habe sie nicht umgebracht", beharrt Malik und geht zurück zu Maximus und Liam. „Du kannst sie fragen. Ich habe sie hierher zurückgebracht, nachdem ich mit ihr fertig war. Ihr erinnert euch doch, oder?"

Liam sieht seinen Partner an und wendet sich dann uns zu. „Vorgestern Nacht? Ja, Malik ist mit einer Frau gegangen und kam etwa eine Stunde später mit ihr zurück. Sie ist zum Parkplatz gelaufen, während er zurück in den Club gegangen ist." Maximus nickt zustimmend, während Liam spricht.

Ich kneife die Augen zusammen. „Seid ihr euch sicher?" Das kann nicht stimmen. Diese Frau wurde definitiv von einem Vampir getötet.

Liam zieht eine Augenbraue hoch. „Absolut. Ich erinnere mich, wie er ihr Gedächtnis gelöscht hat, bevor sie auf ihren hohen Stöckelschuhen davongestakst ist. Ich habe mich kurz gefragt, ob sie wegen zu viel Alkohol schwankt oder weil sie zu wenig Blut hatte."

Ich balle die Fäuste. „Diese Frau wurde kurz danach in der Wüste komplett ausgesaugt und dann irgendwo anders entsorgt. Deshalb kam Ava hierher und verlangte, mit Lucius zu sprechen. Das FBI ist an dem Fall dran und wird nicht aufhören, bis sie den Vampir gefunden haben, der sie getötet hat."

Liam stößt einen Atemzug aus. „Verdammt. Jeder hätte sie vom Parkplatz schleppen können. Apropos, ich frage mich, ob ihr Auto noch da ist, oder ob es weggebracht wurde."

Ich drehe meinen Oberkörper und schaue über meine Schulter. Ich kann den Parkplatz von hier aus nicht sehen. „Ich bezweifle, dass es noch hier ist. Wenn es hier gewesen wäre, hätte Ava es abschleppen und als Beweismittel untersuchen lassen."

Maximus wirft mir einen starren Blick zu. „Bist du dir sicher, dass du sie unter Kontrolle hast?"

Ich lasse meine Reißzähne aufblitzen. „Ja. Ich bin ihr einen Schritt voraus, deshalb ist sie auch noch nicht zurückgekommen. Ich habe es im Griff." Ich drehe mich um und gehe zurück in den Club.

Ava hat recht. Das Arschloch benutzt den Club als Jagdrevier. Ich habe keine Ahnung, wonach ich suchen soll, aber ich denke, der beste Ort, um damit anzufangen, ist das Verlies. Dort unten gibt es viel mehr Vampire. Der Schlüssel, um unseren Täter zu finden, muss hier liegen.

Die Sicherheitskräfte im Inneren werfen kaum einen Blick in meine Richtung, als ich den Code eingebe und die Treppe hinuntergehe. Der Anblick und die Geräusche des Verlieses begrüßen mich und ich gehe zur Bar und bestelle mir ein Getränk.

Als ich mich wieder umdrehe, bemerke ich Desmond und winke ihn zu mir hinüber. „Wie geht's?", frage ich, greife nach meinem Getränk und nehme einen großen Schluck.

Desmond bestellt sich ebenfalls etwas zu trinken und dreht sich um, um seinen Blick durch den Raum schweifen zu lassen. „Gut. Ich bin nur auf der Suche nach einem süßen Snack. Wie geht es deiner Frau? Ich hätte nicht erwartet, dich für eine Weile hier unten zu sehen. Sie sah so aus, als würde sie dich mindestens ein paar Wochen lang nähren."

Ein leichtes Lächeln huscht über mein Gesicht und ich schüttle den Kopf. „Weiß jeder hier über Ava Bescheid?" Wie konnte sich das so schnell herumsprechen? Vampire neigen dazu, für sich zu bleiben.

Desmond gluckst und bedankt sich beim Barkeeper. „Es gibt Gerüchte. Ist es wahr, dass sie eine Spur zu einem Vampir verfolgt, der eine Frau getötet hat?"

Ich schüttle den Kopf. „Nein. Sie hat einen Verdacht, aber nichts Konkretes. Deshalb bin ich eigentlich hier. Warum? Hast du etwas gehört?"

„Nur, dass sie einen Vampir für die Morde im Visier hat. Aber sie irrt sich. Diesen Frauen wurde die Kehle aufge-schlitzt, bevor sie entsorgt und zum Fund drapiert wurden. Ich wette, sie wurden vergewaltigt." Ich sehe ihn mit zusam-mengekniffenen Augen an. Das sind mehr Informationen, als er haben sollte. „Was?"

Er winkt mit der Hand ab und trinkt einen Schluck. „Das habe ich gehört. Sag mir: Ist es wahr?"

„Ich bin nicht in die Details des Falls eingeweiht. Ich bin nur involviert, um sie davon abzuhalten, unsere Existenz aufzudecken."

Desmond zuckt mit den Schultern und stellt sein Getränk ab. „Sag mir Bescheid, wenn ich dir irgendwie helfen kann. Aber nicht jetzt. Ich muss eine Frau finden, die mich braucht."

„Mach ich." Ich versuche, keine falschen Schlüsse zu ziehen, als ich mich daran erinnere, was Ava Lucius und den anderen über den Fall erzählt hat. Ich kann mich nicht erin-nern, dass sie so viele Details genannt hätte. Vielleicht haben die Nachrichten diese Informationen weitergegeben. Jedes Mal, wenn ich den Fernseher einschalte, ist es die Haupt-schlagzeile.

Desmond durchquert den Raum und geht auf eine Frau zu. Die Art und Weise, wie er reagiert hat, gefällt mir nicht.

Ich leere mein Glas und suche weiter nach etwas Verdächtigem. Als mir nichts auffällt, beschließe ich, dass es Zeit ist, zu gehen.

Die Frau ist direkt zu ihrem Wagen gegangen, nachdem sie wieder hier angekommen ist. Vielleicht findet der Mörder seine Opfer dort. Das macht viel mehr Sinn, als direkt vor Lucius' Nase zu jagen. Ich überlege, ob ich mir ein Glas Blut bestellen soll, aber ich lasse es sein. Ich brauche es nicht. Der Geschmack von Ava liegt mir noch immer auf der Zunge. Es ist eine Qual. Ich sollte den letzten Rest von ihr, der in meinem Mund verweilt, wegspülen. Stattdessen beschließe ich, es zu genießen, solange es anhält.

Draußen angekommen, gehe ich zum Parkplatz und verstecke mich im Schatten in der Ecke. In der nächsten halben Stunde gehe ich auf und ab, während Vampire und Menschen kommen und gehen. Diese Überwachung wäre nicht so langweilig, wenn Ava bei mir wäre.

Ich ziehe mein Handy aus der Tasche. Ich bin versucht, Ava eine SMS zu schreiben und sie wissen zu lassen, dass Malik nicht der Schuldige ist. Sie wird wissen wollen, dass er das Opfer am Leben gelassen hat. Ich starre auf das Display, ohne die App zu öffnen. Sie hat weder angerufen noch eine SMS geschrieben. Das ist eine klare Botschaft, dass sie nichts mehr mit mir zu tun haben will.

Ich fluche vor mich hin. „Verdammt." Ich trete gegen einen Stein und lasse ihn durch die Luft segeln. Das Geräusch von zerbrechendem Glas in der Ferne verrät mir, dass ich irgendwo ein Fenster getroffen habe. Meine steigende Gereiztheit hält mich davon ab, mich wegen des Schadens schlecht zu fühlen. Ich gehe weiter auf und ab, während ich die Umgebung im Auge behalte. Als ich die Seite des Parkplatzes erreiche, stoße ich meine Faust nach vorn und schlage durch eine Backsteinmauer. Meine Fingerknöchel knacken und beginnen zu bluten, aber ich höre nicht auf. Staub bedeckt mein Haar und mein Hemd.

Das bringt mich alles nicht weiter.

Stimmen erregen meine Aufmerksamkeit, als ich zu meinem Wagen gehe. Ich halte lange genug inne, um Desmonds Stimme zu erkennen. Ich drücke mich hinter einen Lastwagen, spähe um die Reifen herum und beobachte, wie zwei Paar Füße in meine Richtung laufen. Eins davon trägt hochhackige Schuhe, die anderen sind schwarze Halbschuhe.

Die Frau sagt etwas darüber, zu ihm nach Hause zu gehen, aber es ist Desmonds Antwort, die mich die Fäuste ballen und rot sehen lässt. Die kaum verhüllte Drohung ist klar, als er sagt: „Ich bringe dich an einen ganz besonderen Ort. Du wirst die Aussicht lieben. Schließlich wird es deine letzte sein."

Ich springe hinter dem Lastwagen hervor und stelle meinen langjährigen Freund zur Rede. „Was zum Teufel machst du da?", brülle ich ihn an. Die Frau kreischt und noch bevor ich in ihre Gedanken eindringen kann, um ihre Proteste zu unterdrücken, zuckt sie zusammen und geht zu Boden. Desmonds Augen strahlen böse, als er auf sie hinab-schaut. Ich habe keine Zweifel daran, dass er in ihren Kopf eingedrungen ist. Bewusstseinsmanipulation erfordert Präzi-sion und zumindest einen Hauch von Sorgfalt. So wie sie reagiert hat, scheint es mir, als wäre Desmond mit einem Laser hineingerast und hätte angefangen loszuballern.

„Schade. Ich hatte mich schon darauf gefreut, Spaß mit ihr zu haben. Nimm dich in Acht, Corbyn. Du weißt, dass es sich nicht gehört, einen Vampir beim Essen zu stören." Desmonds lockerer Tonfall täuscht darüber hinweg, dass er dieser Frau gerade den Verstand zerrissen hat.

Ich balle die Fäuste an meinen Seiten. Ich will ihm die verdammte Fresse polieren. „Bist du verdammt noch mal verrückt geworden? Du jagst in Lucius' Club Menschen? Er wird dich in Stücke reißen, wenn er das herausfindet."

Ein spöttisches Lächeln zuckt um Desmonds Mundwinkel. Er schlägt mir mit der Faust ins Gesicht, bevor ich seine Bewegung registriere. „Lucius wird es niemals herausfinden!"

„Ich verspreche dir, dass er es wird." Ich gehe in die Hocke, um mich in die Luft zu erheben. Ein Stechen in der Seite lässt mich zusammenzucken und auf die Knie fallen. Was zum Teufel ist gerade passiert? Ich versuche, meinen Kopf zu heben, aber ich kann ihn nicht bewegen. Nichts sollte mich aufhalten. Ich bin ein Vampir.

Desmond tadelt mich: „Nein. Von dir wird er niemals etwas hören. Du konntest deine Nase einfach nicht aus meinen Angelegenheiten heraushalten, nicht wahr? Du bist ein brillanter Wissenschaftler. Ich hasse es, jemandem mit so viel Potenzial ein Ende zu setzen, aber niemand wird sich mir in den Weg stellen."

Ich breche zusammen und versuche, wieder auf die Beine zu kommen. Mein Kopf schlägt auf dem Bürgersteig auf. „Was hast du mit mir gemacht?"

„Ich habe dir ein spezielles Nachtschattengebräu verabreicht. Vampirjäger benutzen es, um uns außer Gefecht zu setzen. Was denkst du denn, wie sie es sonst schaffen, einen von uns zu töten? Sie sind doch nicht besser als wir."

Ich habe von der Substanz gehört, die Jäger benutzen, um unsere Art zu schwächen. „Wie ..."

Desmond spottet. „Wie bin ich an den Trank gekommen? Ich habe eine Jägerin getötet und ihren Vorrat gestohlen. Ich konnte die Flüssigkeit schon fast entschlüsseln, um mehr davon herzustellen. Ich weiß, dass Schierling, Nachtschatten und Eisenhut darin enthalten sind. Aber die anderen Zutaten sind mir noch immer ein Rätsel. Ich werde es jedoch bald herausfinden."

Dieses Arschloch wird mich nicht besiegen. Es braucht drei Versuche, aber schließlich schaffe ich es, auf die Beine zu kommen und mich aus purer Willenskraft aufrechtzuhalten. Ich war noch nie so schwach und verletzlich. Mein Verstand ist benebelt und mein Körper weigert sich, meinen Anweisungen zu folgen.

Ein Taubheitsgefühl macht sich in meinen Gliedern breit und ich beginne zu zittern. Ich werde nicht mehr lange in der Lage sein, die Kontrolle zu behalten. Die Lähmung macht sich schnell breit. Warum versucht er nicht, mich zu überwältigen? Ich muss verschwinden, bevor ich mich überhaupt nicht mehr bewegen kann.

Desmond verschwimmt gerade, als ich zu fallen beginne. *Mach schon. Ava wird in Gefahr sein, wenn du nicht von ihm wegkommst.* Aber egal wie sehr ich es auch versuche, ich kann keinen Muskel bewegen. Er fängt mich auf, Sekunden bevor ich auf den Boden krache. „Ah, gut. Es hat voll gewirkt."

Hilflosigkeit überschwemmt mich, als mein Körper sich weigert, mir zu gehorchen. Ich werde ihm die Kehle herausreißen ..., sobald ich mich wieder bewegen kann. Desmond trägt mich zu seinem Auto und wirft mich auf den Rücksitz seines Geländewagens.

„Ich wünschte wirklich, du hättest nicht versucht, mich aufzuhalten. Wir sind Raubtiere und nicht dazu bestimmt, unsere Neigungen zu zügeln. Menschen bedeuten nichts. Sie sind Nahrung. Und nun wirst du in dem Wissen sterben, dass ich Ava aussaugen werde. Vielleicht lasse ich dich zusehen, wenn ich sie töte."

Niemals! Ich werde dich ausnehmen. Die Worte verlassen meinen Mund nicht. Das Letzte, was ich sehe, bevor er die Tür zuschlägt, ist die Frau, die zuckend auf dem Bürgersteig liegt. Diese Substanz kann mich nicht ewig niederstrecken und wenn sie nachlässt, werde ich derjenige sein, der Desmond aufhält.

Scheitern ist keine Option. Avas Leben steht auf dem Spiel und mit ihm die Leben unzähliger anderer unschuldiger Frauen. Ich werde alles tun, was nötig ist, um sie vor seinem Zorn zu schützen. Scheitern ist keine Option. Ich werde es genießen, Desmond mit seinen eigenen Waffen zu schlagen.

KAPITEL VIERZEHN

Ava

Ich hatte nicht vor, heute Abend in den Club zu kommen, aber ich weiß nicht, wohin ich sonst gehen soll. Das Blut, das wir in der Wüste entdeckt haben, passt zu meinen Opfern und deutet auf mehrere andere hin, von denen wir bislang nichts wussten. Wir haben eine Fülle von Beweisen gesammelt, die alle belegen, dass wir es mit einem Serienmörder zu tun haben. Aber nichts weist darauf hin, wo wir diese Person finden können. In dem Augenblick, als ich seinen Wagen auf dem Parkplatz sehe, fängt mein Herz an zu rasen und ich überlege mir sofort, wie ich ein Gespräch mit Corbyn anzetteln kann. Es ist, als wäre ich wieder an der Highschool und würde Matt aus meinem Physikkurs anhimmeln. Ich kann nicht aufhören, an ihn zu denken, und frage mich, ob er mich hasst, weil ich ihn stehen gelassen habe. Ich wäre stinksauer, wenn ein Typ das mit mir machen würde.

Im nächsten Augenblick setzt mein Herz einen Schlag aus. Corbyn ist ein Vampir, der Blut braucht. Er ist wahrscheinlich mit einer anderen Frau zusammen ... und trinkt ihr Blut, berührt ihren Rücken und ihre Brüste. Vielleicht küsst er sie sogar.

Das ist es doch, was seine Art in diesem Club macht: Sie finden ihr Abendessen. Ein Schauer rauscht durch meinen Körper und mir wird übel. Der Gedanke an ihn mit einer anderen macht mich wütend. Wir haben etwas Besonderes. So etwas habe ich noch nie erlebt. *So besonders kann es nicht sein. Du hast es weggeworfen wie altes Brot.*

Meine Gedanken überschlagen sich, als ich aus meinem Wagen steige. Neben Corbyns Ferrari sitzt eine Frau auf dem Boden. Sie ist für den Nachtklub passend gekleidet und ihr Haar und Make-up waren wahrscheinlich einmal perfekt. Aber jetzt sind ihre Augen glasig und die Wimperntusche läuft ihr über die Wangen. Ihre Haut ist fahl und ihre Kleidung zerknittert.

Ihr Haar kräuselt sich um ihren Kopf, aber sie hebt das Gesicht nicht, als ich mich neben ihr hinunterbeuge. Sie sieht aus, als wäre sie auf irgendeiner Droge.

„Ma'am. Sind Sie verletzt? Brauchen Sie Hilfe?"

Die Frau reagiert überhaupt nicht. Stattdessen schüttelt sie langsam den Kopf und spricht so leise, dass ich nicht verstehen kann, was sie sagt. Ihr Brustkorb hebt und senkt sich in einem langsamen Rhythmus. Ich wedle mit der Hand vor ihrem Gesicht herum und versuche, ihre Aufmerksamkeit zu erregen. Dann packe ich sie an den Schultern und schüttle sie sanft.

Ihr Kopf wackelt hin und her. „Ahh."

Ich lehne mich zurück und musterte sie von Kopf bis Fuß. Ihr kurzer Rock ist so hoch geschoben, dass ich mehr von ihren Beinen sehen kann, als mir lieb ist. Aber es gibt keine Anzeichen von Verletzungen oder Blut. Ich frage mich, ob Corbyn oder ein anderer Vampir von ihr getrunken und sie geschwächt zurückgelassen hat.

„Ich bin vom FBI, Ma'am. Können Sie mir sagen, was passiert ist?", versuche ich es erneut. Ihre Augen fixieren mich für eine Sekunde und sie platzt heraus: „Er verletzt."

Mein Herz trommelt hinter meinem Brustkorb. „Wer ist verletzt? Hat Ihnen jemand etwas angetan?"

Sie schüttelt den Kopf. „Anderer Kerl. Will beißen ... blau. Ahh." Die Frau greift sich an den Kopf und stößt ein schmerzhaftes Stöhnen aus. Ich habe keine Ahnung, was sie sagt und beschließe, nachzufragen, ob die Türsteher etwas gesehen haben.

Ich springe auf die Füße. „Bleiben Sie hier. Ich werde Hilfe holen." Dann laufe ich in die Richtung des Clubs los. Erleichterung macht sich in mir breit. Die beiden mir bekannten Türsteher sind da.

Liam, der tätowierte Bad Boy, stürzt mir entgegen. „Alles in Ordnung?"

Ich stütze meine Hände auf meine Knie und versuche, wieder zu Atem zu kommen. „Mir geht es gut. Da ist eine Frau auf dem Parkplatz, die kaum sprechen kann. Habt ihr irgendetwas gesehen?" Schweiß steht mir auf der Stirn und mein Herz weigert sich, sich zu beruhigen.

Mein Bauchgefühl sagt mir, dass Corbyn etwas zugestoßen ist. Es scheint lächerlich, wenn man bedenkt, dass er ein mächtiger Vampir ist. Aber als die Frau sagte, ein Mann wurde entführt, traf es mich wie ein Tritt in meine weiblichen Eier.

Liam wendet sich an den anderen Türsteher, Maximus. „Ich sehe nach." Ich folge ihm, als Liam in Richtung Parkplatz geht.

„Das Letzte, was ich gesehen habe, war Desmond, als er vor fünf oder zehn Minuten mit einer Frau ging", sagt Liam. „Corbyn ist kurz davor gegangen. Warum? Was ist passiert?"

Ich reiße den Kopf zu ihm herum. „Corbyns Wagen ist immer noch hier. War er mit jemandem zusammen?" Höre ich da einen Hauch von Eifersucht in meiner Stimme? *Bitte nicht jetzt. Im Moment gibt es wichtigere Dinge, um die ich mich kümmern muss.*

Liam schaut mich mit geneigtem Kopf an. „Corbyn war allein." Eine Sekunde später ist er von meiner Seite verschwunden und ich schaue zum Himmel und denke, er sei weggeflogen. Ich habe keine Ahnung, ob er wirklich schnell gerannt oder geflogen ist. Ich weiß nur, dass die Frau einen Augenblick später aufschreit. Ich renne sofort los.

Als ich Corbyns Auto erreiche, starrt die Frau zu Liam auf, der sie von oben bis unten mustert. „Das ist die Frau, die mit Desmond gegangen ist. Ein Vampir hat sich seinen Weg in ihren Geist gebannt und erheblichen Schaden angerichtet. Sie hat einen Streit zwischen Corbyn und Desmond miterlebt, aber ich weiß nicht, wer versucht hat, ihr Gedächtnis zu löschen. Der andere Vampir stand neben ihr, außerhalb ihres Blickfeldes. Das Nächste, was sie sah, war ein Nummernschild. Eines dieser individuellen: W-N-N-A-B-T-E." Liam spricht die Buchstaben einzeln und mir wird klar, was die Frau vor ein paar Minuten sagen wollte.

Mehrere Puzzlestücke fügen sich zusammen. Desmond war dabei, diese Frau irgendwohin zu bringen, als Corbyn ihn aufhielt. Ich kann mir nicht vorstellen, dass Corbyn ihren Geist auf diese Weise verletzen würde. Es muss Desmond gewesen sein. Und angesichts des Schadens, den er angerichtet hat, ist es ihm egal, ob er sie dauerhaft verletzt.

Desmond ist der Vampir, nach dem ich gesucht habe. Ich habe keinen Zweifel daran, dass er die Frauen im ganzen Land umgebracht hat. Es gibt keinen anderen Grund, warum er Corbyn mitnehmen sollte. Das ist eine Sache mehr, für die er bezahlen muss. Ich mag meinen Vampir abgelehnt haben, aber niemand darf ihn angreifen. Von dem Moment an, als ich Corbyn kennenlernte, war meine Sicherheit für ihn immer oberste Priorität. Er hat sich für mich sogar gegenüber dem Vampirkönig eingesetzt. Und ich war eine komplette und absolute Idiotin! Die Verbindung, die ich gespürt habe, war echt. Corbyn sorgt sich um mich.

Ist es wirklich wichtig, dass er ein Vampir ist? Nein, entscheide ich. Corbyn hat mehr für mich getan als fast jeder andere in meinem Leben. Er hat alles in seiner Macht Stehende getan, um sicherzustellen, dass ich meine Ermittlungen durchführen kann. Er hat mich sogar durch die Wüste geflogen, damit ich den Tatort finden konnte, an dem die Frauen getötet wurden. Es war ihm egal, dass Vampire sich gewöhnlich selbst um solche Dinge kümmern. Er hat andere aus der Sache herausgehalten, damit ich den Fall lösen kann.

„Verdammt noch mal", fluche ich. „Ich werde einen Krankenwagen für sie rufen und dann nach Corbyn suchen."

Liam steht auf und verschränkt die Arme vor der Brust. Seine Lederjacke knarrt, als er sich bewegt. „Rufe Hilfe für den Menschen, aber vergiss Corbyn. Er braucht deine Hilfe nicht. Dir ist doch klar, dass er ein Vampir ist, oder?"

Ich rolle mit den Augen und lache schnaubend. Männer sind alle gleich. Sie glauben, sie wüssten alles. „Selbst große böse Vampire brauchen manchmal Hilfe." Ich gehe los, ohne auf seine Antwort zu warten. Mein Wagen läuft noch, als ich hineinspringe.

Ich greife auf mein Telefon zu und bitte meinen Wagen, Bria anzurufen. Es klingelt kaum zweimal, bevor sie abnimmt. „Ich bin überrascht, dass du heute Abend keine heiße Verabredung hast", sagt sie zu mir, als sie abhebt.

„Nein. Es gibt eine neue Entwicklung in unserem Fall. Du musst dir ein Nummernschild ansehen und mich mit einer Adresse zurückrufen. Der Wagen ist blau und hat das Nummernschild: W-N-N-A-B-T-E."

Bria holt zischend Luft. „Ist das der Täter? Wie hast du ihn gefunden?"

Ich schüttle den Kopf, als ich an einer Ampel halte. Wo zum Teufel fahre ich eigentlich hin? „Ich habe einen Kerl daran gehindert, eine Frau aus dem Club zu entführen. Ich habe sein Nummernschild gesehen, als er abgehauen ist."

„Großer Gott, du musst auf Verstärkung warten."

Ich biege links ab und fahre auf die Autobahn. „Das werde ich. Such mir einfach die Adresse raus und ruf mich zurück." Ich lege auf und rufe einen Krankenwagen. Innerhalb weniger Minuten ruft Bria mich zurück und gibt mir eine Adresse im Catalina Vorgebirge mit der Aufforderung, nichts zu unternehmen, bevor sie und ein Team eintreffen.

Ich verspreche, dass ich mich nicht rühren werde, bis sie dort ankommen. Was ich nicht sage, ist, dass ich nicht einfach dort sitzen werde, wenn das bedeutet, dass Corbyn ums Leben kommt. Mein Magen krampft sich zusammen und ich kann kaum noch atmen, als ich in die Straße biege.

Ich halte etwa zweihundert Meter weit entfernt an und fahre an den Straßenrand. Ich schnappe mir meine Waffe, steige aus und lasse alles andere im Auto. Der felsige Sand um mich herum ist uneben und meine Schritte scheinen durch die Stille Nacht zu hallen. Meine Bewegungen werden meine Annäherung verraten, lange bevor ich die Nähe des Hauses erreiche. Da ich nicht weiß, was ich sonst tun kann, bewege ich mich so leise wie möglich durch die Wüsten-landschaft.

Ich hocke mich hinter ein paar Pflanzen in der Nähe der Straße. Der blaue Wagen ist in der großen U-förmigen Einfahrt geparkt. Von meiner Position aus kann ich nicht erkennen, was für ein Fahrzeug es ist. Ich bin zu sehr von den Umrissen eines Mannes abgelenkt, der vor dem großen Panoramafenster links von der Tür vorbeigeht. Zwischen mir und dem Täter gibt es nichts als Gras und Kies. Wenn ich versuche, mich von der Vorderseite des Hauses zu nähern, bin ich ungeschützt. Das gefällt mir nicht, also schleiche ich mich zur Seite herum und an die Rückseite des Hauses.

Das Grundstück ist nicht eingezäunt, aber ich sehe einen Außenbereich mit Sitzecke im Freien und einem integrierten Swimmingpool. Es gibt keine weiteren Hindernisse, hinter denen man sich verstecken könnte. Die Annäherung an das Gebäude ist ein Risiko, aber der Mann befand sich in einem vorderen Raum. Außerdem wird der Beton meine Schritte viel leiser klingen lassen als der Kies, der unter meinen Füßen knirscht.

Mein Herz klopft so stark, dass ich überzeugt bin, der Vampir im Inneren könnte es hören. Ich versuche, mich an den Abend zu erinnern, an dem ich Corbyn kennenlernte. Ich glaube, Desmond hat mich angebaggert. Ich hätte eines seiner Opfer sein können, wenn Corbyn nicht meine Aufmerksamkeit erregt hätte.

Ich bleibe im Schatten des Hauses stehen und drücke mich mit dem Rücken an die Fassade. Warum würde er die Frauen hier draußen töten und sie dann irgendwo deponieren, wo sie entdeckt werden? Offensichtlich will der Täter, dass die Opfer gefunden werden, aber warum? Geht es hier um Vampirpolitik oder will er den Vampirkönig schlecht aussehen lassen? Beides scheint wahrscheinlich.

Ich verdränge diese Gedanken und gehe auf Zehenspitzen zum Fenster zu meiner Linken. Die Jalousie ist offen und lässt mich hoffentlich sehen, was im Inneren vor sich geht. Ich atme stoßweise, während mein rasendes Herz wie eine Trommel in meinen Ohren klingt. Ich versuche, mich zu beruhigen und hole tief Luft. Als das Zirpen der Grillen wieder zu hören ist, beschließe ich, dass ich jetzt sicher einen Blick wagen kann. Ich hebe meinen Kopf zur Unterkante des Glases hoch und hätte fast geschrien, als ich Corbyn blutüberströmt auf dem Fußboden des Wohnzimmers liegen sehe. Desmond lauert über ihm.

Ich erfasse so viele Details wie mit einem kurzen Blick möglich, bevor ich wieder zur Seite trete. Der Grundriss ist relativ offen, die Küche geht direkt in das Wohnzimmer über, in dem sich zwei große Sofas, ein Couchtisch und ein paar hässliche Bilder befinden. Die Einrichtung sieht aus wie aus einem Katalog für Reiche. Alles ist spießig und formell. Es gibt jede Menge Schnickschnack, der zu Waffen werden könnte.

Corbyn liegt in dem Bereich, wo ein Esstisch stehen würde. Mir schießen die Tränen in die Augen, als der andere Vampir seinen Arm zurückzieht. Etwas glitzert im Oberlicht. Ich kann nicht erkennen, was es ist, bis Desmonds Hand sich in Corbyns Richtung bewegt. Er hat eine Spritze in der Hand. Er betäubt ihn! Warum wehrt sich Corbyn nicht? Wie verletzt ist er? Ich kann nicht sehen, wo seine Verletzungen sind. Da ist zu viel Blut.

In der Sekunde, in der Desmond seine Krallen über Corbyns Kehle reißt, bin ich in Bewegung. Die Terrassentür ist überraschenderweise unverschlossen und ich bin im Inneren, bevor einer der beiden Vampire es bemerkt. Ich darf einfach nicht zu spät kommen, um meinen Vampir zu retten. Es sind zwar erst ein paar Tage, aber ich habe mich unbestreitbar in Corbyn verliebt. Und ich will es ihm sagen.

Ich feuere einen Schuss ab, damit Desmond nicht in der Lage ist, mich anzugreifen. Ich habe gesehen, wie schnell sich Vampire bewegen. Er würde mich in zwei Hälften reißen, ohne auch nur mit der Wimper zu zucken. Die Kugel schießt durch Desmonds Kopf und reißt ihm den halben Schädel weg. Er stolpert und fällt auf ein Knie, als ich meinen Blick wieder auf Corbyn richte. Das Blut, das aus seinen Wunden strömt, sagt mir, dass ich ihn bereits verloren habe.

„Ava", flüstert Corbyn und hustet. Blut tropft aus seinem Mund und über sein Kinn. Sein Hals ist zerfetzt und er hat überall auf der Brust Wunden. „Hol Schuss."

Was? Ich habe keine Ahnung, was das bedeutet. Mir entweicht ein Schrei, als Desmond wieder aufsteht. Meine Finger sind schneller, als mir bewusst ist, und ich feuere einen weiteren Schuss in seine Brust. Ich kann nicht sehen, wie verletzt er ist, weil er direkt auf mich zukommt.

Er packt mich bei der Schulter, als ich versuche, in die Küche zu flüchten und mich seinem Griff zu entziehen. Scharfer Schmerz schießt durch meinen Arm und in meine Finger. Fast lasse ich meine Waffe fallen. Entschlossenheit klammert meine Hand um den Griff. Er schlägt mich und es reißt meine Füße vom Boden hoch. *Peng, Peng.* Mein Finger drückt erneut auf den Abzug. Eine Sekunde später kracht etwas Hartes in meine Seite und ich werde gegen die Kücheninsel geschleudert.

Der Schmerz brennt in meiner Seite, aber ich bemerke zwei weitere Spritzen nur wenige Zentimeter neben meinem Arm. Sie liegen auf dem Marmor. Ich schnappe mir eine und schwinge mich gleichzeitig herum. Ich feuere meine Waffe noch ein paar Mal ab. Glas zerspringt und ein dumpfer Aufprall folgt. Eine der Kugeln schlägt in eine Wand ein.

Desmond ist nur wenige Zentimeter entfernt und knurrt. Corbyn liegt immer noch an der gleichen Stelle, aber er bewegt sich nicht. Mein Training setzt ein und ich bücke mich, als Desmond auf mich zustürmt. Ich stoße die Hand, die die Waffe hält, nach vorn und schlage ihm in die Kronjuwelen. Seine Reißzähne sind scharf und ganz nah an meinem Gesicht. Er stößt ein Geräusch aus, bei dem sich alle Haare auf meinem Körper aufstellen.

Desmond weicht einen Schritt zurück. „Ich mag es, wenn sie sich wehren." Sein plötzlich ruhiges Auftreten verheißt nichts Gutes für mich. Aber erst als sich das Loch in seiner Stirn schließt, weiß ich wirklich, dass ich in der Scheiße stecke. Die andere Seite seines Gesichts sieht immer noch aus wie Geschnetzeltes.

Die Verletzungen haben ihn geschwächt, aber er ist noch lange nicht tot. Ich habe keine Ahnung, wie man Vampire tötet. Corbyns Worte gehen mir durch den Kopf. Er hat recht. Ich kann seine Art nicht bekämpfen. Das bestärkt mich nur in meinen früheren Schlussfolgerungen. Er hat sich wirklich um mich gesorgt.

Ich verliebe mich noch ein bisschen mehr in ihn. Und mir wird klar, dass ich mich von der Angst treiben ließ, anstatt ihm zu sagen, was ich fühle. Ich muss Zeit für Corbyn gewinnen, damit er heilen kann. Ich werde ihn nicht verlieren, wo ich ihn doch gerade erst gefunden habe.

Ich hebe meine Waffe und schieße erneut. Ich ziele auf Desmonds Kopf, aber er bewegt sich zu schnell und die Kugel trifft ihn nicht. Bald wird mir die Munition ausgehen.

„Ich bin überrascht", sage ich. „Es macht dich an, hilflose menschliche Frauen zu töten. Das muss für einen deiner Sorte ein Kinderspiel sein." Ich sollte ihn nicht verspotten, aber ich hoffe, sein Stolz wird ihn davon abhalten, mir den Kopf abzureißen.

„Lauf." Corbyns Stimme ist kaum mehr als ein Flüstern. Er bewegt sich nicht, aber ich könnte schwören, dass ich einen seiner Finger zucken sehe.

Mein Körper ist seitlich gedreht und keiner von ihnen kann die Spritze in meiner Hand sehen. Ich muss näher an Desmond herankommen. Er hat Corbyn das Gleiche gespritzt und es scheint ihn zu verlangsamen.

Ich trete einen Schritt zurück und Desmond springt, sodass er zwischen mir und dem Ausgang steht. Ich wollte gar nicht zur Tür, aber seine Bewegung ermöglicht es mir, zur anderen Seite der Kücheninsel zu eilen.

Desmond starrt mich an. Ich erschaudere und kämpfe gegen die Übelkeit an, die sein Blick in mir auslöst. „Ich werde es genießen, dein neues Spielzeug zu töten, Corbyn."

„Fick dich", speit Corbyn. Er klingt bereits stärker.

Wenn ich richtig gezählt habe, habe ich noch zehn Kugeln übrig. Wenn ich Desmond mit Blei durchlöchere, muss mir das doch etwas Zeit verschaffen. Desmond ist auf dem Küchentresen, bevor ich blinzeln kann. Gott sei Dank für mein Training. Instinktiv bewegt sich meine linke Hand, während die rechte den Abzug drückt und einen weiteren Schuss abgibt. Im Vergleich zu ihm bewege ich mich wie eine Schnecke, sodass die Kugel anstatt sein Gehirn oder seine Brust zu durchschlagen, in seinen Oberschenkel trifft.

Er tritt mit dem Bein nach mir, als er zu Boden fällt. Ich kann mich nicht so schnell bewegen wie er und es reißt mir den Kopf zurück. Eine Sekunde lang spüre ich nichts. In diesem schmerzlosen Moment ziehe ich mit dem Daumen und Zeigefinger die Kappe der Spritze ab.

Als Desmond wieder auf mich zukommt, drücke ich mehrmals ab und stoße gleichzeitig die Spritze in seine Seite. Zuerst fühlt es sich an, als ob ich gegen eine Mauer stoße und die Nadel nicht in sein Fleisch dringen will. Als er die Augen weit aufreißt, drücke ich das Ende nach unten und fülle ihn mit der Flüssigkeit, die sich darin befindet.

Er schleudert seine Hand in meine Richtung. „Miststück."

Ich springe zurück und weiche seinen Krallen fast aus. Als sie über mein rechtes Schulterblatt streifen, falle ich auf den Hintern. Desmond stürzt nur wenige Zentimeter von mir entfernt zu Boden. Meine Waffe fällt als nächstes. Trotz des Schmerzes weiche ich zurück. Bei meinem Rückwärtskriechgang verteile ich Blut auf dem Holzfußboden.

Ich starre in Corbyns silberne Augen und Tränen lassen das Bild verschwimmen. Die Qual nimmt überhand und ich spüre nur noch Schmerz. Ich versuche, auf Sirenen zu lauschen, aber ich kann nichts hören. Als Corbyn seine Hand bewegt, kann ich meine Gefühle nicht länger zurückhalten. Die Tränen strömen nur so über mein Gesicht.

Corbyn schleppt sich ein paar Meter in Richtung

Desmond und starrt den Vampir an. „Du bist eine abscheuliche Kreatur und es wird mir eine riesige Freude sein, dich
in Stücke zu reißen. Das ist für all die unschuldigen Frauen,
die du getötet hast. Viel Spaß in der Hölle, Arschloch."
Corbyn kratzt mit seinen Krallen über Desmonds Kehle.

Desmond röchelt. Blut spritzt in die Luft und auf
Corbyns Gesicht. In Zeitlupe – jedenfalls für Corbyn –
greift er sich einen Hocker und schlägt damit auf den
Boden, bis er zerbricht. Er hebt das Stuhlbein auf, stößt das
Holz durch Desmonds Hals und reißt es hin und her, bis
Desmonds Kopf von seinen Schultern rollt. Wäre ich nicht
gekommen und hätte nicht rechtzeitig eingegriffen, wäre
Corbyn gestorben. Selbst jetzt bewegt er sich nicht so wie
sonst. Ich habe ihm das Leben gerettet. Als ich das erste
Mal auf Desmond schoss, habe ich uns beiden Zeit
verschafft.

„Oh mein Gott. Geht es dir gut?", frage ich.

Corbyn kommt zu mir und schließt mich in die Arme.
„Wie hast du mich gefunden?"

„Lange Geschichte, aber bevor ich etwas anderes sage,
muss ich dir etwas beichten. Ich glaube, ich verliebe mich in
dich", platze ich heraus, bevor ich die Nerven verliere. Wir
hätten heute Abend beide sterben können und ich hätte die
Gelegenheit verpasst, ihm näherzukommen und ihm zu
sagen, wie sehr ich ihn mag.

Er hebt sein Handgelenk zu seinem Mund und beißt
hinein. „Mir geht es genauso. Wir haben später noch Zeit,
darüber zu sprechen. Du bist verletzt. Lass mich dir helfen."
Ich starre auf die blutende Wunde, als er sie mir an die
Lippen drückt. „Mein Blut wird deine schlimmsten Verletzungen heilen."

Mein Schädel dröhnt und es kostet mich alle Mühe, mich
nicht zu übergeben. Ich bin überzeugt, dass ich eine Gehirn-
erschütterung habe. Aber ich habe keine Lust, einen Arzt

aufzusuchen, um sicherzugehen, dass es nichts allzu Ernstes ist. Ich will nur nach Hause und schlafen. „Ähm", murmle ich.

Sein Blut quillt an die Oberfläche und es dreht mir den Magen um. Ich bin mir nicht sicher, ob ich das kann.

„Ich verspreche, es wird dich nicht krank machen oder verwandeln. Es wird nur deine Wunden heilen." Ich nicke mit dem Kopf und lecke mir die Lippen. „In Ordnung. Danke." Ich schließe meine Lippen um seinen Arm.

Ich habe nicht mehr als zwei Schlucke getrunken, als ich draußen Sirenen höre. Corbyn reißt seinen Arm weg und blickt aus dem Fenster, wo ich jetzt blinkende rote und blaue Lichter sehen kann.

Ich versuche, mich aufzurappeln. „Das sind Bria und meine Einheit." Mein Kopf fühlt sich nicht mehr so an, als würde er explodieren, aber meine Seite und meine Schulter bringen mich um. „Lass mich das erledigen."

Corbyn schüttelt den Kopf. „Ich werde ihre Erinnerungen an Desmonds Enthauptung löschen müssen."

Ich stütze meinen Kopf in meine Hände. „Das ist ein riesiges Durcheinander. Sie dürfen diesen Tatort nicht sehen. Bitte sei vorsichtig, wenn du in ihre Gedanken eindringst. Ich habe gesehen, was Desmond mit dieser Frau im Club gemacht hat."

Corbyn hält inne und sieht mich ein paar Sekunden lang an, während Autos in der Einfahrt anhalten. „Ich werde keinem von ihnen wehtun. Ich werde Desmonds Leiche zu Lucius bringen, also werde ich Erinnerungen einpflanzen müssen, dass seine Überreste abtransportiert wurden. Ich brauche deine Hilfe bei der Zusammenstellung der Beweise, die du brauchst, um deinen Fall zu schließen."

„Ich brauche Fotos von seiner Leiche für die Akte. Ich habe keine Ahnung, ob es hier irgendetwas gibt, das ihn mit den Morden in Verbindung bringt. Aber ohne etwas, das seine Verbindung zu den Morden beweist, wird es Fragen geben." Mein Kopf schmerzt von dem Schlag und den Millionen von Gedanken, die darin herumschwirren.

Corbyn steht auf und zieht mich mit sich hoch. „Hey. Du kannst stolz sein. Du hast deinen Serienmörder gefangen."

Eine Last fällt von meinen Schultern. Es fühlt sich wirklich verdammt gut an, einen weiteren Psychopathen von der Straße geholt zu haben.

Ich drehe mich um und gehe zur Eingangstür. „Stimmt. Es wird eine Freude sein, diesen Fall abzuschließen." Corbyn ist direkt hinter mir, als ich die Haustür öffne und nach draußen humple.

Bria kommt an meine Seite gestürmt. „Ava. Was zum Teufel ist passiert?"

Ich lasse mich auf die Stufen vor dem Haus sinken.

Corbyn geht an mir vorbei und übernimmt die Kontrolle über die Gedanken aller. Innerhalb von Sekunden betreten Bria und die anderen Einsatzkräfte das Haus und beginnen, den Tatort zu untersuchen. Corbyn ist ein solcher Segen. Durch ihn ist eine beschissene Situation viel leichter zu bewältigen.

Ich brauche ein paar Minuten, um wieder aufzustehen, aber schließlich schließe ich mich dem Rest des Teams an und helfe, Spuren zu sichern. Beim Durchsuchen des Wohnzimmers finde ich eine Schmuckschatulle voller Erinnerungsstücke von Desmonds Opfern. Es ist schockierend zu sehen, dass es Jahrhunderte von verschiedenen Stücken gibt.

Corbyn streicht mir mit dem Handrücken über die Wange. „Ich bringe ihn jetzt zu Lucius. Es ist schon kurz vor Sonnenaufgang und ich kann nicht länger hierbleiben."

Ich strecke mich auf die Zehenspitzen und gebe ihm einen Kuss. „Ich rufe dich morgen an." Meine Wangen werden heiß, als mir bewusst wird, dass meine Kollegen uns gesehen haben könnten. Zum Glück beachtet uns keiner von ihnen. Sie bemerken nicht, wie Corbyn sich Desmonds Leiche schnappt, sie in eine Decke wickelt und hinausträgt.

Ich mache mich wieder an die Arbeit, weil ich so schnell wie möglich fertig werden will. Jetzt, da die Leiche beseitigt ist, ist es viel einfacher, den Rest zu verarbeiten. Ich kann während der Arbeit nur daran denken, dass ich Corbyn wiedersehen möchte.

Vampir oder nicht, ich liebe diesen Kerl. Und ich kann es kaum erwarten, die Sache zwischen uns weiter zu erkunden. Ich habe keine Ahnung, was unsere Zukunft bringen wird, aber ich weiß, dass ich nicht zulassen werde, dass unsere Unterschiede uns weiter voneinander fernhalten.

KAPITEL FÜNFZEHN

Corbyn

Sobald die Sonne untergeht, springe ich aus dem Bett. Mein erster Gedanke gilt Ava, wie schon seit Wochen. Die letzten vierundzwanzig Stunden waren ein einziger langer Albtraum. Ich kannte Desmond seit Jahrhunderten und er hat sich als psychopathischer Mörder entpuppt. Was er tat, ging über die Nahrungsaufnahme hinaus. Selbst frisch verwandelte Vampire sind nicht so verdorben wie Desmond.

Er jagte Frauen aus Spaß und tötete sie aus einem mir unverständlichen Nervenkitzel heraus. Wir sind Apex-Raubtiere. Nichts kann uns übertreffen. Gestaltwandler sind genauso stark wie Vampire und würden eine Herausforderung darstellen. Trotzdem war das, was er getan hat, völlig grundlos.

Es ist nicht ungewöhnlich, dass neue Vampire während des Trinkens die Kontrolle verlieren und ihre Spender töten. Aber nur wenige machen sich die Mühe, ihre Taten zu vertuschen und die Leichen irgendwo zurückzulassen, wo man sie finden wird. Das absichtliche Aufschlitzen des Halses, um die Bisswunde zu verbergen, war eine Eigenart von Desmond und seinen verdrehten Neigungen. Es ist unmöglich, zu verstehen, was ihn dazu getrieben hat. Es geht weit über das hinaus, was ich meine Vampirnatur nenne. Was er getan hat, hat nichts damit zu tun, dass er zu einem Vampir geworden ist, sondern ausschließlich damit, dass er ein abscheuliches Stück Scheiße war.

Ich schüttle diese Gedanken ab und schaue auf meinem Handy nach Nachrichten. Mein Herz rast, als ich eine von Ava sehe. Lucius hat außerdem die Bestätigung geschickt, dass es ihm gelungen ist, Ava gefälschte Dokumente über den angeblichen Selbstmord von Desmond für die FBI Akten zu besorgen.

Als ich auf das Kästchen mit Avas Namen klicke, nehme ich mir einen Moment Zeit und denke daran, dass sie lebt und dass es ihr gut geht. Dass ich sie letzte Nacht nicht verloren habe. Als ich ihre Bitte sehe, mich heute Abend zu treffen, landen meine Füße auf dem Boden und ich bin innerhalb von zwei Sekunden aus dem Bett. Ich tippe meine Antwort und bitte sie, mich in einer Stunde hier zu treffen.

Ich eile die Treppe hinauf und in mein Hauptschlafzimmer. Dann stürze ich ins Bad und nehme eine kalte Dusche, um mich zu beruhigen. Mein Schwanz hat sich die Aufforderung zu Herzen genommen und ist sofort steif geworden. *Entspann dich, verdammt noch mal. Dies könnte der Abschied sein.* Es ist gefährlich, anzunehmen, dass sie mich aus einem anderen Grund sehen will, als um endgültig schlusszumachen. Aber es ist schwierig, diese Gedanken zu verdrängen, wenn sie mir doch auch gesagt hat, dass sie sich in mich verliebt.

Überzeuge sie, ihre Gefühle zuzulassen. Zeige ihr, was sie verpassen wird.

Ich werde nicht nachgeben, ohne um sie zu kämpfen.

Nachdem ich mich angezogen habe, werfe ich einen Blick auf die Schachtel mit den Spielzeugen, die gestern angekommen sind. Am Morgen, nachdem ich Ava zum ersten Mal gevögelt hatte, war ich online gegangen und habe mehr Sexspielzeug gekauft, als ich je in meinem Leben besessen habe.

Ich reiße die Kiste auf und entnehme die vibrierenden Nippelklemmen, einen gläsernen Analplug, Massageöl, Gleitmittel und einige andere Dinge, die ich heute Abend an ihr ausprobieren möchte. Mit zugeschnürter Kehle laufe ich durch mein Wohnzimmer. Ich gieße mir ein Glas Whisky ein, aber ich trinke es nicht aus. Ava wird etwas zu trinken brauchen.

Ich habe gerade den Tequila für eine Margarita in einen Mixbecher gegossen, als es an der Tür klingelt. Ich füge den Limettensaft und den Triple Sec hinzu, um mir ein paar Sekunden Zeit zu geben, mich zu sammeln. Mein Verlangen nach ihr droht, alles zunichte zu machen, sobald ich mich auf den Weg zur Tür mache. Der einzige Gedanke, der mir im Kopf herumschwirrt, ist der, sie mir über die Schulter zu werfen und ihr die Geschenke zu zeigen, die ich für sie gekauft habe.

Ich reiße die Tür auf und keuche – obwohl ich nicht einmal atmen muss –, als ich sie vollständig geöffnet habe. Das Mondlicht taucht sie in einen himmlischen Schein und ich kann sie ein paar Sekunden lang nur anstarren.

Schließlich ziehe ich sie in eine Umarmung und drücke sie an meine Brust. „Wie geht es dir?"

Sie schlingt ihre Arme um mich und schmiegt ihren Kopf an meine Brust, bevor sie einen Atemzug ausstößt, den sie scheinbar angehalten hatte. „Ich bin froh, dass der Fall abgeschlossen ist. Die Bilder haben funktioniert. Niemand hat infrage gestellt, warum er sich das Leben genommen hat. Die Erinnerungsstücke erweckten etwas Aufmerksamkeit, weil einige davon mehr als ein Jahrhundert alt sind." Sie hebt den Kopf und schaut zu mir auf. „Können wir hineingehen?"

Ich nicke, schlinge einen Arm um ihre Taille und führe sie ins Wohnzimmer. Bevor sie Platz nehmen kann, tue ich das, woran ich seit dem Klingeln an der Tür gedacht habe: Ich werfe sie mir über die Schulter und stürme in mein Schlafzimmer hinauf.

„Was zum Teufel?", platzt sie heraus, als ich sie absetze. Ihr Blick schweift durch den Raum und bleibt an den Spielsachen hängen. Ich lächle über die Röte, die in ihren Wangen aufsteigt.

Ich greife nach einer ihrer Hände und streiche mit dem Daumen über ihren Handrücken. „Meine Libido hat mich für einen Moment überwältigt. Ich habe versucht, mir zu sagen, dass ich es nicht tun soll, aber mein Körper hat andere Absichten." Ich lache leise.

Sie kichert und winkt abwehrend mit einer Hand. „Ich verstehe es. Seit wir uns kennengelernt haben, kann ich nicht aufhören, an dich zu denken. Und die letzte Nacht war ohne dich so unerträglich. Aber ich habe keine Ahnung, wie es mit uns funktionieren soll."

Mein Herz zerbricht bei ihren Worten. Plötzlich will ich nicht mehr hören, was sie sagen wird. Es tut zu sehr weh.

Sie greift nach meinen Händen, schaut mir in die Augen und lächelt. Mein Herz setzt einen Schlag aus. „Ich habe mich in dich verliebt, Corbyn. Ich begehre dich mehr, als ich jemals irgendjemanden gewollt habe. Fast hätte ich dich verloren. Mir wird schlecht, wenn ich nur darüber nachdenke, wie nah dran er war, dich zu töten. Am liebsten möchte ich dich an meine Seite ketten, damit ich dich in meiner Nähe behalten kann. Aber das ändert nichts an der Tatsache, dass ich mir einfach nicht sicher bin."

Ein Schraubstock versucht, mein Herz zu Brei zu pressen, während es sich so sehr zusammenzieht, dass ich durch die

Qualen kaum noch geradeausdenken kann. Ava gehört mir, verdammt. Aber sie hat recht. Wir sind zu verschieden. *Was? Nein!*

Ich führe unsere ineinander verschränkten Hände zu meinem Mund und küsse ihren Handrücken. „Niemand weiß besser als ich, wie unterschiedlich wir sind, aber das heißt nicht, dass wir nicht zusammen sein können. Du gehörst *mir*, Ava. Und ich werde dich nicht gehen lassen."

Sie erschaudert und ihre Pupillen weiten sich bei meiner Erklärung. Es gefällt ihr, dass ich sie für mich in Besitz nehme.

„Aber wie soll es funktionieren? Ich will im Moment kein Vampir werden. Ich liebe meine Familie und meinen Job. Ich bin nicht bereit, sie zu verlieren. Aber wenn ich mich nicht verwandle, werde ich alt und sterbe, während du jung und hinreißend bleibst. Du wirst keine schrumpelige, alte Frau begehren. Und was soll ich meiner Familie und meinen Freunden sagen, wenn du nicht mit mir alterst?"

Ich knurre und fauche vor Frustration. Sie sieht nichts als Hindernisse. „Ich werde dich niemals gegen deinen Willen verwandeln. Aber ich kann dich auch nicht gehen lassen. Das heißt aber nicht, dass es eine unmögliche Situation ist. Ich kann Schminke tragen, wenn wir in der Nähe deiner Familie und deiner Freunde sind, um den Mangel meines Alterungsprozesses zu verbergen. Ich werde dich lieben, bis du deinen letzten Atemzug nimmst. Und wenn es so weit ist, werde ich ins Sonnenlicht treten und mit dir gehen. Ich kann ohne dich nicht leben, Ava. Du bist mein Licht und mein Leben. Ich habe nur halb gelebt, bevor du in den Club Toxic kamst und mich wachgerüttelt hast. Ich weiß, dass dir das vielleicht verrückt vorkommt, aber ein Leben ohne meine Sonne ist kein Leben, das ich führen möchte."

Sie spitzt die Lippen und runzelt die Stirn, als sie mich ansieht. „Dazu kann ich nur sagen, darauf geschissen. Ich kann den Gedanken nicht ertragen, dass du dich meinetwegen umbringst. Erst als du bewiesen hast, dass du für mich sterben würdest, wurde mir klar, dass ich dasselbe für dich tun würde. Gib mir mehr Zeit mit meinem jetzigen Leben. Aber irgendwann werde ich dich bitten, mich auch in einen Vampir zu verwandeln. Können wir es nicht einen Monat oder ein Jahr nach dem anderen angehen?"

Mein Herz springt fast aus meiner Brust heraus. Noch nie hat mich jemand so sehr begehrt.

Ich hebe sie hoch und halte sie fest. „Ich werde dir alles geben, was du willst. Du gehörst mir. Für immer." Ich küsse sie stürmisch. Den Rest meiner Antwort lege ich in den leidenschaftlichen Kuss, bei dem sich ihre Brust an meine schmiegt und sie ihre Beine anhebt, um sie um meine Taille zu schlingen. Ein Stöhnen entweicht meiner Kehle, während meine Zunge mit der ihren tanzt.

Sie drückt ihre Hände auf meine Schultern und hebt ihren Kopf. Ihr Brustkorb hebt und senkt sich mit ihren keuchenden Atemzügen. Als sie ihre Beine sinken lässt, grunze ich und halte sie an mir fest. „Vertrau mir", sagt sie heiser.

Ich lasse sie los und sie geht zur Kommode, wo sie mit den Fingern über die Spielzeuge streicht. Sie hält bei den Nippelklemmen und einem Paddel inne. Der Ausdruck in ihren Augen ist so verletzlich, wie ich es noch nie bei jemandem gesehen habe.

Ich habe schon viele Frauen gefickt und hatte eine ganze Reihe Unterwürfiger, aber ich war noch nie mit einer zusammen, die mir wahrhaft vertraut hat. Es gibt jetzt keine Mauern mehr zwischen uns. Es gibt nur sie und mich und das Wissen, dass wir uns immer lieben und beschützen werden.

Ich beginne, mein Hemd aufzuknöpfen. Sie folgt der Bewegung mit ihrem Blick, bis es sich öffnet und meine

Brust entblößt. Es fühlt sich an, als würde sie mich mit den Augen verschlingen, als sie mein nacktes Fleisch betrachtet und mit den Augen an meinem harten Schwanz hängen bleibt. Er ist immer noch hinter meiner Hose versteckt, aber ich fühle mich völlig entblößt.

Die Leidenschaft in ihrem Blick verspricht eine Nacht, die ich nie vergessen werde. Diese Frau gehört mir und der animalische, besitzergreifende Vampir, der in mir schlummert, rüttelt an den Gitterstäben des Käfigs, in den ich ihn gesperrt habe. Er will Ava in Besitz nehmen. Ich behalte diesen Teil von mir sorgfältig unter Kontrolle. Ich weiß, dass er sich niemals damit zufriedengeben wird, sie leben und eines natürlichen Todes sterben zu lassen. Wenn mir ein Fehler unterläuft, wird meine vampirische Seite mich zwingen, sie sofort zu verwandeln, ohne Rücksicht auf ihre Wünsche.

Das kannst du vergessen, sage ich mir. *Sie vertraut dir. Tu ihr nicht weh.*

Die Selbstvorwürfe dienen dazu, die Gitterstäbe zu verstärken. Meine Vampirseite will sie, aber ich will sie nicht verletzen. Begierig auf mehr ziehe ich mir das Hemd aus und schiebe meine Hose und Boxershorts hinunter, sodass ich nackt und pulsierend vor ihr stehe. Ein Lächeln zuckt um ihre Mundwinkel, als sie meinen Schwanz mustert.

Sie hebt den Saum ihres Oberteils, zieht es aus und wirft es beiseite. Ich greife nach hinten, um ihren BH zu öffnen, während sie die Schuhe auszieht und ihre Hose bis zu den Knöchel hinunterschiebt. Als sie nur noch in ihrem grünen Seidenhöschen dasteht, läuft mir das Wasser im Mund zusammen und ich lecke mir über die Lippen.

Zu meiner Überraschung streckt sie die Hand aus und packt meinen Schwanz. Meine Hüfte stößt nach vorn und sie sinkt vor mir auf die Knie. Ich packe mein steifes Fleisch und reibe mit der Spitze über ihre Lippen. „Nimm ihn in den Mund, kleiner Stern."

Sie streckt die Zunge leicht heraus und leckt über die Spitze, bevor sie zur Unterseite meines Schwanzes gleitet. Mein Kopf fällt nach vorn und ein Stöhnen entweicht meinen Lippen, als die Lust mich überwältigt. Auf ihre Zunge folgen ihre Lippen und dann schließt sich ihr Mund um meine Eichel. Ich stoße die Hüfte nach vorn und mein Schwanz trifft auf ihre Kehle, bevor mir bewusst wird, was ich getan habe.

Ich ziehe meine Erektion zurück und erlaube ihr, zu atmen. „Entschuldigung. Das fühlt sich so verdammt gut an." Meine Hüfte beginnt sich wie von selbst zu bewegen, während sie mit dem Kopf auf und ab wippt und an meinem Schwanz saugt. Sie schließt ihre Hand um meine Erektion und ich bin gezwungen, sie von mir zu lösen.

„Ahhh", schreit sie, als ich ihren Körper in die Luft hebe. Ich dränge sie an den Rand der hohen Matratze und drücke ihren Oberkörper hinunter. Mit der Hand streichle ich ihren Rücken und drücke ihr einen Kuss auf den Mundwinkel.

Ihr Duft umhüllt uns, als ich ihr das Höschen vom Körper reiße. Es ist alles, was ich riechen kann, und es lässt meine Reißzähne mit Hunger auf mehr pulsieren. Ich drehe mich um und greife nach dem Paddel und den Nippelklemmen. Sie folgt mir mit dem Blick und spreizt die Beine. Dann stöhnt sie, als sie sieht, wonach ich gegriffen habe. Ihr Anblick und die Geräusche ihrer Begierde bringen mich fast dazu, in diesem Moment zu kommen.

Sie ist alles andere als unterwürfig, aber in diesem Moment hat sie mir alles gegeben. Es ist das Schärfste, was ich je erlebt habe. Sie verliert kein Quäntchen ihres Rückgrats, obwohl sie mir ihren Körper überlässt, damit ich mit ihr machen kann, was ich will. Sie vertraut darauf, dass ich ihr die perfekte Mischung aus Lust und Schmerz bescheren werde.

„Hebe deinen Hintern in die Luft", befehle ich mit heiserer Stimme.

Als sie gehorcht, heben sich ihre Brüste gerade so weit hoch, dass ich meine Hand zwischen sie und das Bett schieben und die Klemmen an ihren perfekten Brustwarzen anbringen kann. Sie schreit vor Lust, als ich den Vibrator einschalte.

In dieser Position ist ihre tropfende Weiblichkeit meinem Blick voll ausgesetzt. Ich streiche mit dem Finger durch ihre glitzernden Schamlippen und stöhne, als mit jeder Berührung mehr Feuchtigkeit an meiner Hand hinuntertropft. Unfähig zu widerstehen, beuge ich mich nach vorn und lecke von ihrer Klitoris bis zu ihrer Öffnung.

„Du bist verdammt perfekt", sage ich ehrlich zu ihr.

Ich lasse meinen Atem über ihre Schamlippen spielen und sie wackelt mit der Hüfte. Dann erhebe ich mich und zücke das Paddel. Ich fange an, auf ihren knackigen Arsch zu schlagen und einen Augenblick später auch auf ihre Muschi. Sie schreit auf und beginnt, sich unter mir zu winden. Sie schaut mir die ganze Zeit über ihre Schulter zu.

Ich halte inne und hole den Analplug und das Gleitmittel von der Kommode. Als ich mich ihr wieder zuwende, ist mein gieriger Schwanz direkt auf ihren Arsch gerichtet. Mein Knie stößt gegen ihre inneren Schenkel, sodass sie ihre Beine weiter spreizt. Ich lege das Paddel beiseite, befeuchte den Plug mit Gleitmittel und reibe damit über ihre Klitoris. Dann mache ich mich auf den Weg zu ihrem Anus. Ich drücke die Spitze gegen ihr Loch und stoße auf Widerstand.

„Entspann dich", sage ich zu ihr. Sie nickt mit dem Kopf und ich drücke weiter. Langsam dringt der Glasplug in ihren Körper ein und ich gebe ihr einen Moment Zeit, als er ganz drin ist. Dann nehme ich das Paddel und verpasse ihr ein paar weitere Schläge auf den Hintern.

„Heilige Scheiße. Hör nicht auf", bettelt sie.

In diesem Moment meldet sich meine dominante Seite zu Wort und ich lasse das Paddel fallen und stelle mich hinter sie. Ich reibe mit meinem Schwanz durch ihren Schlitz, während ich mich über ihren Rücken beuge und ihre Wange küsse. „Ich habe jetzt das Sagen, kleiner Stern. Du hast dich mir hingegeben, also habe ich jetzt die Kontrolle über deine Lust. Und ich will dich besinnungslos ficken."

Sie erschlafft unter mir. Auf ihrem Gesicht liegt ein Lächeln, das sie weicher und glücklicher aussehen lässt, als ich sie je zuvor gesehen habe. „Ja, Sir."

Das bringt mich zum Glucksen, aber ich erkenne die Dynamik, die sich zwischen uns entwickelt. Sie genießt es, unterwürfig zu sein, wenn sie jemandem vertraut. Aber so einfach ist das mit meinem kleinen Stern nicht. Vielleicht ändert sie ihre Meinung und wird beim nächsten Mal – oder in den nächsten fünf Minuten schon – wieder das Sagen haben wollen. Ich akzeptiere alles von ihr, auch wenn ich mir große Mühe geben muss, ihr nachzugeben.

„Braves Mädchen", sage ich und ziehe an der Schnur, die mit ihren Nippelklemmen verbunden ist. Ich positioniere die Spitze meines Schwanzes an ihrem Eingang und stoße in ihren Körper. Meine Eier klatschen gegen sie und mein Unterleib drückt den Analplug tiefer hinein. Die Art und Weise, wie ihre Muschi um mich zuckt, lässt meine Hoden zusammenziehen und meine Wirbelsäule kribbeln.

Es ist perfekt und ich bin kurz davor, von einem einzigen Stoß durchzudrehen. Noch nie zuvor habe ich so viel Lust auf einmal empfunden. Ava bewegt ihre Hüfte, sodass mein Schwanz in flachen Bewegungen in sie hinein und wieder heraus gleitet. Gegen das zwischen uns aufsteigende

Verlangen hilflos, schließe ich mich ihr an und stoße immer weiter, hinein und heraus.

Sie schreit auf, als ihr Orgasmus sie unvorbereitet erwischt und ihren Körper überwältigt. Ihr Höhepunkt beflügelt meinen eigenen und eine Sekunde später spritzt mein Samen aus mir heraus. „Heilige Scheiße", fluche ich.

Avas Körper erholt sich nicht ganz von ihrem Orgasmus. Ich spüre, wie sich ihr Inneres immer noch um mich herum zusammenzieht, als sie sich wieder aufrichtet. Als sie ihre Nippelklemmen abnehmen und sich hinlegen will, halte ich sie fest und stoppe ihre Bewegung. „Ich brauche nur ein paar Sekunden."

„Du bist gerade gekommen. Ich dachte, wir wären fertig", sagt sie mit einem Stöhnen.

„Ich bin ein Vampir, kleiner Stern. Ich kann stundenlang weitermachen. Ich brauche so gut wie keine Erholungszeit", necke ich sie, während ich meinen harten Schwanz aus ihr herausziehe und noch einmal hineinramme. Die Bewegung stößt den Plug tiefer in ihren Arsch und sie zieht sich noch enger um mich zusammen.

„Es sollte ein neues Sprichwort geben. Nach einem Vampir will man keinen Menschen mehr", antwortet sie mit kleinen sexy Lauten. Ich greife mit der Hand nach unten, um ihre Klitoris zu kneifen und zu zwicken.

„Ich bin der einzige Vampir, mit dem du jemals zusammen sein wirst", informiere ich sie und neige meine Hüfte beim nächsten Stoß.

„Oh … fuck", ruft sie, als ich die Bewegung wiederhole. „Das fühlt sich gut an."

Ich hebe meinen Körper und ziehe am Plug in ihrem Arsch, während ich sie mit kurzen scharfen Stößen ficke. Sofort zittern ihre Muskeln um meine Erektion und lassen mich fast wieder kommen. Mit der freien Hand ziehe ich an den Nippelklemmen, wovon sie den Rücken krümmt und aufschreit.

Ihre inneren Muskeln krampfen sich fest um meinen Schwanz, was mir sagt, dass sie kurz vor einem weiteren Höhepunkt steht. „Komm noch nicht. Zögere es noch ein wenig hinaus."

„Das kann ich nicht", jammert sie.

Ich lächle und schlage dann mehrfach auf ihren Hintern, sodass das Fleisch unter meiner Handfläche wackelt und heiß wird. „Hör mir mal zu, kleiner Stern. Das ist zu deinem Vergnügen gedacht", versichere ich ihr.

Ich beschleunige mein Tempo, während ich an der Schnur für die Nippelklemmen zupfe. Ich spüre den Schmerz, der sie an den Rand des Wahnsinns treibt. Ihr Duft verändert sich und meine Reißzähne lassen sich nicht länger ignorieren. Ich beuge mich über ihren Rücken, drücke Küsse auf ihren Hals und lecke darüber. Gleichzeitig packe ich eine Handvoll Haare und ziehe ihren Kopf zur Seite.

Diese neue Position entblößt ihre Kehle. Ich kratze mit meinen Reißzähnen über ihre Haut, was sie erschaudern und ihre Muskeln zusammenziehen lässt. „Corbyn", schreit sie, als ihr Orgasmus sie überwältigt.

Mein sexy Luder hat nicht auf mich gehört. Ich sollte sie bestrafen, aber ich bin zu sehr von der Lust und meinem Verlangen nach ihr gefangen, um jetzt aufzuhören. Ich zische, als ich meine Reißzähne in das Fleisch ihres Halses bohre, während ihre Muschi um mich zuckt. Ich stoße schneller mit der Hüfte, als ihr süßes Blut auf meine Zunge trifft.

Ich schließe die Augen und mein Höhepunkt schießt in einem Rausch aus meinem Schwanz. Noch nie in meinem ganzen Leben habe ich mich mit einem anderen Wesen so verbunden gefühlt. Ich schlinge meine Arme um sie, während ich weiter stoße. Die Kombination, dass ich von ihr trinke und sie gleichzeitig vögle, zieht ihren Orgasmus in die Länge.

Ein Kribbeln macht sich in meinem Magen breit und breitet sich wie ein Lauffeuer in meinem Körper auf. „Ich liebe dich", sage ich, als wir gemeinsam auf das Bett fallen. Ich krieche nach oben und ziehe sie mit mir.

„Du hast es irgendwie geschafft, meine Abwehr zu überwinden und mich dazu zu bringen, dich auch zu lieben", sagt sie mit einem Gähnen. „Was machen wir jetzt?"

„Wir schlafen, Liebes. Wir haben den Rest unseres Lebens Zeit, über den nächsten Schritt nachzudenken", sage ich und streiche ihr eine Haarsträhne hinters Ohr. Mein Herz zerspringt in meiner Brust. Ava hat den toten Muskel wieder zum Schlagen gebracht. Das Leben hat eine scharfe Wendung genommen und ich bin über eine Klippe gesegelt. Aber anstatt am felsigen Grund zu zerbrechen, wurde ich von einer zarten Frau gerettet. Ich werde alles in meiner Macht Stehende tun, um sie glücklich zu machen und für immer zu lieben.

Ende

WOLLEN SIE MEHR?

MITTERNACHT DOMS
Alphas Blut
Ihr Vampir Master
Ihr Vampir Prinz
Ihr Vampir Held
Ihr Vampir Schuft
Ihr Vampir Rebell
Ihre Vampir Leidenschaft
Ihre Vampir Versuchung
Ihre Vampir Besessenheit
Ihr Vampir Fürst
Ihr Vampir Verdächtiger

LESEN SIE DIE BAD BOY ALPHA SERIE, DIE DEN
MITTERNACHT DOMS VORAUSGEHT

Bad Boy Alphas
Alphas Versuchung
Alphas Gefahr
Alphas Preis

Alphas Herausforderung
Alphas Besessenheit
Alphas Verlangen
Alphas Krieg
Alphas Aufgabe
Alphas Fluch
Alphas Geheimnis
Alphas Beute
(Alphas Blut)
Alphas Sonne
Alphas Sonne
Alphas Mond
Alphas Schwur
Alphas Rache

HOLEN SIE SICH IHR KOSTENLOSES BUCH!

Tragen Sie sich in meine E-Mail Liste ein, um als erstes von Neuerscheinungen, kostenlosen Büchern, Sonderpreisen und anderen Zugaben zu erfahren.

https://geni.us/jungfrauunddervampir

BÜCHER VON BRENDA TRIM

ÜBER DEN AUTOR

Bestseller-Autorin und Award-Gewinnerin Brenda Trim ist Co-Autorin von über dreißig Büchern der „Dark Warrior Alliance" und „Hollow Rock Shifters" Bestseller-Reihen. Sie ist außerdem der kreative Kopf hinter der „Bramble's Edge Academy"-Reihe sowie vielen anderen Buchtiteln. Sehen Sie sich außerdem auch ihre anderen Werke an.